KB069400

만
남

만남 1

초 판 1쇄 발행 1992년 5월 30일
초 판 5쇄 발행 2000년 9월 5일

개정판 1쇄 인쇄 2005년 3월 20일
개정판 1쇄 발행 2005년 3월 25일

지은이 한무숙
펴낸이 정낙영
펴낸곳 (주)을유문화사

기획 권오상 | 편집 이소라 | 마케팅 정승원
영업 허심택, 김기완, 강정우 | 관리 김덕만
디자인 디자인 비따 | 인쇄 백왕인쇄 | 제본 정민제책

창립 1945. 12. 1
등록번호 1-292
등록날짜 1950. 11. 1

주소 서울시 종로구 수송동 46 - 1
전화 734 - 3515, 733 - 8152~3
FAX 732 - 9154

E-Mail eulyoo@chollian.net
인터넷 홈페이지 www.eulyoo.co.kr

ISBN 89 - 324 - 5237 - 7 03810
       89 - 324 - 5236 - 9 (세트)

값 8,000원

한무숙 장편소설

만남 1

한무숙 지음

을유문화사

해설 | 진리와 약한 인간의 만남

소설은 우리 근대 문학사에서 나름으로 어떤 사명을 지고 작업을 수행해 왔다. 우리의 근대 민족사가 수난의 역사였으므로 사람들이 겪어야 했던 갖가지 어려움과 아픔을 극복하며 살아야 하는 짐들이 있었다.

삶 속에서는 그 짐이 사명이 되고, 문학 예술 작업을 통해서는 주제가 되고 혁명이 되고 창조가 되고 또는 인간혼의 구원을 지향하는 것이 되기도 했다. 외세의 침략을 겪고 식민지가 되고, 분단과 전쟁과 독재를 겪으면서 사람들은 자기를 이기고 살아야 했다. 여기에서 소설이 또는 우리의 문학이 할 수 있었던 일은 어떤 범위 어떤 수준이었을까.

시대와 상황에 대응해 어느 정도의 성과들을 거두어 왔다. 그러나 지금 이 땅에서 문학은 정작으로 어려운 국면에 다가서게 된 것 같다. 그것이 바로 '구원'의 성취라는 것이다. 사회주의 혁명의 계급적 당파성을 필수 요건으로 삼은 문예 원리도 이제는 불분명해졌다. 항구히 건강한 세계관인 리얼리즘이 총체성 안에서 '전형'

을 창출하고 거기에 비전을 덧붙인다 해도, 궁극적으로는 무엇을 창출했으며 비전은 어디를 향하는 것일까.

인간과 사회의 각 부문이 각기 취하는 삶과 일의 방법은 다르다. 그러나 이 모든 일들이 궁극적으로는 같은 자리에서 만나게 된다고 보아야 할 것이다. 문학의 방법을 취했어도 "진리가 우리를 자유케 하고 구원한다"는 점에서는 같을 수밖에 없다고 생각하게 된다.

'진리'를 감당하는 일도 문학은 문학의 방법으로 해야 한다. 그런데 그 동안 우리의 문학은 과연 진리에 대해 어떻게 만나고 어떻게 감당했던가. 한무숙 소설 40여 년의 족적은 『감정이 있는 심연』, 『월운』, 『어둠에 갇힌 불꽃들』, 『생인손』 등을 통해 인간의 삶에서 의미, 생명의 엄숙함, 빛 속의 존재, 운명의 짐 등을 다루어 왔다.

이러한 주제들은 한국 문학 시류의 관념이라 할 수 있는 현실 도피적 순수라든가 사회 참여와는 또 다른 것이다. 그리고 원래 병적인 감상이라든가 퇴영적인 폐쇄성만 넘어서 있다면 다양한 개성과 차원들이 각기 나름의 역할을 담당하고 있는 편이 정상이고 든든한 문학 판도인 것이다.

지금 한국 문학의 단계는 이 균형과 자연스러움을 비로소 진지하게 생각할 만하게 되어 가는 것 같다. 다작도 과작도 아닌 한무숙 소설에 거의 타작이 없다는 점과 더불어 이 작가의 위치와 비중에 대해 새삼 탐구할 동기를 느끼게 된다.

작가 한무숙은 한국 근대 사회 전통의 삶을 돈독히 체득한 자산을 가지고 있으며, 천주교를 통한 구도의 경지에 있다. 이 경우 '약한 인간'의 모습을 지나쳐 보지 않는다.

이 작가가 1986년에 발표한 장편 소설 『만남』은 다산 정약용과 그의 조카 정하상을 두 축으로 하여 한국 천주교 초창기 신자들의 순교와 박해 속의 삶을 다루고 있다.

다산은 한국 근대사에서 학문과 사상을 집대성한 대학자이다. 그의 형으로서 조선 천주교의 주춧돌을 놓고 순교한 정약종의 아들이 하상이다. 젊은 하상은 이 땅의 자생 교회에 성직자를 영입하는 운동을 주도하고 역시 순교해 지금 성인으로 추앙받고 있다. 이 두 사람의 생애가 하느님과 그리스도의 진리를 만나서 각기 갈등하고 성취한 것이 무엇인가. 이 주제를 다룬 소설 『만남』의 의미는 헤아리기에 벅찬 바 있다.

다산 정약용도 그의 형 약전·약종과 더불어 요한이란 세례명을 받고 천주교에 입교한 인물이다. 그런데 이 다산은 신앙을 엄금하는 국법 앞에서 배교를 하고 목숨을 건져 귀양길에 올랐다. 오늘날까지 다산의 배교에 대해서는 논란이 있다.

그러나 우선 한 가지 생각할 일이 있다. 다산의 경우는 서양 어느 나라 문화권에 살던 이가 그리스도교로 개종했다가 다시 배교를 해 나온 경우와는 다르다고 보아야 할 것 같다. 개종의 의미도 분명치 않았고, 따라서 배교의 의미도 분명치 않았을 수 있다.

왜냐하면 그는 동양의 한 지식인으로서 자신이 자라 온 문화 토양에서 우주의 주재자인 하느님에 대해 나름으로 뿌리깊은 인식을 가지고 있었다.

다산이 전라도 강진으로 귀양을 가 백련사의 선승 혜장과 유교의 역학에 대해서도 대화를 나눈다. 다산은 "역학이 다만 음양의 원리를 따지는 수리 논리가 아니라 상제로부터 오는 천명의 소리를 듣는 것"으로 생각했다.

서양 선교사 마테오 리치가 중국에 들어와 『천주실의』란 책을 쓴 것도 유교의 천명 사상이 그리스도교의 하느님에 대한 신앙과 통한다는 취지였다.

이 『천주실의』를 비롯한 한문 서학서들이 조선에 전해졌고, 당시 실학 계열 학자들이 서학의 내용을 풀이하고 검토한 글들도 나왔다. 이러한 과정에서 다산은 전통 유교 사상 안에 있는 천명 의식과 천주교의 하느님 신앙이 상충되지 않는다고 이해했었다.

그러나 굳이 국법이 추궁하니까 그는 목숨을 건지기 위해 배교를 한 셈이다. 이 경우 그의 변절을 굳이 변호하거나 합리화하려고 애쓸 필요도 없을 것이다. 그도 한 인간으로서의 약한 존재였으니까. 작가 한무숙은 오히려 다산의 이와 같은 약함과 흠도 인간적인 모습으로 긍정하고 포용한다. 다만 다산은 무모하게 살아남기에만 급급했다기보다 학문과 삶에 대한 보다 큰 의욕과 동경도 가졌을 수 있다.

소설 『만남』 안에는 특별히 약한 인간의 변심에 대한 갈래도 충분히 설정되어 있다. 배신자 유다스의 역할로 권진사 집 종 승낙종이 그런 인물이다. 장가도 못 든 이 사내종은 논산에 살던 권진사의 아내와 어린 딸들이 포졸들의 습격을 받아 피할 때 무서운 배신을 한다. 권진사 부인은 몸을 더럽히지 않기 위해 절벽에서 떨어져 죽고, 어린 세 딸은 각기 숲 속을 기어 나가 거지 고아로 흩어진다.

이러한 악인 낙종에 대해서도 작가는 그 행패의 측은한 동기를 곁들여 놓았다. 권진사가 원래 양근에 살 때 낙종은 인물 좋은 총각 종이었다. 권진사에게 시집오는 열네 살 신부의 빼어난 미모에 종 낙종은 흠모와 자탄의 한을 품었다.

인간의 탐욕은 경황없는 위기에서 자포자기의 악행에 넘어간다. 다산의 약함은 이러한 추잡과는 관계가 없다. 다만 과거에 장원하던 자리에서 정조 임금이 손수 음식을 권하며 총애하던 은혜 앞에서 그의 약한 마음은 배교의 한 동기를 볼 수도 있었을 것이다.

소설의 제목 『만남』은 어떠한 만남인가. 얼핏 생각하기에는 서양으로부터 온 그리스도 신앙과 동양의 유교 사상이 만났다는 뜻으로 짐작될지 모른다. 넓게 해석하면 그러한 뜻도 없지는 않다고 말할 수 있다. 그러나 그것이 주된 골격이라면 이것은 하나의 교회사 서적이 될 것이다.

이 소설에는 인간들의 만남이 있다. 배신자 낙종이 다른 죄업으로 병신이 되어 공주 감영에 들어왔다. 이곳에 갇혀 있던 권진사는 원수인 종 낙종을 오히려 사랑으로 대해 준다. 손수 짚신을 삼아 판 돈을 들여와 낙종의 연명을 돕는다.

무엇보다도 가슴을 저리게 하는 만남은 거지가 되어 헤어진 세 어린 자매들이 다시 만나는 신비에 있다. 특히 무당 집 수양딸로 들어간 둘째딸 세실리아가 일곱 살 때 헤어진 두 살 위 언니 마리아를 발견해 내는 순간. 세실리아는 무당이 시루떡에 칼로 +자를 긋는 데서도 현기증을 느끼곤 했는데, 지금 언니 마리아가 천주학쟁이로 형장을 향해 가고 있다. 세실리아는 기꺼이 따라붙어 함께 형장으로 가는 수레에 올라탄다. 사랑도 귀하지만 어쩌면 신비가 더 귀함을 이 장면은 절감케 한다.

만남의 통로 몫은 약종과 하상 부자가 맡는다. 다른 형제들과 달리 어지러운 세속을 초월해 진리에만 열중해 살던 학자 정약종. 그의 아들 하상도 같은 시련을 이겨 내며 숙부 다산에게도 오가고, 멀리 함경도 무산에 유배된 학자 유스띠노, 조동섬을 찾아가 글도 배운다.

무엇보다도 하상은 여러 차례 어렵사리 북경을 찾아가 남천주당의 리베이로 신부를 만난다. 자생의 조선 교회, 박해의 피밭에 성직자를 보내 달라는 간절한 청을 건넨다. 주교와 로마 교황에게 보내는, 같은 요청이 담긴 편지도 전한다.

이 편지 글이야말로 강진 유배지에서 다산이 은밀히 다듬어 준 것이다. 이러한 맥락을 일컬어 넓은 지구 위 동양과 서양의 만남,

아니 하느님과 인류의 소통이라고 말할 수 있을 것이다. 이 경우 이 소설에서 쓰이고 있는 천주교 영세명의 유별남, 요한·바오로·마리아·세실리아·유스띠노, 이런 이름들이 오히려 생소하지 않다. 이것이야말로 옛 조선과 세계를 만나게 하는 한 매개가 됨 직도 하다. 지금 소설 『만남』을 국외에서 읽는 서양 독자라면 그러한 소통과 친근함에 가슴이 젖어 들지 않겠는가.

인간은 '완성'을 위해 일하는 존재이다. 한 인간의 자기 완성, 한 사회의 자기 완성, 하느님 나라의 완성 외에 더 소중한 목표가 어디에 있겠는가.

다산은 한 학자로서 자기를 크게 완성하는 소명을 띠고 태어난 인간 같다. 그는 자신이 죽은 뒤에 사용하도록 스스로 자기를 말하는 묘지명을 써 두었다. 거기에 자신의 저서 목록이 들어 있다. 경집 232권, 문집 260권. 그리고 "일은 대강 마쳤으니 이제 죽어도 두려울 것이 없다"고 적었다.

다산이 귀양살이를 하던 강진의 옆 고장 해남은 그의 외가 윤씨네가 사는 데였다. 국문학사상 시조의 대가 고산 윤선도의 집안이다. 윤선도는 효종 임금의 사부였던 때가 있다. 그의 집 '녹우당'의 현판은 효종이 직접 써 준 것이다. 이 녹우당에 만 권의 책이 있었다.

다산은 강진에서 해남으로 왕래하며 이 수많은 책을 가져가고 가져오며 학문에 정진할 수 있었다. 이러한 데에 귀양을 간다는 것은 어떤 의미로는 크게 복을 받은 일이다. 그러한 데에서 18년간이나 귀양살이를 하면서 그는 책을 손에서 놓지 않았다. 열여덟 명의 총명한 제자들도 길렀다.

또한 밥 시중 빨래 시중 들던 질박한 촌부 표씨녀와 물에 물이 섞이듯 자연스레 만나 딸도 하나 두고 지냈다. 여인의 손에서는 가난한 재료로도 성찬이 창조되고, 삶은 그 자체로서 동경의 대상이 될 만한 것이었다. 그리고 이러한 삶의 꽤 두툼해진 갈피들이 한꺼번에 넘겨지는 날이 온다.

"조정에서 전지가 답지했소. 전 좌부승지 정배 죄인 정약용은 나와 상감의 전지를 받으시오."

이 해변 벽지에 어디서 왔는지 바깥에는 수많은 사람들이 모여들어 초당 쪽에 눈길을 쏟고 있었다.

다산은 새로 지은 도포에 북청색 실띠를 가슴 위에 눌러 매고 턱 넓은 음양립을 쓰고 뜰에 내려섰다.

뜰에는 자리 한 잎이 북쪽을 향해 깔리고 홍보를 덮은 조그만 상이 놓여 있었다.

언제 왔는지 강진 현감이 정복하고 한양에서 내려온 선전관 옆에 서 있고, 통인·이속들까지도 양 옆에 도열하고 있다. 열여덟 명의 제자들은 모두 사색이 되어 엎드려 있었다.

다산은 자리 위 상 앞에 단정히 꿇어앉았다가 북향하여 정중

히 사배를 올렸다. 숨소리조차 들리지 않는 정적을 깨고 선전
관이 두루마리를 풀어 목청을 돋우었다.

"유배 죄인 전 좌부승지 정약용, 무인년 팔월 초이틀로 해배."

열여덟 명의 제자들이 일제히 통곡하기 시작했다.

이 장면은 작가 한무숙의 장인 의식이 담긴 문체 그대로이다. 박
진이 있으면서 격식이 있다. 역사 소설은 역사적 단계로서의 그 당
대를 충실히 그려야 한다. 작가가 설혹 진취적 시각을 명분으로 하
여 그 봉건적 당대 현실을 소홀히 지나친다면 그것은 '문화'를 파
괴하는 치졸이 된다. 이 소설은 그러한 폐단에 빠지지 않은 하나의
모범이 되기도 한다.

귀양에서 풀려 고향 마재 마을에 돌아간 다산은 마을 앞 강 너머
에 있는 형님 약종의 무덤에 마음 켕기는 시선을 주며 지낸다. 목
없는 무덤이라고도 했지만 거기에 선망과 질투와 회한을 보내며
바라보고 또 바라본다.

다산은 결국 중국인으로 조선에 들어와 있던 유방제 신부로부터
종부 성사를 받고 75세의 생애를 마친다. 다산이 배교를 후회하고
다시 신앙에 귀의해 초연히 수덕을 쌓다가 죽었다는 데 대해 오늘
날 학계의 경학 계열에서는 부인하려 드는 이들도 있다.

그러나 천주교 신자들의 수선 떨지 않고 은밀한 신앙생활은 천
주교 성직자와 신자들이 가장 잘 안다. 뒷날 조선 교구에 들어온

성직자 다블뤼의 『비망록』이란 소중한 문헌이 있다. 이 문헌을 받아 보고 서양에 앉아서 『한국천주교회사』를 쓴 달레 신부가 있다. 그의 교회사 기록은 다산 정약용의 신앙 회귀를 명백하게 증언해 놓았다.

다만 다산은 죽은 뒤 장례를 간소히 유교식으로 치르라고 유언했다. 그의 묘는 마재 생가 여유당 뒷동산에 지금 단정히 자리잡고 있다. 그의 아내 묘와 함께.

오늘의 가톨릭 교회는 각 지역 각 민족의 고유한 문화 전통과 생활 풍속을 존중한다. 다만 인류의 보편적 진리와 사명을 의식하면서, 교회는 여러 형태의 문화와 만남으로써 서로를 풍요케 한다.

이러한 '만남'의 주제를 절절히 곰살궂게, 또 학술적 테두리의 고증을 담아 창작된 이 소설은 우리 민족의 근대 정신사 맥락을 헤아리고 밝혀 보게 하는 역사 소설이다.

공자가 수수·사수 두 강이 흐르는 곳에서 제자들을 가르쳐 원초 유교를 수사학이라 한다. 다산의 고향 마재 마을도 북한강·남한강이 만나는 양수리 바로 아래에 있다. 여기에서 그는 소년 시절부터 원초 유교의 천명사상에 눈을 떴고, 일생 그 심지에 변함이 없었다. 거기에다 노장과 불교, 천주교까지 보태었다. 그리고 천주교의 하느님은 유교의 하느님과 다르지 않다는 데에 끝내 돌아와 생애를 마무리한 데에서 조선과 세계의 만남은 매듭을 지었다.

다산 그 자신은 고구려와 발해를 역사적으로 고증하고, 실학파의 민족 주체 의식을 견지하며 "나는 조선인, 즐겨 조선시를 쓴다 我是朝鮮人 甘作朝鮮詩"고 갈파한 민족의 지성이다. 그리고 그의 뒤를 이은 이들이 뒷날 주체적 개화 인맥을 이루었으니, 다산은 과연 한국 근대 정신사의 대통 그 자체이다. 이러한 인물의 인간적인 약함과 학문의 큰 사업과 진리와의 합일을 음미하는 대목은 소설 『만남』에 대하여 독자들이 누릴 바 마음가짐이어야 할 것이다.

具仲書(문학 평론가)

머리말 | 고결한 영혼과의 만남

역사를 더듬어 보면 너무나 세인世人 위에 뛰어났기 때문에, 너무나 고결한 생활을 하였기 때문에, 또 남들보다 몇 발 앞선 사고로 남들보다 일찍 눈떴기 때문에 고난과 실의의 생애를 살고 비참한 최후를 마친 인물들과 적지 않게 만나게 된다. 개국開國의 이념으로 주자학朱子學을 금과옥조金科玉條로 받들었던 조선왕조도 말기에 들어서면서 이 지상이념至上理念은 낡고 경색되고 공소화되어 오히려 국가 사회의 발전을 크게 저지하고 있었건만 조금이라도 이에 어긋나면 사문난적斯文亂賊이라 하여 극형을 받아야 했던 그 시대를 살았던 대학자大學者 다산茶山 정약용丁若鏞 역시 그런 사람의 하나였다.

그 해박무변의 학식, 넓은 시야, 고금 학문의 예리 명석한 이해, 그리고 새로운 문물의 수용, 합리적인 사고방식 등으로 너무나 솟아 있었기 때문에 그는 시달리고 모함받고 배척당하고 항상 죽음의 그림자가 드리워진 삶을 살아야만 했다. 그러면서 18년이라는 긴긴 유배 생활을 하면서 한자漢字가 생긴 이래 가장 많은 저서를 남기기도 하였다. 남김없이 섭렵한 뛰어난 고서주해古書註解와 일표이서一表二書를 비롯하여 7백여 권에 이르는 방대한 저서의 내용의 넓고 깊음 앞에서는 그저 망연자실할 수밖에 없으면서 천학비재의 몸으로 그에게 깊은 관심을 갖게 된 것은 그의 기구하면서도 위대한 생애는 물론 그의 영혼의 굴절과 상흔의 죄과, 그리고 승하에 깊은 감명을 받았기 때문이다. 높은 이상과 탁월한 학식과 실학자實學者로서의 합리적인 사고와 생활신조, 그리고 선각자다운 사회 정의 의식을 가지면서 한편 근본적인 사회 개혁에까지는 상도想到하지 못하고 고결한 뜻을 가지면서 끝내 인성人性에의 집착을 버리지 못했던 이 위대하면서도 모순과 인간적인 약점을 지닌 고독한 영혼은 오래전부터 나를 사로잡아 왔었다. 그의 어디까지나 인간적인 얼마큼의 잘못과 죄과도 어느덧 그의 위대성 못지않게 나에게 감명을 주었기 때문이다.

또 그와는 아주 달리 아무런 흔들림 없이 믿음의 길을 곧장 걸어 기꺼이 목숨을 바쳤던 그의 조카 성 정하상 바오로의 순결무구한 삶은 언제나 내 마음을 씻어 주고 있다. 이 대조되는 두 영혼은 어느 한쪽도 그 무게를 덜하지 않고 나를 채워 주고 있는 것이다. 그들이 살았던 병든 시대를 함께 산 사람들의 마음의 지주, 그리고 우리 민족의 고귀성을 증명한 장렬한 순교자들의 생애도 쓰고자 애썼으나 나의 힘에는 모두 벅찬 과제였던 것 같다.

이 소설을 쓰면서 나는 많은 분의 도움을 받았다. 주책없을 정도로 보채는 나에게 싫은 얼굴 한번 보이지 않고 끊임없이 사료史料를 제공해 주신 오기선吳基先 최석우崔奭祐 박희봉朴喜奉 신부님, 김옥희金玉姬 수녀님, 다산茶山 댁과 가까운 집안이 되시는 정덕진丁德鎭 신부님과 정해성丁海星 신부님 부자분, 이을호李乙浩 차주환車柱環 최근덕崔根德 김열규金烈圭 송재소宋載邵 선생님들, 그리고 난해한 다산茶山의 문장 해독에 많은 도움을 주신 김진해金振海 선생님께 감사를 드린다.

韓戊淑

| 1권 차례 |

| 2권 차례 |

무상계 無常戒

1

하상夏祥이 찾아온 것은 혜장惠藏의 다비茶毘가 끝난 지 엿새
되던 날이었다. 불자佛子가 입적하면 곧 다비에 부치는 것을
몰랐던 바는 아니나 막상 임종 입감(入龕=승려의 관은 龕이라 한
다)에서부터 마지막 보시〔布施〕인 산골散骨까지 지켜보았을 때
의 충격은, 기구한 부침 인생에 웬만한 일에는 동함이 없게 되
어 있던 다산茶山으로서도 견딜 수 없는 큰 것이었다.

혜장은 다산보다 십 년 연하, 겨우 사십의 장년이다. 미천하
고 빈궁한 집에 태어났지만 출가 후 얼마 가지 않아 경혜출군警
慧出群 학지수년學之數年 명조치림名噪緇林—놀랄 만큼 지혜가
뛰어나 공부한 지 몇 해 만에 이름을 불교계에 떨쳤다—이라
일컬었던 학승이다.

화악문신華嶽文信의 적전嫡傳으로 나이 삼십에 두륜頭輪의

모임에서 맹주盟主가 되는 관록도 가졌었다. 불승으로 유서儒書를 익혀 일찍이 다산은 그를 과숙유(果宿儒=과연 학식과 덕망이 높은 유학자)라고 했고, 선禪과 역易을 함께 하는 경지에 이르러 있었다.

결코 범승이 아니다. 돌중이라도 뼈에 새기는 한 조각 부운 인생, 생자필멸의 이치를 모를 리 없다. 색즉시공色卽是空 공즉시색空卽是色의 무상함을 어찌 익히지 않았겠는가.

그러나 그의 죽음은 처절의 한 마디에 그쳤다. 그것은 40세의 창창한 목숨이 부운처럼 꺼져 본무실本無實로 돌아가기를 거부하고 있는 것 같은 느낌을 주었다.

승려로서 있을 수 없는 일이었으나 그의 성격은 거칠고 격하기 쉬웠고, 두주斗酒를 사양치 않는 폭음가이기도 하였다. 식육행음食肉行淫 구무불가俱無不可—고기를 먹거나 계집질을 하거나, 다 불가할 것이 없다는 선禪을 행하고자 한 것이었으나 물론 그런 일이 허락될 성인의 경지에서는 멀리 있었다.

그는 만년에 무단혜無端兮란 말과 부질업시夫質業是라는 말을 자주 입에 올렸었는데, 이는 모두 뉘우침의 말이요, 그의 인생 고뇌는 그만큼 컸던 것이다. 그는 그 뉘우침과 고뇌를 술로 달랬다. 뉘우침 없는 자신을 찾고자 몸부림치며 마음도 몸도 앓고 있었다. 벌써 오래전부터 그는 폭주로 인한 복창腹脹을 앓고 있었던 것이다.

십여 일 전부터 병세가 악화되어 거처인 대둔산大芚山 대흥
사大興寺 북암北庵에서 와병 중이던 혜장의 용태가 심상치 않다
는 전갈을 받고, 다산茶山이 귤동橘洞 초옥을 나선 것은 구월
보름날 이른 아침이었다. 도암면道岩面 귤동에서 대둔산까지는
백 리 길이다. 단구일망정 무쇠처럼 탄탄한 체격과 굴강한 체력
을 가진 다산이었으나 유락流落 십 년에 이제 스스로 기력의 쇠
진을 느끼기 시작하고 있었고, 이 몇 개월 동안에 치아까지도
세 개나 빠졌다. 백 리 길은 가까운 거리가 아니었다.

그러나 다산은 마구 뛰고 있었다. 이날 귤동 앞바다는 가을
햇살을 받아 은모래를 뿌린 듯 아름답게 반짝거렸고, 익어 가
고 있는 유자가 짙게 향기를 뿜고 있었다. 바람이 불 때마다 기
슭에 우거진 갈대숲이 은가루를 흩트리면서 흔들린다. 바다에
바싹 닿아 있는 길이었지만 길섶에는 들국화가 지천으로 피고
풀단풍이 곱다. 외로운 유적지였으나 다산이 다시없이 사랑하
는 꿈 같은 풍광이다.

그러나 다산은 한 번도 눈길을 주위에 주지 않았다. 그만한
인물에 모진 풍상을 겪을 대로 겪은 그였지만 지금 그는 황황
망조하고 있었다.

아암兒庵이 죽는다. 죽어 가고 있다. 처음 당하는 절망처럼,
처음 당하는 슬픔처럼, 전후를 잃고 그는 뛰듯이 걷고 있었다.

"선상님, 금시 어찌되시는 건 아니닝게 찬찬히 걸으시지라

우. 병환이나 나시믄."

간밤에 도착하여 채 쉬지도 못하고 되잡아 가는 이성顧性이 자꾸만 뒤로 처지면서 말을 건넨다.

"아니다. 해 안에 당도해야 되느니라."

다산의 마음은 걸음보다도 다급하다. 그는 계속 걸음을 늦추지 않았다. 대둔산에 당도했을 때는 구월 보름의 맑은 달이 휘영청 밝았다. 다산은 다리도 쉬지 않고 이내 북암으로 가는 산길로 접어들었다. 진종일 걷는 동안 얼마쯤 가라앉았던 마음이 다 왔다는 해이 때문인지 다시 다급해져서, 그는 대낮같이 밝은 길에서 두어 번이나 발을 헛디뎠다.

동백나무와 소나무, 비자나무 등이 우거진 숲 저편에 불빛이 보이고, 침중한 독경 소리가 흘러나오고 있었다. 독경은 여러 사람들의 합송이었다. 이 야심夜深에 깊은 산중 외딴 암자에 불빛이 밝고, 여러 사람이 합송하는 독경 소리는, 무엇인지 알 수 없는 엄숙함과 외포스러움과 흉흉함을 자아내고 있었다.

다산의 가슴은 천 길 아래로 내려앉는다. 공복도 피로도 잊고 그는 달려 올라갔다.

북암에는 큰스님까지도 올라와 있었다. 먹물빛 이불을 덮고 서향西向으로 누워 헐떡이고 있는 혜장을 중심으로 사승寺僧들이 합장 정좌하고 무상계無常戒를 합송하고 있었다. 무상계는 임종경이다.

夫 無常戒者 入涅槃之要門 越苦海之慈航 是故一切諸佛 因此戒
故而入涅槃—

대저 무상계라 하는 것은 열반에 드는 요문이요, 고해를 넘는
데 자비로운 항해이니라. 이 계로 인하여 일체 제불이 열반에
들고—

혜장의 귀에는 아무것도 들리지 않는 것이 분명했다. 사십이
면 요절이라 아직 젊은 목숨이 처절하게 죽음과 싸우고 있었다.
의식은 이미 없었다. 의식이 없기 때문에 거기에는 육신만이
남아 일찍부터 생사에 초연해 있는 영신靈身을 배반하고, 생체
生體의 의지만으로 완강하게 죽음을 거부하고 있는 것이었다.

입적入寂 적멸寂滅이라고는 할 수 없는 임종이었다. 그는 이
를 갈고 눈을 부릅뜨기도 하고 주먹으로 허공을 치기도 했다.
가슴을 헤쳐 두 손으로 쥐어뜯다가 짐승 같은 소리로 고함을
지르기도 했다. 평소의 그의 높은 학식과 덕망, 유불儒佛 역선
易禪의 오의를 터득코자 정진 수행하던 그 초탈함은 어디로 갔
단 말인가.

추하기조차 한 그 처절한 모습을 지켜보며 다산은 마음으로
뜨거운 눈물을 흘리고 있었다. 측은함과 슬픔이 밀물처럼 몰려
와 기막힌 통곡이 소리 없이 터져 나온다. 진정 이런 모습으로

이 정답고 고마운 벗을 보내고 싶지는 않았다. 좀더 고결하게 해탈된 모습으로, 명승名僧답게 담담하고 초연하게 갈 수도 있지 않았겠는가.

혜장이 위독 상태에 빠진 것은 이성이 귤동으로 떠난 직후부터라 하니 꼬박 이틀을 그런 모양으로 있었고 승들은 독경에 지쳐 있었다. 시종 합송되는 무상계는 이제 마치 죽어 가는 사람을 재촉하는 것같이 들렸다.

무참한 고투에 비해 임종은 어이없이 쉽게 왔다. 느닷없이 벌떡 일어나려는 혜장의 몸을 받쳐 자리에 뉘이려 했을 때, 그의 머리가 힘없이 베개 위에 떨어지고 그것이 임종이었다. 밤은 삼경이 넘어 있었고 밖은 달빛이 너무도 청명했다.

다산은 알 수 없는 안도감을 느끼며 슬픔에 잠겼다. 독경은 여전히 계속되고 있었고, 몇 사람의 승들이 한 마디의 말도 없이 바쁘게, 그러면서 조용하게 움직이고 있었다. 불가의 법도인지 혜장이 사랑하던 두 제자, 이성과 자홍慈弘도 곡哭을 하지 않았다. 다만 파랗게 민 머리에, 관자놀이에서 뻗은 굵은 핏줄이 불끈 솟고, 그것이 가끔 지렁이처럼 꿈틀거렸다. 어린 사미沙彌가 들고 들어온 촛불이 그들의 앞을 지날 때 다산은 찌그러진 그 얼굴들이 온통 눈물로 범벅이 되어 있는 것을 보았다.

염습殮襲은 새벽이 오기 전에 시작되었다. 아직 유해에는 체온이 남아 있었을지도 모른다. 치의緇衣의 소매를 어깨까지 걷어 올린 세 사람의 승이 유해의 머리를 깎기 시작했다. 독경은 무상계에서 신원적(新圓寂=방금 세상을 떠난 사람) 혜장 각영(覺靈=영혼) 생종하처래生從何處來 사향하처거死向何處去로 시작되는 삭발송削髮誦으로 옮겨 가고 있었다. 이어 목욕편으로 들어가 세수洗手 세족洗足 착군(着裙=속바지를 입히는 것)이 끝나고, 신원적 혜장 각영 내시시하물來時是何物 거시시하물去時是何物 내시거시來時去時 본무일물本無一物로 이어지는 독경 속에서 법의가 입혀지고, 착관송着冠誦이 합송되는 가운데 머리에 통천관通天冠이 씌워졌다.

육경사서六經四書를 남김없이 훑고 예리 명석한 해주解註를 붙인 석유碩儒 다산이다. 물론 예학禮學에 있어서도 많은 저서를 남겼다. 경세유표經世遺表 같은 대개념의 예에 대한 대저술을 비롯하여 소개념의 예인 가례家禮에 대하여도 방대한 저술이 있다. 그중에서도 상례喪禮에 관한 것이 상례사전喪禮四箋 60권 외에 상례외편喪禮外篇, 상례절요喪禮節要, 제례고정祭禮考定 등등, 가장 많다. 당시 금과옥조金科玉條같이 지켜졌던 주자가례朱子家禮의 번쇄함을 비판하면서도 시풍時風의 상례에 통달해 있었던 것은 말할 나위도 없다.

그러나 들은 바가 없었던 것은 아니었으나 막상 목전에서 벌어지고 있는 불가의 상례는 놀라움이 아닐 수 없었다. 이윽고 그 놀라움과 충격은 유해를 정좌正坐시켰을 때부터 더 커 갔다.

그들은 아직은 경직이 오지 않은 혜장의 유해를 일으켜 합장 자세로 결가부좌結跏趺坐하여 앉게 하고 오른 어깨에서부터 가사를 걸었다.

시식문施食文이 외어지는 가운데 반상飯床이 차진되고 다게茶偈가 끝나고, 큰스님의 독송으로 표백表白이 봉송된 후 제문이 올려지고 입감으로 들어갔다.

한층 드높아진 독경 소리 속에서 합장 결가부좌한 혜장의 유해는 네모 관 속에 안치되고 긴 기감起龕문이 끝나자, 방감은 경내의 다비터로 옮겨졌다. 다비터는 명부전冥府殿 뒤를 얼마 올라가지 않은 편편한 곳에 있었다. 넓고 반듯한 반석을 중심으로 황, 청, 홍, 흑, 백의 오색번五色幡이 각기 그 빛깔이 상징하는 방위에 따라 세워지고, 반석 위에는 숯을 두껍고 편편하게 깔았다. 숯은 바위 옆에도 몇 가마나 쌓여 있었다. 방감이 그 숯 위에 올려지자 한 사람이 멍석을 적셔 그 위에 엎었다. 이윽고 몇 사람의 승들이 가마니를 쏟아 방감이 보이지 않을 만큼 숯으로 그 둘레를 쌓았다. 이어 관솔에 불을 붙여 높이 들고 차일거화此一炬火 비삼독지화非三毒之火 시여래일등삼매지화是如來一燈三昧之火 하며 거화송擧火誦을 외운 후, 하화송下火誦의 합송 중에 관솔불이 숯에 댕겨졌다.

청명한 날씨였다. 산중의 나무들은 온통 곱게 단풍져 비단을 펼쳐놓은 듯 화려하고, 머리 위에는 높은 하늘이 슬프도록 파아렇게 펼쳐져 있었다.

숯더미는 이내 지나는 바람에 버얼겋게 달아올라 거대한 불덩어리가 되었다. 가을바람이 부는 대낮인 까닭인지, 방감 위의 젖은 멍석 때문인지 연기조차 눈에 보이지 않고 이취異臭도 풍기지 않으면서 불은 곱게 타고만 있었다. 그것은 정화淨火라는 느낌을 짙게 주었다.

다산은 슬픔조차 잊고 비정의 극인 이 광경을 지켜보고 있었다. 억불抑佛의 시대라 선비에게는 금구일 수밖에 없는 '나무아미타불'이 저도 모르는 사이에 입에서 흘러나오고 있었다.

가을 산사의 어둠은 유달리 일찍 온다. 아침 공양이 끝난 후부터 즉시 거행된 다비는 땅거미가 져도 끝나지 않았다. 불덩이는 기망(旣望=음력 16일)의 달이 떠올라도 꺼지지 않고 더욱 투명한 주황색으로 타고 있었다. 달빛 아래 신비스러우리만큼 아름다운 불덩어리가 차차 작아지기 시작한 것은 신시(申時=오후 여섯 시 반에서 일곱 시 반까지)가 가까울 무렵이었다.

새롭게 봉송송奉送誦이 합송되고, 이어 창의송唱衣誦으로 옮겨가면서 자꾸만 다시 적셔 덮고 있던 멍석이 드디어 걷어졌다. 겨우 신시였지만 산사는 이제 심야 속에 묻혀 들어가고 있었다.

가장 큰 충격은 다음 날 아침에 왔다. 깔깔한 입으로 두어 술 뜨는 둥 마는 둥 공양을 마치고 다비터로 가니, 바위 위의 불덩어리는 간 곳이 없고 하아얀 재만이 정갈스럽게 쌓여 있는 것이었다. 전날보다는 훨씬 수가 줄은 승려들이 바위를 둘러서서 기골송起骨誦을 외우는 중에, 다른 몇 사람이 재를 헤치자, 하얀 뼈 토막들이 나타났다. 승들은 취부득取不得 사부득捨不得 하며 습골송拾骨誦을 송하면서 긴 박달나무 젓가락으로 가는 뼈 하나 남기지 않고 습골을 하여 그것을 두꺼운 놋쇠 양푼에 담았다.

가장 끔찍한 일은 다음에 일어났다. 그들은 쇄골송碎骨誦을 외우면서 뼈를 갈아 골분을 만들었던 것이다. 뼛가루가 다 되어 갈 무렵 젊은 승 하나가 김이 무럭무럭 오르고 있는 하얀 밥을 고봉으로 담은, 큰 놋쇠 발우鉢盂를 두 손으로 받쳐 들고 올라왔다.

다시 높아진 독경은 산골송散骨誦으로 오대공쇄백운간五臺空鎖白雲間 환귀본토진언옴還歸本土眞言唵 바자나婆左那 사다모娑多謨 하고 의식이 끝날 때까지 반복되었다.

쇄골을 하던 승이 공양(밥) 발우鉢盂를 받아 뼛가루가 든 양푼에 쏟아 섞었다. 뼛가루와 밥이 골고루 섞여지자 그들은 그것을 바위 위에 뿌렸다.

사람들이 그 자리를 뜨기도 전에 산새들이 몰려왔다. 삽시간에 뼛가루를 섞은 눈같이 흰 밥은 새들의 날개로 덮이고, 한참 후 새들이 날아간 후에는 이미 아무것도 남아 있지 않았다. 마지막 보시布施로 혜장은 자신의 육신을 희사한 것이었다.

허무란 말만으로는 다산의 심정을 표현할 수가 없다. 그는 아무것도 남아 있지 않은 바위 위에 눈을 던졌다. 이제 육신을 구성하는 지地, 수水, 화火, 풍風의 사대四大는 다시 사대로 돌아갔는데, 독로獨露된 영은 인연과 업보에 따라 다시 중생으로 환생한다지만 과연 어디에 다른 인연을 맺어 떠난 것일까. 그는 눈을 감았다.

다산은 혜장의 만년의 고뇌를 알고 있었다. 역易의 극의極意를 오득悟得코자 뼈를 깎던 그가 그렇게도 오신을 자회自悔한 까닭은──불제자로서 깊이 불리佛理를 믿으면서도 인생이란 결코 법계연기法界緣起의 자동적 산물이 아니고, 순천順天해야만 하는 정명正命의 도가 엄연히 있지 않겠는가 하는 그의 새로운 깨달음을 알고 있었다. 하여 새로운 혜장 안에서 인생은 '무無'가 아니고 '유有'였다. 드디어 그는 역리易理를 터득했던 것이다.

이겨 내기 힘드는 충격과 비창과 허무감으로 잠 이루지 못한 밤을 새우고 다산은 자홍과 더불어 산나무 열매 한 상자를 땄다. 이윽고 마을에 내려가 술 한 말을 사서 자홍으로 하여금 혜장의 악전(幄前=제청)에 곡하게 하고 제문을 올렸다.

"슬프도다, 아암이여. 그대가 돌아간 지 이미 하루가 지났으니 이제 포희(庖犧=푸줏간 고기)를 보았는가. 또한 능히 조주화상趙州和尚을 친히 만났는가. 일생토록 구자무불성狗子無佛性

을 염하였으니 진실로 이미 연화세계〔極樂〕에 있지 않겠는가. 슬프다, 아암이여. 이 두 가지를 그대는 이미 알고 있었도다."

지하의 아암은 이 제문을 듣고 명복하였으리라. 진실로 자기를 이해해 주는 벗, 스승을 가진 기쁨으로 혼연히 왕생하였으리라. 제문 중의 포희론庖犧論은 아암의 역리 오득을 밝힌 것이요, 조주화상론은 선사禪師 아암의 종주무염縱酒無厭이 진시선眞是禪임을 밝힌 것이기 때문이다.

이렇듯 간담상조하던 정답고 살뜰한 손아래 벗이었으며, 자기를 스승으로 지성껏 섬겨 주던 제자이기도 했던 아암을 잃은 외로움, 더욱이 보지 않았으면 좋았던 그의 임종과 다비, 특히 귀기鬼氣마저 서렸던 비정 처절한 산골에서 받은 충격으로 귤동에 돌아와서도 다산의 마음은 아프기만 하였다. 슬픔과 허무감과 외로움으로 그는 주야로 술만 마시고 울었다.

그렇게 닷새가 지났다. 그날도 만취한 채 앉았던 자리에서 곯아떨어졌던 다산은 갈증과 한기로 잠이 깨었다. 취기는 아직도 얼마만큼 남아 있는 모양으로 머리가 무겁고, 냉돌에 닿았던 허리가 저렸다. 한 손을 짚고 일어나 앉으려다가 문득 방바닥을 짚은 손등에 눈이 갔다. 약간 꺾어 누른 손등은 온통 주름 투성이가 되어 있었다. 순간 취기가 한꺼번에 싹 가셨다. 저도 모르게

"음."

신음 소리가 흘러나왔다.

밖에서 인기척이 났다. 이윽고 변성기를 겨우 넘긴 젊은 음성이,

"선생님"

하고 불렀다.

종심鐘心의 음성이다.

"오, 종심이로구나. 너 돌아와 있었구나."

종심은 이들의 허락을 받고 이틀 전에 귤동을 떠났었다.

"네, 방금 당도했습니다. 해남에서 비자과榧子菓를 좀 가지고 왔어요. 차를 달여 함께 올리겠습니다."

억양에는 호남투가 약간 섞였으나 깍듯한 경사京辭다. 그는 금년 십구 세, 처사處士 윤단尹慱의 둘째 규하奎夏의 장남으로 다산 십팔 제자 중의 한 사람이다. 호를 감천紺泉이라 하고, 윤동尹峒으로도 불렸다. 후에 자하산인紫霞山人 다산 찬撰의 대동선교고大同禪教考의 발문을 쓴 사람이다. 연소할 때부터 총명하면서 부드럽고, 섬세하고 조용한 성품으로 스승에 대한 공경이 극진하였다.

해남 대둔사 어귀에 있는 다산의 외가 부근에는 비자림이 울창한데 다산은 이 비자를 좋아했다. 구월도 하순에 들어섰으니 비자 수확도 끝나 있었으리라. 이들의 말미는 스승을 위하여, 스승이 좋아하는 비자를 구해 오고자 했던 정성에서 온 것이었

다. 다산이 유달리 좋아하는 해남 윤씨 가전의 비자과까지 만들려면 이틀은 너무 짧다. 오고 가고 200리의 해남길, 아무리 한창 솟는 젊음이라도 얼마나 서둘렀을까, 얼마나 지쳤을까. 부쩍 마음이 약해져 있는 다산의 눈 속이 뜨거워 온다. 그는 부드러운 음성으로,

"종심아."

부르고 말을 끊었다가 한참 후에야

"고맙다."

약간 쉰 음성으로 나직이 말했다.

언제부터인지 차 시중은 종심의 소임이 되어 있었다. 소년은 익숙한 솜씨로 질화로 위에 차솥을 얹었다. 차는 곧 끓기 시작하고 그윽한 향기가 피어 퍼졌다.

향기로운 차향이 코를 스치자 다산은 저도 모르게 몸을 떨었다. 그리움이 아픔처럼 저며 온다. 차, 차—해마다 곡우절이 오면 손수 만덕산의 차나무 눈아〔嫩芽〕가 참새 혀끝〔雀舌〕만큼 자랐을 때를 놓치지 않고 따서 정성스럽게 차를 만들어 보내 주던 혜장—그는 가고 혼자 남은 외로움이 다시금 사무쳐 온다. 아픈 별리가 어찌 이번뿐이랴. 기구 인생에 수없이 겪어야 했던 별리가 아니었던가. 그러나 당할 때마다 가슴에 멍이 든다. 다산은 그렇게 사랑하는 차에도 좋아하는 비자과에도 손을 댈 수가 없다. 그는 목침을 베고 다시 누워 눈을 감았다. 혜장

과 처음 만났을 때의 일이 어제 있었던 일처럼 또렷이 떠오르고, 지난 10년의 풍상이 주마등처럼 눈앞을 스쳐갔다.

을축년 봄이었다. 신유교옥辛酉敎獄 사건으로 죄인의 몸이 되어 강진에 유배된 그는 죄인과의 접촉을 두려워하는 고장 사람들로부터 외면당하고 있는 외롭고 서러운 신세였다. 거처할 곳조차 없는 그를 불쌍히 여겨 동문 밖에서 술 파는 노파가 헛간 같은 협실 하나를 내어 주어 간신히 야로夜露를 면하면서, 협실 이름을 사의재四宜齋라 짓고 4년을 살았다. 그러니까 을축년은 5년째 해가 된다. 암습한 헛간 같은 방을 사의재라고 한 것은 오로지 담澹, 모貌, 인認, 동動의 4의에 마음을 다하고자 하는 뜻에서였다. 다산은 굴속 같은 그 방에서도 붓을 놓지 않았다. 임술년이라면 귀양 온 다음 해로 위험한 죄인으로 버림받고 있던 때였건만, 그는 『단궁잠오檀弓箴誤』, 『조전고弔奠考』 등을 저술하고 있었다.

을축년 그해 그는 『정체전중변正體傳重辨』을 완성시키고 있었으나 오래전부터 힘을 쏟고 있던 것은 역학 연구였다. 다산이 역학을 접하기 시작한 것은 강진으로 유배간 후부터라 하지만 그 후 그는 어느 경서經書보다도 많은 시간과 정력을 역학에 기울이게 되었다. 그리하여 5년이라는 긴 세월의 연마 조탁彫琢 끝에 다산역茶山易을 완성시켰던 것이다. 이윽고 혜장과는 역을 통하여 깊은 인연을 맺기도 하였었다.

다산은 자기를 꺼리고 두려워하는 강진 사람들을 잘 이해할 수 있었다. 신해辛亥년의 사옥사건邪獄事件은 바로 해남에서 일어났던 것이다. 그들은 국법의 준엄함과 옥사의 잔인 냉혹함을 너무도 잘 알고 있을 것이었다. 그리고 그 옥사로 순교한 고산孤山의 후예 윤지충尹持忠은 다산의 외종이니, 다산은 실로 앙화를 초래할지도 모르는 위험 인물이라고 생각했을 것이다. 그 윤지충의 일문 족척조차도 외손인 그가 찾아갔을 때 얼마나 푸대접을 하였던가. 서교西敎를 믿었다는 그것이 중죄가 되어 가산은 적몰되고 사람은 형리의 손에 죽고 가권家券은 이산되었으니 어찌 끔찍하고 두렵지 않았겠는가.

하여 다산은 외롭고 두려운 유락인이었다. 사람 그리움에 그는 가난한 술청을 찾는 가난한 천인들이 어쩌다 말을 걸어 오면 그것만으로 그 하루 뿌듯함을 느끼며 지낼 정도로 인정에 굶주리고 있었다. 그런 그에게 소박한 벗이 생겼다. 백련사白蓮寺 사령寺領 전답 몇 뙈기를 소작하고 있는 표表가 성을 가진 늙은이였다. 그는 초하루, 닷새, 달에 여섯 번 서는 장날이면 어김없이 읍에 들어왔고, 읍에 오면 술청을 찾았다. 늙은 주모가 누이뻘이 된다던가.

표서방은 술청을 찾을 때마다 다산의 협실 앞에 꿇어앉아 문안을 드렸다.

"고상이 많으시지라우."

지지리도 못살아 장나들이랍시고 입은 옷마저도 누덕누덕
기운 누더기였다. 그러면서 제 고생은 제쳐 놓고 그는 다산을
위로했다.

　　귀양 온 다음 해였던가. 역시 어느 장날 술청을 찾은 표서방
을 보자, 떠들썩하던 술청이 갑자기 조용해지고

　　"바우아배의 상처는 덧나지는 않았답디아?"

　　"고롯콤 기찬 일이 또 있을지라우?"

　　"오죽이나 하면 그랬겠냐. 아이고 짠해라(딱해라)."

　　"어쨌거나 요상한 일이요잉?"

　　모두가 한마디씩 하는 것이었다.

　　장날이면 으레 그렇듯, 문을 굳게 닫고 협실에 앉아 있던 다
산은 그들이 떠드는 소리로 무슨 일이 있었던가를 알았다. 어
이없는 일이라 기가 막힌다. 무연撫然히 수염을 쓸다가 붓을 들
었다. 단숨에 시 한 수를 썼다. 이름하여 애절양(哀絶陽＝거세를
슬퍼하노라)―

　　　蘆田少婦哭聲長

　　　哭向縣門號穹蒼

　　　夫征不復尙可有

　　　自古未聞男絶陽

　　　舅喪已縞兒未澡

三代名簽在軍保

갈밭마을 젊은 여인 울음도 서러워라

현문縣門 향해 울부짖다 하늘 보고 호소하네

군인 남편 못 돌아옴은 있을 법도 하지만

예부터 남절양男絕陽은 들어 보지 못했노라

시아버지 죽어서 이미 상복 입었고

갓난아이 배냇물도 안 말랐는데

삼대의 이름이 군적에 실리다니

宋載邵 역

　　표서방의 처조카 바우아배는 노전蘆田에 살고 있었다. 부친
상을 치른 얼마 후 아이를 낳았다. 겨우 초사흘 되는 날 아직
배냇물도 마르지 않은 이 아이는 군보軍保에 등록되고 죽은 할
아비는 여전히 군적에 남아 있으니 조반석죽이 어려운 처지에
삼대 군보를 감당 못하자 이정里正이 소를 빼앗아 갔다. 바우아
배는 칼을 뽑아 자기의 양근을 자르면서
　　"식구 모두가 이것 때문에 이 고상이여"
하고 울었다. 아내는 피가 뚝뚝 떨어지는 잘려 나간 남편의 양
근을 가지고 관가로 뛰어갔다. 울며 호소하였으나 문지기가 막
아 버려 현문만 쳐다보고 울기만 했다는 것이다.
　　아직 이십 세 전에 예천 군수가 된 선고(先考=돌아간 아버지)

를 따라 고을에 내려가서 아버지가 목민하는 것을 목도도 하였
으며, 자신도 짧은 시일이었으나 곡산谷山 군수郡守로 백성을
성심껏 다스려 보았다. 그러나 백성들의 기막힌 실정, 제도의
불합리성과 기강의 문란, 목민관들의 부패와 부조리 등등은 죄
인의 몸으로 유적의 땅에 살면서 비로소 깊이 알게 되었다. 명
저 『목민심서牧民心書』는 다산의 내부에서 이미 기고起稿되고
있었다.

절양絕陽의 사건이 있는 후부터 다산은 표서방과 좀더 가까
워졌다. 조심스러운 죄인의 몸이어서 사람 눈을 피하고 있었으
나 실학자實學者답게 농사 지도도 하였다. 퇴비 만드는 법이라
든가 농지의 최대한 이용, 가축 기르기, 과수 심기, 농한기 이
용, 약초와 채소 가꾸기 등등 그는 많은 것을 가르쳤다. 환갑이
넘은 표서방은 아들들을 독려하여 퇴비를 만들고 싸리담 옆에
감나무를 심었다. 풀만 무성하던 오막 뒤 언덕에 약초 씨를 뿌
리고, 논두렁과 밭두렁에 심은 콩에서 반 가마의 수확을 보았
다고 풋콩을 삶아 오기도 했다. 음담패설이 아니면 술타령, 투
전으로 허비하던 겨울 농한기에 가마니 짜고 짚신 삼았다고 짚
신도 몇 켤레 갖다 주었다.

을축년 봄 어느 날, 장날도 아닌데 표서방이 술청에 들러 곧
장 다산의 협실을 찾았다.

"승지 영감 편안하시지라우?"

언제서부턴가 그는 다산을 '서울 영감'이라고 부르지 않고 '승지 영감'이라고 부르고 있었다.

낮에도 컴컴한 방에서 언제나처럼 다산은 독서에 골몰하고 있었다. 외가인 해남의 윤씨 종가집에는 수천 권의 장서가 있다. 읽고 있는 책도 옆에 쌓인 책도, 백 리 길을 걸어가 반기지 않는 그 집에서 빌려 온 것이다. 낡은 경상과 연상硯床도 못 쓰게 되어 그 집 헛간에 버려져 있던 것을 주워 와서 사괘를 맞추고 손질을 했었다. 종이, 벼루, 먹, 붓만은 집안 종 석이가 마재 집 소식을 전해 왔을 때 당부하였더니, 임술년 봄 처음으로 큰아들 학연學淵이 부친을 뵈오러 오며 가져다 준 것이다.

겨우 사십을 두서너 살 넘은 나이에 두꺼운 돋보기만을 의지하여 밤이나 낮이나 독서가 아니면 글을 쓰고 있는 그 모습은 두려움마저 느끼게 하였다.

그의 학문에 대한 열정과 집념은 처절하기조차 했다. 신유사옥이 처음 터졌던 그해 이른 봄, 서소문 밖 형장에서 바로 위의 형 약종若鍾은 끝내 치명 순교하고, 둘째형 약전若銓은 전라도 신지도薪智島로, 그는 경상도 장기長鬐로 유배를 가야 했던 천고에 없는 기막힌 일을 당하였지만, 그는 그해 겨울이 오기 전에 『기해방례변己亥邦禮辨』이라는 책을 저술하고 있었다. 다산은 그런 사람이었다.

표서방은 이 서울 양반이 한없이 우러러 보여지며 고맙고 어렵다. 그 컴컴한 방에서 책을 읽을 수 있다니, 천작쟁이(천주학쟁이)들은 술수術數를 익힌다더니 이 양반도 아니라고들은 하지만 정작은 천작쟁일지도 모른다는 생각이 문득 들 때도 있다. 술청의 술꾼도 없고 봄 날씨가 따사로워 협실의 문이 반쯤 열려 있었기 망정이지, 말을 건네는 것조차 삼가질 때가 많다. 다산은 표서방의 말이 들리지 않았던지 책만 읽어 나간다. 낭랑한 소리다.

표서방은 잠시 망설이다가 다시

"승지 영감"

하고 불렀다.

그제야 다산이 돋보기를 이마 위에 올리며 고개를 돌렸다.

오랜 칩거 생활 탓인지 창백할 정도로 피부빛이 희고, 짙고 검은 수염은 아름다우나 작달막한 키에 출중치 못한 인물이라고 자타가 말하고 있지만 표서방에게는 부신 용모다. 표서방은 까닭 없이 또 송구해진다.

"저어—."

"무슨 일인고?"

"소인의 동무에 만덕사에서 부목(負木=절에서 나무나 허드렛일을 하는 사람)하는 눔이 있지라우."

"그래서?"

"그눔이 얼매 전부터 만덕사에 혜장스님이 와 계신다고 히어요."

"혜장이 누군고?"

"나이사 상기 젊소만 높은 스님이지라우. 사람마다 만나고
싶어하지만 스님이 들어 주지 않으닝께 애가 타요잉."

"왜들 그렇게 만나고 싶어하나?"

"그 스님, 높은 스님잉게 상도 잘 보고 점도 잘 치고 히어요."

"중이 점을 치다니 괴이한 놈이구나."

표서방은 머리도 두 손도 마구 흔들면서,

"스님은 그런 사람이 아니지라우. 복채 받고 그런 짓은 않소.
그저 지나는 길에 우찌우찌 던지는 말이 기차게 맞아 그란다
요."

"괴승이구나."

다산은 별 흥미를 보이지 않고 다시 안경을 내려 쓴다. 표서
방이 황급히,

"승지 영감"

하고 부르고

"실은 혜장스님이 승지 영감을 꼭 만나고 싶다고 한다요."

"나를? 왜?"

다산은 눈을 크게 떴다. 표서방은 부신 듯이 얼른 얼굴을 숙
였다가 다시 고개를 들고

"그것도 지성으로 애태운다 하닝께 한번 만나 보시시소. 이

름난 스님잉께로."

진심으로 권하는 것이었다.

나를 만나고 싶어하는 사람도 있다. 그것도 애태우며—모든
사람이 액신厄神처럼 피하고 두려워하는 이 죄인을. 다산의 마
음은 적이 움직였다.

이튿날 점심을 든 후, 그는 표서방을 앞세워 만덕사로 향했
다. 강진 앞바다를 향하여 만덕산 기슭에 자리잡고 있는 만덕
사는 고려조에 팔국사八國師, 조선조에 팔대사八代師를 배출한
명찰이다. 만덕사는 백련사白蓮寺라고도 칭하는데, 이는 선종
禪宗 중심으로 신라新羅 때 백련결사문白蓮結社文을 짓고 백련
결사를 한 도량〔道場〕이었기 때문이다.

다산은 무명 바지저고리에 흰 중치막을 입고, 검푸른 띠만
띤 가벼운 차림새다. 출타를 삼가는 칩거 생활로 오랫동안 자
릿대에 걸린 채 있는 도포를 입으려다가, 자신의 처지를 새삼
깨닫고 테 넓은 음양립陰陽笠만 썼다. 그래도 벌어진 어깨 하며
백설의 살결, 짙은 눈썹과 아름다운 턱수염으로 하여 예사로운
풍모가 아니다. 위엄과 귀티가 뚝뚝 흘렀다.

단구일망정 다산은 걸음이 빠르다. 거드름 떨며 거풍스럽게
갈지자로 발을 옮기는 양반의 걸음걸이가 아니다. 걷는 데에는
이력이 나 있는 표서방이 허덕이며 뒤를 쫓을 지경이다. 읍에
서 이십 리 길을 다리 한 번 쉬지 않고 걷고, 만덕사로 올라가

는 돌멩이 길을 걸으면서도 돌부리에 한 번 걸리지도 않았다.

만덕사는 난만히 피어 흐드러진 봄꽃 속에 있었다. 평지보다 늦게 찾는 산사의 봄은 두려우리만큼 고요하고, 그 고요 속에서 졸고 있는 것 같은 화창한 하늘 아래 펼쳐진 자연의 향연은 엄숙 장엄한 대가람마저 엄숙한 수도자의 성소라기보다 일락에 탐닉하는 도화경 속의 화려한 전각으로 보이게 하고 있었다. 뭇소리가 굳고 응고해 버린 것 같은 무서운 정적과 현란한 색조의 대조는 번뇌와 해탈을 동시에 상징하고 있는 것 같은 느낌마저 주는 것이었다.

"그 부목늄이 산에 간 기이나 아잉지."

표서방이 중얼거리며 어디론지 사라진 후 다산은 대웅전에 걸려 있는 김생金生의 서라고 전해지는 육조풍六朝風의 현액懸額을 쳐다보다가 눈길을 돌려 앞바다를 내려다보았다.

변하기 쉬운 봄 날씨는 어느덧 흐려, 바다는 안개 속에 있었다. 건너편의 산봉우리와 앞바다에 떠 있는 섬의 일부만이 어렴풋이 보이고, 기슭에 우거진 갈대가 어지럽게 흔들리고 있다. 바다 안개가 옮겨 오고 있는지 산사 뜰에 안개비가 연기가 깔리듯 자욱이 내리기 시작했다.

"비가 나리요. 이리로 들어 비나 건기기라우(피하세요)."

누군가의 소리가 들렸다. 돌아보니 삼십을 얼마 넘은 듯한 나이의 팔팔한 승이 한 사람 서 있다. 깡깡 마른 중키에 먹물

바지저고리만 입었다. 법의도 입지 않았거니와 중생끼리 만날 때 불자들이 흔히 하는 합장도 하지 않는다. 빡빡 깎은 두피頭 皮에 커다란 흉터가 하나 눈에 뜨인다. 날카로운 콧날, 콧날보 다 더 날카로운 눈빛을 하고 있다. 다산은 직감적으로 그가 혜 장임을 알았다.

"고맙소."

다산은 덤덤히 치하하고 그의 뒤를 따랐다. 안내받은 방은 두 칸가량의 크지도 작지도 않은 방이었다. 신돌도 없는 방문 앞에 신발을 벗고 들어서려다 다산은 쓰게 웃었다. 짐작한 대 로의 몰골이었던 것이다. 절방이란 말이 송구스러울 정도로 어 지러운 방이었다. 사미의 시중도 마다했던 것이 분명하다. 아 랫목에는 아직도 얇다란 이불이 깔린 채고, 치의緇衣, 버선 할 것 없이 뒤범벅이 되어 구겨진 채 구석에 쑤셔 박혀 있으며 문 옆에는 술병마저 굴러 있지 않은가.

흔히 고승이라든가 걸승이라고 불리우는 승려에게는 기행奇 行이 많다고 들었지만 이성적이고 합리적인 다산은 그런 것이 싫다. 왠지 그런 기행이라는 것이 위장으로만 보인다. 요사스 럽다고 할까, 외람되다고 할까. 어쨌건 수도자로서 바람직한 일은 못 된다. 진짜 덕 높은 승려를 만나지 못한 까닭인가.

그는 짐짓 흐트러진 이부자리를 밀어 놓고 그 자리에 앉았 다. 혜장은 시종 무관심한 태도로 있다가 술병을 들어 흔들어

보더니

"빈승의 살림이 궁박하이 곡차穀茶도 떨어졌는가비어."

혼잣말처럼 중얼거린다. 취기가 어린 말투다. 다산은 빙그레 웃었다. 밖에서 본 그 날카로운 눈빛은 결코 취안이 아니었었기 때문이다.

"애주를 하는 모양이군."

"애주? 이건 곡차지라우."

"그야 곡물을 삭인 것임에 틀림이 없지."

"삶아 먹건 빚어 먹건 곡물은 중도 묵지라우. 정전백수자庭前栢樹子가 불법이 아닌가비어."

다산은 약간 긴장했다. 솔직히 말하여 경사經師인 그는 선禪을 잘 모른다. 그러나 이 선종의 화두선話頭禪은 들은 적이 있다. 어느 날 한 중이 조주선사趙州禪師에게 불법이 무엇이냐고 물었다. 선사가 대답했다. 뜰 앞의 잣나무가 불법이니라고. 이에 그 중은 대오大悟했다는 것이다. 즉 일체무유정법一切無有定法으로 만상이 법이 아닌 것이 없다는 뜻이다. 혜장은 이 백수공부栢樹工夫를 말한 것이었다.

문풍지가 울었다. 바람이 불기 시작한 것일까. 빗소리도 들린다. 안개비의 줄기가 굵어진 모양이다.

"잠깐 피우避雨만 하려 했는데 폐가 많군."

다산은 송구해 했다.

"삼계유여급정륜三界類如汲井輪이라 하지 않는가벼. 오백생지인연五百生之因緣으로 우리가 이리 만난기지라우. 모두가 인연이 아닌가비어. 더구나 노형은 노양老陽이고 소승은 소음小陰이닝께로, 노양 소음이 만나서 벤효(변효=變爻)하믄 앞이 길吉할기 아니지라우."

"무슨 뜻인지."

"왓다메, 실은 말이어, 소승이 좀 아까 유자과를 묵지 않은 기라우? 헌디 두 번이나 저분(젓가락 한 짝)을 떨겄지 아닌기라우. 참말로 요사한 일이요잉? 말하기면 선양후음先陽後陰이닝께로 이기이 합일슴一하믄 대성大成할 계(괘=卦)가 아닌가비어."

"방자하구나, 천지만물 자연만상이 끊임없이 변형變形하거늘, 어찌 그대는 육변六變과 약서법(略筮法=점치는 법)으로 길흉을 논하려 하는가!"

그는 중치막 자락을 떨치며 일어섰다. 변덕스러운 날씨는 그사이 비를 쫓아, 하늘을 덮었던 구름이 두어 군데 갈라져 푸른 하늘 조각조차 몇 조각 보였다.

다산이 강진읍 동문 밖 술집으로 돌아갔을 때는, 긴 봄날도 기울어 이미 저녁이 되어 있었다. 발을 씻고 협실로 들어가 앉으려 했을 때였다. 밖이 떠들썩하더니 중 하나가 구르듯이 뛰어들어와 협실 앞 땅바닥에 엎드리는 것이 아닌가.

"정대부丁大夫 선생先生! 정대부 선생! 어째 빈도貧道를 속였었어라우. 일편단심 일야로 공公만 사모해 온 빈도를 어째 속였었어라우. 빈도가 공을 알아 챙기지 못히언 것은 빈도의 눈이 멀어서라우. 허지만 이리 싸게 존영을 쫓아온 것이 아닌가비어. 정대부 선생!"

혜장은 땅에 엎드린 채 울먹이고 있었다. 구구절절에 정성이 어린 그 진지함에 다산의 가슴도 뜨거워 왔다. 그는 버선발로 뜰에 내려 덥석 혜장의 두 손을 잡고 그를 협실로 이끌어 들였다.

실로 오백생지인연五百生之因緣이 아니고서는 있을 수 없는 두 사람의 인연은 이렇게 비롯되었다.

두 사람은 이날 밤을 역리易理 논변論辯으로 지새웠다. 그때 다산은 역학에 온 정성을 쏟기 시작하고 있었다. 주역은 너무나 어려운 학문이다. 공자조차도 위편삼절韋編三絕의 고투를 하지 않았던가. 하여 백인백역百人百易이라는 말이 떠돌 만큼 역학에의 길은 사람마다 다르다. 가히 역학은 오리무중의 미로에 서 있다고도 할 수 있다. 다산은 그 이해를 위하여 추이推移, 물상物象, 호체互體, 효변爻變의 4법을 제시하고, 역을 사천事天의 학學으로 간주하여 사천제事天帝의 학문으로까지 발전시켜 놓았다. 다산은 역이란 단순한 음양의 원리를 따지는 술수학術數學에 머물러 있는 것이 아니라, 그것은 고대인들이 상제上帝의 천명天命의 소재를 촌탁하려고 했던 방법이라고 생각했

다. 그의 상제 사상, 즉 유일신唯一神 사상은 그의 중용강의中
庸講義에서도 강조되어 있거니와 실로 그의 정신의 등뼈가 되
었던 것이다.

어쨌건 이 어려운 학문을 암습한 협실에서 가물거리는 등잔
불을 가운데 놓고 유락의 초라한 죄인과 억불 아래 천시받는
빈승貧僧이 밤새워 논하는 정경은 감동적이 아닐 수 없다.

불자인 혜장이 뜻밖에 주자와 공부자의 역학 계몽 수십 장을
물 흐르듯 술술 암송해 다산으로 하여금 '과숙유果宿儒'라는 찬
사를 던지게 하기도 하였으나 드디어 혜장은 다산의 '곤초육설
坤初六說'에 항복하여 이마를 땅바닥에 대어 절하고 그를 스승
으로 모시게 되었다.

다산에 대한 혜장의 정성은 비길 데가 없었다. 그해가 가기
전에 강진읍 뒤 우이산牛耳山 우두봉牛頭峰 및 보은산방寶恩山
房으로 스승의 거처를 옮기게 하여 다산은 비로소 누추한 술청
협실을 면했다. 겨울부터는 마재에서 찾아온 큰아들 학연學淵
과 얼마 동안 함께 지내면서, 곁에 두고 그를 교육시킬 수도 있
었다.

혜장에게 미친 다산의 영향은 너무나 컸다. 본시 시를 좋아
하지 않던 그가 시를 즐기게 되고, 다산의 역리易理를 듣고부터
는 그의 인생 철학의 근저부터가 흔들려짐을 느껴 고뇌도 커졌
다. 생生래 고집스럽고 거친 그를 보고 다산이 노자老子의 말을

빌어 '전기치유專氣致柔 여영아호아 如嬰兒乎'라 타일렀다. 그 말에 따라 혜장은 불혹을 바라보는 삼십칠 세에 호를 '아암兒庵'이라고 고쳤다. 그의 호는 '연파蓮坡'였던 것이다.

어찌 다산만 혜장에게 영향을 주었겠는가. 다산에게 미친 혜장의 영향 역시 적은 것이 아니었다. 그는 '경사만년개작좌선經師晚年皆作坐禪'이란 말대로 선禪에 관심을 갖고, 보은산방을 보은선방寶恩禪房이라고 부르기도 하였다.

날카롭고 거친 고집쟁이였건만 혜장은 다산에게만은 언제나 삽삽하고 자상하고 살뜰했다. 보은선방으로 옮긴 이듬해 곡우절이 얼마 지난 후, 혜장은 스승에게 만덕산 기슭의 차나무 눈잎을 따서 만든 신차新茶를 보냈다. 후일 도암면 귤동으로 거처를 옮겨 손수 차나무를 가꾸며 스스로 호를 다산이라 할 만큼 차를 사랑했던 그가 처음으로 마신 차였다.

만덕산에 자생하는 차는 향기가 유달리 높다. 다산은 이 향기로운 차를 더없이 사랑했다. 보은선방에서 읍내 이학래李鶴來 집을 거쳐 무진년 봄에 외가 쪽으로 척분이 되는 처사 윤단의 산장이 있는 도암면 귤동 다산으로 거처를 정한 다산은, 그해부터 제자도 받아 그들에게 경학을 강의했다.

다산은 실학자다. 유배 생활이라고 나물 먹고 물 마시고 팔을 베고 누워 망연히 살 사람은 아니다. 윤단의 호의로 초당이 지어지자 열여덟 명의 제자들과 함께 초당 옆 땅을 깊이 판 후,

산중에서 큰 돌을 들어 와 둘레를 쌓고 못을 만들었다. 전형적인 조선조식 방형方形의 못이다. 다산은 산 위에서 물을 끌어 이 연지에 떨어지는 폭포를 만들었다. 연못 한가운데에는 석가산石假山의 멋도 부렸다. 못가에 창포도 심고, 못 위에는 사시 푸른 동백나무 가지를 드리우게도 하였다. 명의名醫이기도 했던 그는 산밭에 약초 씨도 뿌렸다. 그리고 무엇보다도 사랑하는 차나무를 심어 가꾸었다.

다산이란 산 이름이 말하듯 이 산에는 차나무가 자생하고 있었다. 차나무는 잎도 꽃도 향기롭고 아름답다. 자생하기만 했던 차나무를 그는 번식시키고 가꾸었다. 기름을 바른 듯 야들야들 윤이 흐르는 잎에 배꽃을 닮은 청초한 흰 꽃이 맑은 향기를 뿜으며 하늘거리는 모습을 다산은 다시없이 사랑했다. 산중에는 매화도 피고 동백도 핀다. 태산목도 짙은 향기를 뿜었다. 가을이면 마을의 유자나무는 가지마다에 노오란 등을 달고 마을 전체가 향기에 취했다. 햇빛도 맑고, 하늘도 맑고, 바다도 맑고, 꽃도 열매도 향기로운 귤동은 외로움만 없다면 낙원이었다. 혜장은 그 외로움을 달래 주는 살뜰하고 따뜻한 벗이며 총명하고 우수한 제자이기도 하였다.

처음 해에 만덕산 명차를 다산에게 보냈던 혜장은 다음 해부터는 곡우 날에 참새 혀끝만큼 자란 차의 눈잎을 다산과 함께 땄다. 향기로운 잎을 찌기도 하고 볶기도 하여 엽차葉茶도 만들고 병차餠茶도 만들었다. 그것은 노역이 아니고 행락이었다. 세시歲時의 즐거움이었다.

초당 앞에는 자연석이라고는 믿어지지 않는 판판하고 둥근 소반만 한 돌이 박혀 있다. 둘은 그것을 다조茶竈라고 부르며 그 위에서 차를 달였다. 혜장은 차 달이는 법도 가르쳐 주었다.

"차를 달인다싸치만 오래 달이믄 향기가 덜하지라우. 차 이파리 우에 따신 물을 부아 마셔야 쓰재."

그는 언제나 고장 사투리를 고집했다. 그만한 학식을 가지면서 무딘 사투리를 버리지 않는 치기 어린 소박한 고집을 다산은 좋아했다. 제자들에게는 언사부터 고쳐 주는 다산이었지만, 사람이 사람을 좋아한다는 것은 그런 것이 아니겠는가.

복창병이 더해 가는 것 같다면서도 금년에도 곡우 날에 혜장은 초당을 찾았다. 부기가 심한 것이 눈에 띄었다. 의원의 눈으로 볼 때 혜장은 간장을 앓고 있는 것이 분명했다. 인진茵蔯 오령산五苓散 생각이 간절했으나 유락의 몸이고 보니 지금의 다산에게는 그것은 너무나 먼 곳에 있는 약이었다. 안타까운 마음으로 그는 제자들을 시켜 미꾸라지를 잡아 오게 하여 묵은 호박에 넣어 삶아 혜장에게 권했다. 우선 부기를 빼야 했고, 부기를 빼는 데도 상약을 쓸 수밖에 없었던 것이다.

퉁퉁 부은 얼굴을 하면서도 혜장은 여전했다.

"굴뚝 모팅이에서 쪽제비 새끼가 시끄럽게 히어 잡았지라우.

솔찮이 큰 거여. 여가에 쪼매 매어 밨지라우"
하며 그는 바랑 속에서 한 묶음의 붓을 꺼냈다.

손재주도 이만저만이 아닌 그는 붓 매는 솜씨가 대단했다.
최후의 힘을 다하여 맨 붓일 것이었다. 다산은 눈 속이 뜨거워
오는 것을 느끼며

"아암 때문에 대흥사 절에는 족제비도 씨가 말랐다던가."

좀처럼 하지 않는 농담을 하고

"참 일품이야. 붓이 이렇게 좋으면 붓 탓을 할 수 없어 어쩌지"
하고 웃었으나 얼굴이 자꾸만 찌그러졌다.

차의 눈잎을 따면서도 혜장은 숨가빠했다. 괴로워하던 숨소
리가 지금도 귀에 남아 있다. 다산의 마음은 다시 아파 왔다.
종심이 방금 달인 차가 바로 그때 딴 찻잎이었던 것이다.

"어디서 왔는지?"

종심의 음성이 들렸다. 누군가가 찾아온 모양이다. 수군수군
몇 마디가 오가는 듯하더니 다시 종심의 소리가 들렸다.

"선생님, 한양에서 누가 찾아왔습니다."

"한양에서? 누가?"

그러자, 맑고 씩씩한 젊은 음성이 들렸다. 그리운 경사京辭다.

"접니다. 하상입니다."

"하상?"

금세는 생각이 나지 않는 이름이다. 다산은 방문을 확 열었다.

허여멀겋게 잘생긴 젊은이가 서 있다가 다산의 모습을 보자, 그 자리에 엎드려 공손히 절을 올렸다. 순간 다산은 현기 같은 것을 느끼고 한 손으로 문틀을 잡은 채 반 걸음쯤 뒤로 물러섰다.

2

화안한 얼굴이다. 넓고 반듯한 이마, 꽉 찬 관골, 짙은 눈썹과 높은 콧마루, 그리고 어글어글한 맑은 눈—인물댁으로 이름난 압해押海 정씨丁氏가의 특징을 빠짐없이 구비한 젊은이가 서 있었다. 옆에 서 있는 윤종심보다 목 하나 더 큰 훤칠한 키도, 떡 벌어진 어깨도 다산을 제외한 정씨 모두의 체격이다. 그러면서 어딘가 몹시 서툴다. 다산은 한참을 망연히 젊은이를 쳐다보고만 있었다.

하상은 행색은 동저고리 바지 차림이다. 숱이 많은 머리로 장정의 팔뚝만큼 커다란 상투를 틀어 올리고 흰 수건으로 그 위를 질끈 동였다. 무릎 밑과 발목을 바지 위에서 끈으로 매어 행전을 대신한 완전한 상사람의 행색이다. 자기 집 혈족의 그런 모습은 다산에게 충격을 주었다.

야릇한 심정이었다. 선각한 실학자로서, 서학의 수용을 솔선한 선구의 사람으로서, 옹졸한 구습과 계급 타파를 뜻해 왔다고 자부해 왔으면서 조카의 그런 모습을 보고 흔들리는 마음은 스스로도 알 수 없는 일이었다.

그는 자주 폐족廢族이란 말을 썼다. 임술년 봄, 그러니깐 강진 유배 생활이 시작되던 이듬해부터 그는 서한을 통하여 두 아들 학연學淵·학유學游의 교육에 힘을 썼는데, "우리는 폐족廢族이다"라는 말을 거듭 되풀이했었다.

동문 밖 주점 굴속 같은 협실에서 그는 자제들에게 안타까운 편지를 쓴다. 귀양 간 상전의 뒤를 쫓다시피 마재에서 내려온 집안 종 석石이 편에 보낸 글월이다.

> 내가 너희의 의중을 짐작건대 공부를 그만두려는 것 같은데 정말로 무식한 백성이나 천한 사람이 되려느냐? 청족(淸族＝ 깨끗하고 이름 있는 선비 집안)으로 있을 때야 글을 알지 못하고 도 혼인만 잘하면 군대를 면할 수 있지만 폐족으로 글까지 못 한다면 어찌 되겠느냐? 글하는 일이 그렇게 중요하지 않다고 할 수 있을지 몰라도 예절을 모른다면 새나 짐승과 하등 다를 바 있겠느냐.
>
> 朴錫武 역

자제들이 벌써 사대부로서의 학문과 품위를 잃을까 초심하 는 부정을 그대로 노출시키는 아버지였다. 글월을 띄워 보내고 보름도 되기 전에 발을 동동 구르는 심정으로 그는 다시 붓을 들어, 같은 사연을 적기도 했다.

> 폐족이 글도 못하고 예절도 갖추지 못한다면 어찌 되겠느냐? 보통 집안 사람들보다 백 배 천 배 열심히 공부해야 겨우 몇 사람쯤 사람 노릇을 하지 않겠느냐? 내 귀양 사는 고통이 몹시 크긴 하지만 너희들이 독서에 정진하고 몸가짐을 올바르게 하고 있다는 소식만 들리면 근심이 없겠다.
>
> 朴錫武 역

그는 유달리 집안에 대한 긍지를 가지고 있었다. 자찬自撰 묘지명墓誌銘에서도 집안이 명문임을 누누이 적고 있다. 놀라운 재능과 깊은 학식, 넓은 견해, 더욱 경탄할 수밖에 없는 각고와 근면을 가지면서 그런 일에도 깊이 집착하는 사람이 다산이었다. 하여 갈 데 없는 천인 차림의 조카의 모습에 그는 가문의 영락零落의 실태實態를 뼈아프게 목도했던 것이다.

젊은이는 숙부의 그런 심정을 촌탁하지 못하고 그런 차림을 하여서도 잃지 않고 있는 품위와 단정함으로 인도되는 대로 방으로 들어가 단정히 꿇어앉는다. 볼수록 수려한 용모다. 먼 길을 걸어 때묻고 더러워진 의복도 차림새의 천함도 싱그러운 수려함을 크게 손상치는 못하고 있었다.

다산은 약간 고개를 돌린 채 입을 열었다.

"네가 하상이라구?"

"네."

"어려서부터 하상이라구 불려 왔습니다."

'관례冠禮도 못했구나.'

측은함과 억울함이 아련한 아픔처럼 가슴을 스쳐 갔다. 그의 음성은 한결 부드러워졌다.

"몇 살이 되었느냐?"

"열일곱입니다. 넷째아버지(다산)께서 이리로 내려오시던 해에 일곱 살이었었지요."

"십 년이 지났구나. 그 동안 어디서 지냈느냐?"

"마재에서 살았습니다."

"마재에서?"

다산은 말을 잇지 못했다. 가끔 아들들도 찾아 오고, 하인들도 오갔지만 다산은 한 번도 치명 순교한 셋째형 약종若鐘의 유가족에 마음을 쓴 일은 없었다. 자주 보내는 글월마다 백씨伯氏 약현若鉉과 그 댁내 문안을 잊은 일이 없고, 흑산도에서 귀양살이를 하고 있는 중씨仲氏 약전若銓의 가족에 대한 배려도 자상하였다. 아들들에도 그들에게 친부모같이 효도하고 섬길 것을 거듭 일러 오고 있었다. 그러면서 셋째집의 운명에 대해서는 그렇게도 무심했던 것이다. 가슴 한 모퉁이에 찌연함을 느끼며 다산은 말을 이었다.

"고생이 많았겠구나. 그래 자당께서도 평안하시고?"

침묵이 흘렀다. 한참 만에야 하상이 짧게 대답했다.

"네."

그 짧은 대답에서 다산은 그들의 필설로는 형용할 수 없었을 서럽고 괴로운 세월을 짐작할 수 있었다.

또 침묵이 흘렀다. 이윽고 침묵을 깬 것은 하상이었다. 그는 씩씩하게, 밝게, 자연스럽게 말했다.

"이제 제가 이렇게 자랐습니다. 힘두 제법 쓰지요. 세 식구 입에 풀칠이야 못하겠습니까?"

"세 식구? 네겐 형수가 있었지? 어린것두."

하상의 맑은 이마에 그늘이 스쳤다. 그는 힘없이 말했다.

"형〔哲祥〕이 순교한 것은 신유년 사월 초이튿날이었어요. 아버지께서 치명하신 날이 그해 이월 스무엿샛날이니깐 한 달 좀 지나서였다고 어머니께서 말씀해 주셨습니다. 형이 순교한 후 형수 모자와 저희 세 식구는 그래도 갈 곳이라곤 마재밖에 없었지요."

하상은 잠시 말을 끊었다가

"마을 사람들이 오막 하나를 마련해 주어 거기서 살았는데, 이듬해 어린것이 마마로 죽었어요. 젊디젊은 형수는 상심 속에서 죽은 사람처럼 살았습니다."

'마을 사람들이' 다산의 머릿속에서 하상의 말이 빙빙 돌았다. '갈 곳 없는 동기의 가련한 유가족을 집안에서는 아무도 돌보아 주지 않았었구나.'

"보다 못해 어머니께서 포천 본댁으로 돌아가 지내면 어떠랴 하셨어요. 그 댁두 사장(査丈=사돈집의 웃어른) 프란치스꼬님〔洪敎萬〕께서 순교하신 후 이어 오라버니 되시는 레오님도 치명하셔서 멸문 지경에 계셨지만 댁내 우애가 지극하셔서 남은 분들이 그리 고생을 하지는 않으셨답니다."

다산은 괴롭게 눈을 감았다. 악몽 같은 날들이 눈앞에 떠올라 온다. 장기長鬐에서 강진으로 옮겨 가며 지내 온 유배 생활도 어언 십 년이 되지만, 얼마 전까지만 하여도 다산은 억울하고 원통하고 분하다는 생각에서 헤어나지를 못하고 있었다. 악당들의 무고와 모함으로 유락의 몸이 된 것이 지원지통만 하였다. 죄명이 천주를 믿었다는 거라면 사죄死罪가 오히려 교우로서는 믿음의 증거가 된다. 죄가 없다고 억울해 하는 것은 비겁하고 무서운 배신을 하는 것이 아니겠는가.

그러나 다산의 생각은 증거자(순교자)와는 다르다. 그는 서학西學을 믿은 것이 아니고 읽은 것이다. 이용후생利用厚生, 실사구시實事求是의 실학 정신으로 새로운 외래 학문을 공부했을 따름이다. 하여 을미년(1799)에 정조께 올린 자명소自明疏를 부끄러워한 일은 없다. 그해 유월 신헌조申獻朝, 민명혁閔命赫

등이 올린 상소에 다산은 탄핵을 받을 이유가 없다고 맞섰던 것이다. 서학에 흥미를 가졌던 것은 사실이나, 이내 교리라는 것이 석씨釋氏의 아류라는 것을 알았다느니, 새롭고 앞선 학문인 줄 알았더니 기실 낡고 진부한 횡설이라고도 하였었다. 그것은 호신護身에 기를 쓰고 있는 느낌을 짙게 주었다. 다른 사람이라면 모르되 당대 석학인 다산이 그런 태도를 취한 것은 많은 교우들을 실망시켰다. 그는 배교자다!

그러나 다산으로서는 배교한 일이 없다. 그는 그 학문에 염증을 느꼈을 뿐이다. 우리 나라의 순풍미속을 어겨 사회에 크나큰 물의를 일으키고 무참한 옥사를 거듭하게 하고, 개인은 참혹하게 단죄되고 집안이 멸망하는 무서운 그 교를 고집할 필요가 있는가? 그러므로 '자명소'는 호신을 위한 것이 아니고 자기 입장과 신념을 피력한 것에 불과하다. 집요하게 자기를 궁지에 몰아넣고 있는 이기경李基慶만 하더라도 한때는 자기들과 함께 서학을 연구했고, 서학서를 필사한 일조차 있지 않은가. 서학 서적을 읽었다고 모두가 사교도邪敎徒일 수는 없다.

일찍이 위대한 실학자 성호星湖 이익李瀷의 뛰어난 문하생 순암順菴 안정복安鼎福, 하빈河濱 신후담愼後聃, 간옹艮翁 이헌경李獻慶 등이 각기 서학 배척의 역저 『서학변西學辨』, 『천학문답天學問答』, 『천학고天學考』 등을 쓸 수 있었던 것은 그들이 장청년 시절에 서학에 열중했던 경험이 있었기 때문 아니겠는

가. 다산 안에서 자신의 거지擧止는 모순 없이 합리화되어 있었다. 하여 그는 사실 무근의 원죄를 쓰고 유락의 죄인이 되고, 집안은 폐족이 되어 팔대八代 옥당玉堂의 명문이 백척간두에 서 있는 것이 원통하고 억울하다. 학문에 대한 열정이 없었던들 이 외롭고 욕스러운 세월을 어찌 견디어 내었을까.

'셋째형님과 사영嗣永이 일만 없었더라도.'

그런 생각이 스칠 때도 있다. 그러면서 설사 그것이 잘못된 생각이었다 하더라도 너무나 당당하게 자기가 진리라고 믿었던 것을 위하여 죽어 간 셋째 형 약종을 생각할 때면 그의 가슴은 언제나 착잡해지는 것이었다.

약종은 정말 이상한 사람이었다. 둘째형 약전若銓과 매부 이승훈李承薰, 세교가 두터운 권철신權哲身 권일신權日身 형제, 둘째형수의 동생 이벽李蘗 등이 기해년(1779) 깊은 겨울, 서울에서 백여 리 되는 광주 앵자산鶯子山 천진암주어사天眞庵走魚寺에 모여 십여 일 동안 진지한 강독회講讀會, 이른바 張燭談經을 가졌을 때도 홀로 마재에 남아 노자老子의 선학仙學을 골똘하게 공부하고 있었다. 약종은 공명과 관록에도 전혀 뜻을 두지 않았다. 뛰어난 학식과 경륜을 지녔으면서도 시골 구석에서 글 읽고, 모여드는 제자들을 가르치며 한운을 벗삼아 날을 보내고 있었다. 그러다가 이벽의 열변과 거유巨儒 권철신의 강론으로 도리를 깨닫고 입교를 결심하였다. 때는 경술년, 즉 북경

주교로부터 유교식 제례를 금한다는 교서가 와서 조선 성교회가 술렁거리고 있던 1790년의 봄이 가고 있었다. 대부代父는 녹암鹿庵 권철신權哲身이고, 세자洗者는 그 아우 일신日身이었다. 천주교는 무군무부無君無父의 금수지도라 마땅히 이 땅에서 없애 버려야 한다는 규탄의 소리가 불일 듯 일어나고 있던 때였다. 많은 사대부 교우들의 마음이 흔들리기 시작한 이때, 그는 뒤늦게 입교를 한 것이다. 교명은 아우구스띠노. 그처럼 오래 주저하고 고집한 그에게는 가장 적절한 교명이었다.

그가 입교한 이듬해, 신해년에 마침내 큰 일이 터지고 말았다. 전라도 진산의 명문 해남 윤씨가에 초상이 났다. 당주 윤지충의 모부인이 작고를 한 것이다. 망자는 천주교 신자였다. 그는 천주교 예법으로 상례를 거행해 주기를 유언으로 당부했다. 열심한 교우 윤지충 바오로와 그의 외사촌 권상연權尙然 야고보는 돌아간 분의 유언에 따라 신주를 모시고 거행하는 제례를 하지 않고 천주교 예절로 상례를 치렀다.

이 일은 일찍부터 천주교인들을 멸망시키려고 벼르고 있던 자들에게 좋은 구실을 주었다. 홍낙안, 이기경 등이 들고 일어났다. 이기경은 같은 남인으로 우리 나라 사람으로서는 처음으로 북경 천주당에서 영세를 받은 이승훈의 친우였다. 그는 북경으로 떠나는 승훈을 전송도 하고 승훈이 가지고 돌아온 서학서를 열심히 읽기도 하였다. 다산과의 친분도 두터웠다.

그러던 그가 그렇게 모질게 돌아서서 끈질기게 박해자의 선두에 서리라고는 어느 누가 생각조차 하였을까. 그가 무엇 때문에 그토록 독한 악의를 품게 되었는가는 알 수 없는 일이지만 아마도 정미반촌丁未泮村 사건이 계기가 되었을지도 모른다.

그 무렵 약용과 승훈은 반촌泮村에서 반원泮員들에게 서학 강론을 하고 있었다. 반촌이란 성균관 일대의 동명이며 성균관에서 석전 같은 제전 때 쓰는 희생육犧牲肉을 바치던 사람들이 주로 살던 지역이다. 그들은 반인泮人 김석대金石大의 집 방 하나를 빌려 모이고 있었던 것이다. 반원이란 성균관의 유생들을 말한다.

이기경은 이것이 마음에 들지 않았다. 어째서 유생들이 경학經學을 등한히 하고 서학을 읽고 있단 말인가. 그는 친구 홍낙안에게 느끼고 보았던 바를 이야기했다. 야망에 찬 홍낙안은 기회가 왔다고 생각했다. 상소를 하여 매명賣名을 하는 예는 얼마든지 있다. 그는 이 일을 이용하려 했던 것이다. 그러나 이기경의 반대로 이때는 일이 크게 벌어지지는 않았었다.

낙안은 단념하지 않았다. 이듬해 무신년 정월 초이렛날에 실시된 인일제人日製 친책親策에서 그는 서학은 사학邪學이라고 맹렬히 공격하는 격렬한 글을 지어 주목을 끌고 제2인으로 합격을 하였다. 그의 소원은 성취되고 그의 천주교 공격의 기승은 점점 더해 갔다.

진산 사건은 나라법을 어긴 무군무부의 금수만도 못한 죄인
이라 하여 전주에서 두 사람이 다 참수되고 사건은 일단 마무
리되었다.

　낙안은 사건이 소극적으로 처리된 것이 불만이었다. 그는 영
상 채제공蔡濟恭에게 긴 글월을 올렸다. 이른바 고감敲憾 장서
長書다. 격렬한 어조로 천주교리의 그릇됨을 일일이 지적하고
승훈·약용 등의 과거 죄상을 사사건건 들추어내어 처벌해야
된다고 야단을 쳤다.

　인후한 왕과 역시 원만한 재상은 일을 확대시킬 마음이 없었
다. 특히 채제공은 남인 시파時派의 영수로서 자파의 유능 인
물들이 거의 천주교 신자인 것을 알고 있었고, 다산의 서매는
채공의 서자의 아내여서 사돈지간이 되기도 했다.

　낙안 등의 성화로 왕은 하는 수 없이 승훈·약용과 기경·낙
안을 옥대獄對케 했다. 그러나 탄핵자들은 충분히 증거를 대지
못했을뿐더러 자기들도 일찍이 서학을 했다는 사실이 드러났
다. 왕의 진노는 컸다. 그는 즉각으로 기경을 경원으로 귀양 보
냈다.

　다산은 자주 주인 없는 그 집에 들러 어린 아들을 어루만져
주기도 하고, 천전千錢을 그 늙은 어머니에게 주며 위로를 아끼
지 않았다.

　을묘년 나라에 경사가 있어 대 사면령이 내렸으나 기경은 풀

려나지 않았다. 약용은 이익운李益運에게 기경이 비록 심지는 곱지 못하나 송사 때문에 빈굴貧屈해지는 것은 원하는 바가 못 되며 또 남을 모함하려다 자기가 벌 받고 있는 것은 일시적으로는 속 시원한 일일지 모르나 이일異日의 우환이 될지도 모르니 상께 아뢰어 그가 석방되게 힘써 보자고 제의하고 이익운의 동의를 얻었다. 두 사람의 청이 간절하여 왕은 특별히 기경의 귀양을 풀어 주었으나 기경은 오랜 유배로 조정의 반열로 돌아가도 누구 한 사람 더불어 담소하는 사람이 없는 가운데 약용만은 전과 같이 다정하게 대하니 기경은 무척 고마워하였다.

그러나 기경은 속으로는 이를 갈고 있었던 모양이다. 적반하장도 이만저만이 아니었지만 그는 중국인 신부 주문모 실포失捕 사건을 가지고 홍낙안과 함께 또 물고 늘어지기 시작했다. 그의 모함은 음습하고 집요하고 구체적이었다.

한때 서학을 한 일이 있는 만큼 그는 천주교에 대한 지식이 풍부했다. 낙안이 큰 소리로 떠들어대는 것과는 달리 냉철하고 차근차근 캐어 나가는 그의 공격은 무섭고 전율스러웠다. 왕의 하문에 그는 "그 책에는 간간이 좋은 곳도 있사오나其書間有好處"라고 말하면서 왜 서학이 사학인가를 조목조목 따졌다.

교리에 대한 비판, 규명, 탄핵은 공서파攻西派라면 누구나가 무부무군無父無君이니, 금수지도니, 혹세무민이니, 음탕요괴하다느니 하고 목청을 높였다. 그 교리는 유학儒學의 근본을 뒤집어 놓은 것이었다. 천주의 존재, 성자의 탁신강생托身降生, 구속救贖의 죽음 등을 이해할 수 없었고, 폐제廢祭 소판燒版은 너무나 놀라운, 용서받지 못할 패륜悖倫이었다. 천당 지옥설은 황당무계하고 관습의 차이에서 오는 마찰과 저항도 컸다. 신자들이 지켜야 하는 십계十誡 중에 사음邪淫을 금하는 조목이 둘이나 있음에도 불구하고, 마음으로 간奸하는 것조차 금하는 엄격함에도 불구하고, 내외법이 너무나 엄했던 관습 아래 남녀가 동석하는 것은 음탕하게만 보였다. 그런 만큼 그들의 저항과 분노는 컸다.

기경의 비판적 공격은 교리에 머무는 것이 아니었다. 예절과 의식에까지 공격을 퍼부었다. 그는 무엇보다도 영세領洗와 영성체領聖體의 성사聖事에 거부와 저항을 느꼈던 모양이었다. 벽이편闢異篇에 수록된 글에서도 그는 "저들이 이미 윤상倫常을 멸시하여 눈에 군부君父도 없으며 또한 요특妖慝하고 저부呪符하는 술을 하는데 그들이 이른바 영세 속죄贖罪하는 것들이 황건적黃巾賊의 부수符水와, 장로張魯의 미적米賊과 한판으로 박듯이 같다"고 쓰고 있다.

또 영성체에 관해서는 "국수와 술이 있어 천주께 제사 지내나니, 국수 먹는 것은 천주의 살을 먹는 것과 같고, 술을 마시는 것은 천주의 피를 마시는 것과 같다 하니 그 요특함과 해괴함을 어찌 다 말하랴"라고도 하고 있다.

이기경이나 홍낙안이 아니더라도 삼강오륜에 절대적인 가치관을 두고 있던 유학 사회에 천주교는 너무나 이질적인 것이었다. 하기야 동서고금을 막론하고 어느 시대 어느 사회에서도 새로운 종교가 수용되는 단계에서 그 초기에 파탄을 겪지 않았던 일이 있었던가. 기성 종교나 사회 질서와 충돌을 일으키는 경우도 있고, 그 사회의 관습과 풍속이 거부 반응을 나타내는 수도 있으며, 때로는 이해를 달리하는 통치자와 피통치자 사이에 상이한 반응을 자아내게 해서 내부에서 갈등을 빚는 수도 있다. 조선조에 들어온 천주교는 그 정도가 지나치게 심했을 따름이다.

우리 나라의 천주교는 선교사에 의해 전래된 것이 아니라, 처음에는 주로 당시 정권正權에서 멀어져 있던 남인 학자들에게 학문으로 받아들여졌던 것이다. 공소하고 낡고 폐단이 많던 성리학에 염증을 느낀 그들은 해마다 연행燕行하는 원단사(元旦使, 冬至使라고도 함) 편으로 들어오는 서양 서적을 왕성한 지식욕과 신선한 놀라움으로 탐독하게 되었다.

처음으로 접하는 새로운 학문은 합리적이고 과학적이며 실용적이었다. 산수算數 역상曆象을 비롯한 발전된 과학 문명은 경세치용經世致用, 이용후생利用厚生을 목적으로 하고 실사구시實事求是를 방법으로 하는 새로운 학풍에 참여한 학자들을 자극하고 다대한 영향을 주었다.

중국에서 포교하고 있던 예수회 선교사, 이태리인 이마두利
瑪竇—마테오 리치의 저서 『천주실의天主實義』도 많이 읽혀진
책이었다. 한문으로 씌어진 이 교리서는 한문에 능한 조선 학
자들에게 쉽게 읽혀졌었다.

그는 『천주실의』 하권 제7편의 보유역불설補儒易佛說을 싣고
스스로 "유교의 부족한 점을 보충하고 불교의 탄망불탄誕妄不
誕을 척斥하기 위해 천주교의 성직자인 본인이 명나라에 왔다"
고 공언하였다.

그는 『천주실의』에서, 천주의 개념과 선유先儒의 경전에서
오는 상제上帝나 천天, 천명사상天命思想은 기독교의 천주, 하
느님의 개념인 주재자로서의 창조주의 개념과 일치한다고 서
술하고, 나아가 영혼의 불멸과 상벌선악賞罰善惡 등의 기본 교
의도 선유의 경전 등에서 찾아 논하였다.

서학은 기이하고 생소한 점도 많았으나 우리 나라 학자들이
쉽게 수용할 수 있는 점도 가지고 있었다. 서학에 대한 연구가
깊어짐에 따라 이를 종교로 받아들여 실천으로 옮기려는 학자
들이 생겼다. 이벽李檗, 이승훈, 권철신·일신 형제, 정약전·
약용 형제 등이다.

천주교는 하층 계급에도 급속도로 번져 갔다. 사회는 임진壬辰,
병자丙子, 양란의 피폐에서 회복되지 못하고 있는데, 당쟁으로
어지러운 정국, 제도의 부조리, 탐관오리의 부패 등으로 도탄에

빠져 있던 서민들에게 천주교의 평등사상과 사랑과 구원의 복음, 상벌선악의 가르침은 한 가닥 빛이 되었다. 어차피 이 세상에서는 피어날 수 없는 목숨, 죽어서라도 천당에 가서 천복을 누리리—하여 그들은 천주를 위하여 죽는 것을 두려워하지 않고 오히려 큰 은총으로 알았다.

이 교리가 천진암의 강독회에서도 거론되었는지는 잘 모른다. 다산은 그때 아직 십대의 약관이었다. 그는 자찬 묘지명에 이 강독회의 분위기와 참가자들의 일과와 거동만을 적고 있다.

그러나 이른바 을사추조 사건은 어제 일같이 기억에 또렷이, 꺼림칙하게 남아 있다.

그 전해 갑진년(1784)에 북경에서 영세받고 돌아온 이승훈으로부터 교회 사정을 대충 알게 된 이들 초기 교유들은 이승훈으로부터 세례를 받았다. 다산의 교명은 요한. 이벽은 성교를 처음으로 극동에 전한 성 프란치스꼬 사베리오의 교명을 따서 프란치스꼬 사베리오라고 하였다. 감호의 권씨 형제, 내포의 이존창李存昌, 전주의 유항검柳恒儉, 진산의 윤지충, 홍낙민, 지황池璜 등 십여 명도 입교하여 이해 겨울에 조선 성교회가 형성되었다. 그들은 명례방(明禮坊=지금의 명동)에 사는 역관 김범우金範禹의 집을 최초의 교회당으로 하여 주일 예배와 기타 종교 행사를 단계적으로 실행하였다.

명례방 김범우 집에 수상한 모임이 있다는 소문은 은연중에

퍼져 당국의 주목을 받게 되었다. 그러던 어느 날 드디어 일단의 포교와 포졸들이 그 집을 습격하였다.

그들은 안에 들어가 보고 놀랐다. 수십 명의 사나이들이 푸른 수건을 머리에서 어깨까지 드리우고 얼굴에는 분을 바르고 예수의 성화상을 향해 모두 책을 옆에 끼고 앉은 가운데 황우만큼이나 큰 사나이의 설법교해說法敎誨가 한창이었다.

이 광경을 목도한 추조금리秋曹禁吏들은 키가 팔 척이나 되는 이 사나이, 이벽을 비롯하여 일동을 추조로 연행해 갔다. 그러나 양반들에게는 감히 손을 못 대고 교회당의 집주인이던 김범우만 다스리기로 했다.

이때 권일신 부자와 이윤하, 이용억, 정섭 등은 추조에 들어가, 예수 성화상을 돌려주고 김범우를 즉각 석방하지 않으면 우리도 교우이니 함께 잡아 가두라고 졸랐다.

추조 판서 김화진은 임금의 명령이 아닌 자의로 행한 사건이라 오히려 양반들에게 사정사정하여 돌려보내고 김범우만을 귀양 보내기로 했다. 김범우는 귀양처에서 죽었으나 그 후 국법에 의한 처단은 없었고, 사건은 가정적으로 옮겨 가서 가족 박해가 극심해졌다.

결국 이벽은 아버지가 목매어 자살하겠다는 바람에 신앙과 인륜의 틈바구니에서 고뇌하다가 약점을 보이고, 승훈은 아버지와 아우 치훈의 닦달로 서학서를 불태우고 알쏭한 소위 벽

위문(衛衛文=유교를 옹위하고 선교를 벽파한다는 뜻)이라는 것을
썼다.

그 자리에 참석했던 다산 형제도 엄친 재원공으로부터 호된
꾸중을 들었다. 그러나 재원공은 그렇게 염려를 하지 않아도
좋았을지 모른다. 그들 형제는 일신 부자나 이윤하들처럼 추조
에 연행되지도 않았고 쳐들어가지도 않았다. 어둠에 묻혀 그
자리를 피했던 것이다.

지지난해부터 다산은 득의의 날을 보내고 있었다. 스물둘이
되던 그해 이월에 세자 책봉을 경축하기 위하여 있었던 증광감
시增廣監試에 경의진사經義進士에 합격하고, 사월에는 회시會試
의 생원시험에 합격하여 선정전宣政殿에서 임금께 배알했는데,
이때 정조는 특별히 얼굴을 들라고 명령하고 "몇 살이냐"고 물
었다. 이것은 대단한 영광이었다. 그리고 이것이 바로 정조와
다산이 처음으로 상면하는 풍운지회(風雲之會=밝은 임금과 어진
신하가 만나는 것)가 되었다. 구월에는 큰아들 학연이 태어났다.
경사가 계속되던 해였다.

이듬해 갑진년에도 경사는 계속되었다. 그는 여름에 『중용강
의中庸講義』라는 책을 지어 임금께 올렸다. 왕이 태학생들에게
중용에 관한 어떤 조목의 질문을 한 데 대한 답변으로 올린 책
이다. 태학생 대부분이 사칠이기四七理氣에 관한 질문에 대하
여 퇴계退溪의 학설로 답변했는데 다산만이 율곡栗谷의 학설과

우연히 일치하여서 왕이 이 점을 높이 평가하였고, 이때부터 정조는 다산의 학문적 역량을 인정하기 시작했다.

유월에는 태학에서의 시험의 성적이 좋아 종이, 붓 등의 하사가 있었고, 구월에는 정시庭試의 초시初試에 합격했다.

을사년에 들어서서도 여러 차례 좋은 성적 때문에 많은 상품을 받았다. 이월 이십오일과 이십칠일에 정조는 궁중에서 잔치를 베풀었었는데, 이때 왕은 손수 다산에게 음식을 하사하였다. 이런 일은 당시 대단한 영광이 되었었다. 대과의 초시에 합격한 것도 이 해의 일이었다. 정조는 다산의 답안지를 보고 장원급제에 부족함이 없다고 격찬하여 이를 본 사람들은 다산은 반드시 재상이 될 것이라고 하였었다. 이렇게 상감의 각별한 지우와 총애를 받고 있는 몸이니만큼 물의를 일으키는 일은 피하고 싶었다. 비겁하다고까지는 할 수 없으나 일신 형제나 이윤하들 같은 적극성과 열성과 협기는 없었던 것이다.

정조의 지극한 은총을 생각할 때 신자臣子로서 경솔한 행동은 할 수 없었다. 기경, 낙안, 목만중睦萬中 등의 독기에 찬 적의와 무서운 감시와 추궁을 미연에 막아 주기 위하여 정조는 너무나도 지극한 배려를 해 주었었다. 열흘 동안의 짧은 해미海美 유배를 비롯하여 어지럽게 내직內職 외직外職을 드나들게 한 것도 모두 공서파의 독수毒手에서 그를 감싸 주기 위해서였다. 다산은 그 은혜에 감읍할 수밖에 없었다. 어찌 그를 괴롭힐 수 있겠는가! 자기는 절대로 천주교 신자가 아니라고 극구 변명한 자명소를 올린 참이유도 여기 있는지 모른다. 서학을 믿었던 것이 아니고 읽었던 것이라고 생각한 것은 스스로를 속인 억지였을지도 모른다.

결국 그는 그 일로 형조참의에서 물러나고야 말았다. 아직 사십 전의 팔팔한 나이에 모든 것을 청산하고 전원田園으로 돌아갈 결심을 한 것은 지겨운 공서파의 공격에 지친 까닭도 있지만, 더 이상 왕을 괴롭힐 수가 없었기 때문이었다.

그가 처자를 거느리고 고리故理로 돌아간 것은 경신년(1800) 봄이었다. 며칠이 못 되어 왕은 소식을 듣고 그를 불렀다. 왕은 승지에게 유의諭意를 전하며 규영부奎瀛府에 춘방春坊을 만들고 있으니 기다리다가 처소를 정하면 꼭 교서校書로 들어와야 된다면서 어찌 과인이 너를 버리겠느냐고 간곡히 말하는 것이었다.

유월 열이튿날 밤이었다. 여름 달이 밝았다. 혼자 앉아 달을 바라보고 있는데 누군가가 문을 두들긴다. 나가 보니 왕이 보낸 내각리內閣吏였다. 그는 한서선漢書選을 10건十件을 가지고 왔다. 왕이 보낸 것이다. 내각리는 왕의 유시를 전했다.

오래 보지 못해 섭섭하구나. 그대를 불러 책을 편찬코자 하니
주자소鑄字所를 새로 개조하여 벽을 막겠다. 그믐께야 등연登

筵할 수 있을 것이다.

위로하고 도와주는 뜻에서 마음을 두어 달라고 말하는 상의 용안에는 그리워하는 빛이 간절하더라고 전하는 내각리의 말에 그는 감읍하였다.

그 정조가 갑자기 붕어한 것이다. 천경天竟이 무너진 것이다. 그리고 다산의 날도 이제 끝나고 만 것이었다. 지극한 성의聖意에 감읍한 그날 밤으로부터 겨우 열엿새 후인 복중伏中 유월 이십팔일의 일이었다.

정조는 오월 그믐께부터 종기로 고생을 하고 있었다. 머리며 등에 부스럼이 돋기 시작하더니 차츰 커지면서 끝내는 연적硯滴만큼이나 되었고, 고름이 흘러 옷이며 베개를 적시는데 어떤 때는 한 말도 되어 보였다.

큰 것이 고름을 흘리면서 독기를 누그러뜨리면 그 옆에 다시 콩알만한 것이 돋아나 버얼겋게 독을 뿜기 시작하고 종기는 성해만 갔다.

정조는 고통을 못 이겨 밤을 지새고 수라도 들지 못했다. 그는 탈진하여 점점 쇠약해 갔다.

처음에는 대단찮은 종기로만 알았던 백관신료百官臣僚들과 궁중비빈宮中妃嬪들도 차츰 왕의 종기가 심상치 않은 것을 알고 긴장하기 시작했다.

내의원內醫院 의관醫官들이 입으로 고름을 빨고 침을 놓고 소독제消毒劑로 수도황水挑黃을 올리고, 고약으로 웅담고熊膽膏를 바르고, 내복으로 소요산逍遙散을 진어하고 별의별 처방을 했지만 부스럼은 자꾸 커지고 자꾸 여기저기에 돋아났다. 종내 영이 내려 삼천리 강토 방방곡곡에 묻혀 있는 의원들이 타천 자천으로 대전大殿으로 몰려들어 고약만도 전라고田螺膏, 패모고貝母膏, 경옥고瓊玉膏, 성전고聖傳膏, 여지고荔枝膏 등등에다, 용뇌안신환龍腦安神丸, 우황청심원牛黃淸心元, 소합원蘇合元 등의 환약과 거기에다 탕제로 유분탁리산乳粉托裏散, 향유조중탕香薷調中湯, 성향정기산星香正氣散 등 좋다는 약은 다 써보았지만 효과가 나타나지 않았다. 변卞가 성을 가진 의원은 토끼 가죽을 달여 젓수시라고 상주했고, 담당 어의御醫 심인沈鏔은 경면주사鏡面朱砂로 연훈법烟薰法을 시술하기도 했다.

왕은 고통을 이길 수 없어 만승萬乘 지존至尊의 몸으로 허덕이다가, 스무여드렛날 영춘헌(迎春軒=昌德宮)으로 몇몇 가까이 모시는 신하를 불렀다. 그는 이미 말을 똑똑하게 할 수 없었다. 떨리는 손가락으로 어딘가를 가리키며 말은 하는데 아무도 그 말씀을 알아들을 수가 없었다. 용안 가까이 바짝 귀를 대고서야 겨우 '수정전'이라는 세 마디를 알아들었다. 수정전은 왕대비王大妃의 거처다. 그 후 상감은 한 마디의 말도 못 한 채 유시酉時에 숨을 거두었다. 재위 이십사년, 사십구 세의 아까운 한창 나이였다.

왕은 왜 목숨이 진해 가는 순간에 최후의 힘을 다하여 '수정전'이란 말을 남겼을까.

왕대비 정순왕후貞純王后 경주 김씨는 영조의 계비로 십육세의 어린 나이로 육십사 세의 영조의 정비正妃가 된 여인이다.

한미한 선비 김한구金漢耈의 딸로 태어나 가난 속에서 자랐는데 조부 같은 늙은 왕의 배필이 된 덕분에 본곁(친정) 사람들은 꿈 같은 세상을 만나게 되었다. 빈궁 속에서 허덕이던 한사寒士 김한구는 하루아침에 오흥부원군鰲興府院君이 되고 일문지친이 모두 높은 관로官路에 올랐다.

그 집안은 노론 벽파僻派에 속했다. 왕후의 오라비 김구주金龜柱는 야망이 큰 사나이였다. 지난날의 빈한하던 생활을 까맣게 잊고 벽파의 영수를 자처하며 정조의 외조外祖 홍봉한이 속한 시파時派와 맞서고 나섰다. 시파는 영조와 세자 부자지간의 불화 속에서 세자와 세손에게 동정했던 사람들의 이름이요, 벽파는 영조 편에 서서 끝까지 세자의 실덕을 공격했던 사람들을 말한다.

구주는 불안했다. 왕은 춘추가 너무 높아 언제 승하할지 모르고, 장년의 세자는 노론을 싫어하고 소론과 남인을 믿었다. 세자가 보위에 오르는 날에는 무슨 일이 벌어질지 모른다. 거기다가 적대하고 있는 홍봉한은 인격이나 학식 문장이 자파 인물 중에는 따라갈 사람이 없다. 근신 청렴한 처신은, 위로는 영조의 신임과 의탁을 크게 받고 아래로는 조정과 사우士友, 여염이며 이졸吏卒, 시정에 이르기까지 존경하지 않는 사람이 없다. 무슨 짓을 하더라도 구주는 봉한을 타도해야 했다.

왕후는 찌든 가난 속에서 자란 만큼 촌스럽고 범절도 그리 출중치 못했으며 용모도 겨우 추물을 면한 정도였다. 그러나 그녀는 꽃봉오리인 방년 십육 세의 소녀였다. 그런대로 신선함을 느꼈던지 늙은 왕 영조는 그녀를 아끼고 사랑했다.

그저 평범하기만 한 이 여인은 친정을 너무 바쳤다. 오라비 김구주를 위하여 움직이다 보니 왕실의 불상사나 국가적 대사건에 끼어들어 결코 작지 않은 역할도 하게 되었다.

이해할 수 없을 정도로 아드님 사도세자思悼世子를 미워한 부왕 영조를 충동질하여 드디어 임오년 오월의 참변을 벌어지게 하는 데 그녀도 한몫을 단단히 맡았다. 간악한 후궁 문소의文昭儀와 요사한 화원옹주和媛翁主와 한패가 되어 광패해진 세자의 일거일동을 샅샅이 염탐하여 왕께 고해 바쳐 부자 간의 사이를 더욱 떼어놓게 했던 것이다.

그뿐인가. 세자가 죄인으로 만고에 없는 참혹한 죽음을 당한 후에는 세존(정조)마저 없애려고 김구주는 당숙 김한록金漢祿으로 하여금 소위 '팔자흉언八字兇言'─즉 '세손은 죄인의 아들이거늘 죄인의 유고로 이 나라 대통을 잇게 할 수는 없다罪人

之子不可承統'는 말을 발설케 하여 유림 중에는 이에 호응하는 자도 있어 세손은 더욱 고위하여졌었다.

결국 외조 홍봉한의 제안으로 세손을 열한 살 때 조세卜世한 사도세자의 형, 효장세자孝章世子 앞으로 입후立後케 하여 세손(정조)은 보존되었으나 김구주는 사도세자 부자 양대兩代에 걸친 원수랄 수밖에 없었다.

인후 관용한 임금이었으나 즉위하자 정조는 한록에게 사약을 내리고 구주를 흑산도로 유배하였다. 구주는 흑산도에 있기 9년, 그 후 나주로 옮겨졌으나 수년 후에 그곳에서 병사했다. 스물을 몇 살 넘긴 젊은 왕대비 정순왕후는 고독과 슬픔과 원한을 씹으며 수정전 깊은 지밀에서 20여 년을 살아왔던 것이다.

정조의 환후가 좀처럼 차도를 보이지 않는 것을 안 왕대비는 자주 손자뻘 되는 연상약(年相若=나이가 비슷비슷한)한 왕의 병석을 찾았다.

심려와 근심이 어둡게 서린 얼굴로 언짢아하기도 하고, 중신들에게

"팔도에 영을 내려 비약秘藥과 선약仙藥을 찾으시오"

하고 초조하게 명령도 하였다.

여러 날 동안 침식을 전폐하다시피 한 상감은 눈에 띄게 쇠약해져 있었다. 왕대비는

"탈진이 심하시오. 옥체를 보존하오시게 보제를 진언하도록

하오"

하고 서두르기도 했다.

당시의 내의원 도제조都提調는 벽파의 이시수李時秀였고 수의首醫는 심인沈鏔이었다. 두 사람은 자주 수정전에 드나들었다. 왕비의 심려 초사는 그만큼 컸던 것이다.

대비의 채근으로 기진한 상감을 위하여 보제가 조제되었다. 쇠한 양기陽氣를 돕고 진한 기력을 부추기는 데는 부자附子와 인삼과 건강乾薑, 감초甘草 등으로 조제한 부자이중탕附子二中湯이 가장 효과를 보게 한다. 그들은 아마도 왕을 위하여 이 약을 조제했을 것이다.

그러나 때는 오뉴월 복중이고 왕은 짜증스럽고 괴로운 등창을 오래 앓고 있었다. 부자와 인삼 같은 강열제는 불에 기름을 끼얹는 작용을 했을 것이었다. 그들은 그것을 몰랐을까? 알고 있었기에 짐짓 그랬을까? 실수건 고의건 시역弑逆이었다.

어이없이 승하한 정조는 드물게 보는 명군이었다. 성품은 인후하고 관용하였다. 지극한 효자로 생활은 고결하고 깨끗했으며, 학문과 유능한 학자들을 더없이 사랑했다. 선왕(영조)의 뜻을 이어 탕평책蕩平策을 써서 당파의 싸움을 막으려 애썼던 군주였다. 숙종肅宗 6년의 경신대출척庚申大黜陟 이래 극도로 쇠미해졌던 남인 중에서 채제공을 기용하여 10년 독상으로 있게 할 만큼 신임했으며, 당대의 석학 이가환李家煥을 공조판서로 중용하기도 했다. 소장少壯의 약용, 이승훈 등에 건 기대와 사랑도 얼마나 컸던가! 그러나 그도 결국 당쟁에 희생이 된 것이었다.

정조가 승하하던 날에는 몇 가지 이변이 일어나 조야를 불안케 했다.

이날 일광日光이 서로 부딪쳐 번쩍거렸고 삼각산이 소리 내어 울었다. 이보다 앞서 양주, 장단長湍 등 여러 고을에서는 무럭무럭 자라던 벼가 하루 사이에 하얗게 변해 버렸다.

백성들은 그것을 보고 모두 두려움을 느꼈다. 무슨 일이 일어나려나? 고로故老한 사람이

"이가 이른바 거상도居喪稻니라. 미구에 대상大喪이 있을 징조인데"

하고 미간에 근심을 담았다. 그 며칠 후 과연 청천벽력 같은 국상이 났던 것이다.

세상이 바뀌고 새 임금이 들어섰다. 새 상감은 겨우 열한 살의 어린 소년이었다. 수정전 지밀 깊이 묻혀 있던 초로의 여인은 기적같이 소생하여 어린 상감이 앉은 용상 뒤에 발을 드리우고 정사를 보기 시작했다.

동짓달 초하룻날 선왕을 수원 건릉健陵에 안장한 후 겨우 스무날도 채 되지 않은 그 달 열이렛날 형조는 사람을 파견하여 최다묵(多默=토마) 필공必恭을 체포하고 이어 열아흐렛날에는 그의 종제 최 백다록(伯多祿=베드로)을 잡아들이면서 검거 선풍

이 일어났다. 20여 년 동안 가슴에 품고 있던 복수의 칼을 왕대비는 드디어 빼어 들었던 것이다.

다음 해 신유년(1801) 정월 초아흐렛날에는 총회장 최창현이 체포되고 같은 달 열하루에 대왕대비는 사학(천주학) 엄금의 교서를 내렸다. 남인 시파 지도자급에 천주교 신자가 많은 것을 기화로 사학 엄금을 빙자하여 남인 시파를 박살하려는 정치 복수극이 막을 올린 것이다.

피비린내 나는 검거 선풍은 거세게 일어났다. 이가환, 권철신, 이승훈, 홍낙민, 정씨 삼형제, 김건순 등 시파의 중요 인물들이 속속 체포되어 혹독한 형심刑審 끝에 혹은 참수되고, 혹은 유배되었다.

정씨 형제로 셋째 약종은 의연히 신앙을 증거하고 서소문 밖 형장에서 장렬히 순교하였으나 약전, 약용은 배교를 선언하고 약전은 신지도薪智島로, 약용은 장기長鬐로 유배되었던 것이다.

그토록 총애하던 정조는 가시고, 자신의 날도 끝나 버린 이제 무엇이 다산을 배교케 하였을까? 그 심정은 스스로도 알 수 없었을 것이다. 정조 재위시의 배교에는 정조의 지우와 사랑을 저버릴 수 없다는 명분이 있었다. 서학을 믿는 것이 아니고 읽는 것이라는 억지도 통했었다. 그러나 지금은?

'욕된 목숨이 아까워서였던가? 믿음이 약해서였던가? 허나 장부라면 목숨이 아깝건 믿음이 약하건 한번 맺은 마음을 저버

릴 수는 없다. 요한이라는 교명으로 영세를 받은 몸이 아닌가.'

　문득문득 고개를 드는 자책이 없었던 것은 아니다. 그러나 다산은 다분히 인성人性에 끌리는 사람이었을지도 모른다. 서학을 생각할 때마다 가지는 억울함과 분노 같은 느낌—어찌하여 그것을 알고 마음이 끌렸던고. 7대 옥당의 집안이 경신환국 이래 남인의 몰락으로 고조, 증조, 조부, 삼대가 백두白頭로 지내다가 겨우 선고先考 대에 이르러 재기되기 시작하고 자신이 옥당에 들어감으로써 가운이 트이려 할 때가 아니었던가. 차라리 몰랐더라면 마음이 끌리지도 않았을 것. 비겁한 배신자가 되지도 않았을 것. 모순투성이의 갈등을 느낄 때도 있었다. 그는 과거 제도의 반대자이기도 했던 것이다.

　그는 수신사 편에 몇 편의 일본 서적을 얻어 읽고 유배지에서 아들들에게 감상을 써 보내곤 했다.

　　돌이켜보건대 일본이라는 나라는 원래 백제에서 책을 얻어다 보면서 몽매에서 깨게 되었는데 그 후 중국의 절강 지방과 직접 교역을 트면서 좋은 책을 모조리 구입해 갔다. 책도 책이려니와 과거를 보아 관리를 뽑는 그런 못된 짓을 안 해서 제대로 학문을 할 수 있었기 때문에 지금 와서는 그 학문이 우리 나라를 능가하게 되었으니 부끄럽기 짝이 없는 일이다.

朴錫武 역

황사영백서黃嗣永帛書 사건이 일어난 것은 장기에서 유배 생활을 하고 있던 신유년의 겨울이었다. 조카사위(사영은 다산의 큰형 약현若鉉의 사위)가 되는 사영은 그해 봄부터 박해를 피해 이리저리 숨어 다니다가 충청도 배론 산골에서 북경 주교 알렉산델 드 구베아에게 조선의 선교에 대한 박해 상황을 보고하는 한편 또한 자신의 의견에 의한 조선 교회 구제 방책을 제시하기 위하여 긴 서한을 작성했다. 이 서한은 길이 62cm, 폭 36cm 크기의 비단에 쓰여진 것으로 110자씩 121행에 걸쳐 총 자수가 1만 3,000여 자에 이르고 있는 것이었다.

그러나 이 서한은 주교에게 전달되지 못했다. 서한을 가지고 가기로 되어 있던 황심黃沁 토마스와 옥천희玉千嬉가 체포되어 사영의 은신처와 품속에 숨기고 있던 백서가 발각되었다. 조정은 그 내용의 어마어마함에 크게 경악하고 사영 알렉산델은 대역죄인으로 능지처참을 당했다.

이 사건으로 약전·약용은 다시 투옥되었으나, 아무 관련이 없음이 밝혀져서 약전은 흑산도로, 약용은 강진으로 유배지를 옮겼던 것이다.

무섭고 지겨운 천주학! 그것은 끝내 집안을 멸문에 이르게 하는 것이 아닐까. 전능 지자하시다는 천주는 왜 당신을 위해 이처럼 고초를 받고 있는 가련한 교우들을 구해 주지 않으시고 침묵만 지키고 계시는 것인가.

유배 생활이 길어짐에 따라 그는 차츰 서학을 생각하지 않게 되었다. 주위에 천주교 신자가 한 사람도 없었던 까닭도 있겠지만 제자들을 가르치고, 학문에 열중하고, 아암과 차를 즐기고, 꽃을 가꾸고, 유실수와 약초를 심으며 지내는 세월은 그런 대로 바쁜 나날이었던 것이다.

다산은 눈을 감은 채 얼마를 그렇게 앉아 있었다. 하상도 말 없이 숙부의 얼굴을 쳐다보며 조용히 기다렸다. 초조의 빛도 없었다. 어릴 때부터 신산을 겪어 온 그는 젊은이답지 않게 참을성이 대단했다.

방 안은 가라앉은 듯 조용하다. 어디에선가 가을 파리 한 마리가 날아와 문종이 위에서 푸르렁거렸다. 기운 없는 날개를 어지럽게 움직이는 소리가 들리는 고요함이었다.

3

가녀린 소리였지만 그 소리에 다산은 눈을 떴다. 하상은 문짝을 등진 채 그 자리에 그대로 앉아 있었다. 건장한 몸은 외짝문을 꽉 채우고 부피를 가진 그림자같이 보였다. 어설픈 상투가 역시 그림자같이 빛을 잃은 채 불쑥 솟아 있다. 역광逆光으로 앉아 그렇게 보이는 조카의 모습은 듬직하고 믿음직스러웠다.

다산은 우스꽝스럽게 보이는 그 상투에 눈을 주며 입을 열었다.

"장가는 언제 들었느냐?"

"아직 장가 전이올시다."

"관례도 않고 장가도 들지 않았으면서 상투부터 짰구나."

그림자의 어깨가 약간 흔들리더니 하상은 수줍은 듯이

"키두 몸집두 너무 커서요."

말하고 한 손을 뒤통수로 가지고 갔다. 어린 동작이다. 방이
밝았더라면 그 싱그러운 뺨에 어린 홍조紅潮도 보였으리라. 다
산은 저도 모르게 미소를 띠고 있었다.

"열일곱이라면 장가도 들 나이지."

하상은 펄쩍 뛰듯이 숙부의 말을 막았다.

"장가라니요. 별말씀을 다 하십니다."

"왜, 평생 홀아비로 늙으려나?"

다산의 어조에 장난기가 섞였다. 너무나 이지적이고 너무나
아는 것이 많아 누구나가 어려워하는 그에게는 좀처럼 없는 일
이었다. 다산은 어른이 되어 가고 있는 이 소년에게 호감을 갖
기 시작하고 있었다.

멀리 유배되어 있는 몸이니만큼 그는 아들들의 처신이나 행
실이 항상 걱정스러웠다. 성가시고 두려울 정도로 글월을 띄워
'공부해라', '책 읽어라', '이러이러한 책을 이러이러하게 읽어
야 한다', '범절 있게 살아라', '소채를 심어라', '열매 나무를

심어라' 등등 타이르고 당부하고 꾸짖고 명령하여 왔었다.

그에게는 두 아들이 다 한심스럽게만 보였다. 어버이의 욕심으로 너무 기대를 하기 때문인지도 모른다. 두 아들은 다 훌륭하고 출중했지만 그의 눈에는 도무지 차지 않았다. 아버지의 사면을 위하여 노력하는 것조차 효성으로 보이지 않고, 비굴하고 줏대 없는 행위로만 보였다. 큰아들 학연에게는 사대부다운 기상이 통 보이지 않고, 작은 아들 학유는 술을 너무 마시는 것 같았다. 그가 가장 염려하는 폐족의 궁기가 끼기 시작한 느낌을 갖게 하여 안타까웠다.

지금 눈앞에 앉아 있는 하상에게는 그런 비굴함이라든가 어두움이 조금도 없다. 어린 나이에 의젓하고 듬직하고 성실해 보이고 씩씩하다. 얼굴 전체에 서려 있는 저 맑음, 밝음은 어디서 오는 것일까.

그런 맑음과 밝음은 두 아들에게도, 열여덟 명의 제자들에게도 없었다. 다산의 마음은 모처럼 밝아졌다.

"그렇잖으냐? 장가들구 아들 낳구 딸 낳구, 어머님께 효도하구."

하상이 덤덤히 대답했다.

"전 장가를 들 수 없는 몸입니다."

다산은 저도 모르게 말을 더듬었다.

"그런 넌, 넌?"

하상은 역시 덤덤하게

"제겐 할 일이 너무 많습니다. 아들 낳구 딸 낳구 할 틈이 없어요. 어머니께서도 쾌히 승낙을 하셨구요."

다산은 가볍게 한숨을 쉬었다. 안도의 한숨이었다.

"무슨 일을 하려는데 장가를 못 든단 말이냐?"

맑고 부드러운 하상의 얼굴에 긴장의 빛이 떠올랐다. 그는 약간 음성을 낮추었다.

"전 연경(燕京=북경)에 들어가야 합니다."

다산은 하마터면 벌떡 일어설 뻔했다.

"너 지금 뭐랬지?"

"연경에 가야 한다고 여쭈었습니다."

"연경에? 연경에는 왜?"

"탁덕(鐸德=신부님)을 모셔 와야 합니다."

다산의 가슴은 철렁 내려앉았다. 그는 음성을 낮추었다. 낮춘 음성에 힘을 주어,

"큰일날 소리를 하는구나. 그런 무려 허황한 소릴 하러 여기까지 왔더냐?"

"그뿐만이 아니올시다. 넷째아버지를 꼭 뵈옵고 싶었어요. 말씀을 많이 들었거든요."

하상은 부신 것을 바라보듯 숙부의 얼굴을 쳐다보았다.

마재에서 듣던 대로 숙부의 눈썹은 좀 색달랐다. '삼미三眉'

라고 했다던가. 그는 마마를 자국 하나 없이 곱게 치렀는데 바른쪽 눈썹 바로 위에 꼭 하나 흉터가 남아 그쪽 눈썹은 둘로 갈라져 왼쪽하고 합하여 눈썹이 세 개로 보이는 것이었다.

남달리 총명한 아이였으나 왠지 일곱 살까지의 어린 기억에서 숙부의 그 눈썹은 빠져 있었다. 그러면서 자주 말을 들어 왔던 탓인지 그 눈썹은 그에게 친밀감을 주었다. 그의 유명한 아름다운 구레나룻과 턱수염보다 더 특징스럽게 보였다. 말하자면 기형이라고도 할 수 있는데, 워낙 짙고 긴 까닭인지 어색함이 없고 오히려 알 수 없는 기품마저 서려 귀티가 흘렀다.

서럽게 천덕으로 얹혀 자라면서 하상은 이 숙부에 대한 이야기를 많이 들었다. 너무나 출중한 인물이니만큼 숙부에게는 일화도 많았다. 형사刑死한 천주학쟁이의 아들로 무슨 재앙이기나 한 양 집안에서는 받아 주지도 않았고 어쩌다 찾아가도 백모나 숙모들은 거들떠보지도 않았다. 종형제들도 냉담하게 무시를 하여 어린 하상은 곧잘 행랑채에서 놀다 거처하는 오막으로 돌아가곤 하였다.

들창 하나 없는 굴 같은 행랑방은 언제나 어둡고 퀴퀴한 냄새가 나고 더러웠지만 하상에게는 가장 마음이 편한 곳이었다. 형사자와 유배 죄인의 본제本弟인 만큼 상전부터가 슬픔에 잠겨 조심하고 삼가며 사는 처지여서 동네 머슴들이 마실 와서 모이는 일도 없었지만, 대대로 내려오는 노복奴僕인 석이 할아범은 아랫사람들 중에서는 어른이라 그 방에는 그래도 사람 왕래가 있었다. 사학邪學 죄인의 아들이라고 아랫사람들까지도 업신여기는 신세였으나 할아범은 언제나 하상을 깍듯이 대접하고 아껴 주었다.

그는 어린 하상의 의지가 되어 있었다. 하상에게 집안 내력 같은 것을 자랑스럽게 말해 주는 것도 석이 할아범이었다. 석이 할아범이 들려주는 다산에 대한 이야기 중에 제일 재미있는 것은 다산의 혼인날의 일화였다. 지금도 다산은 작달막한 체구를 하고 있지만 새 신랑 때의 다산은 아주 쬐끄만 초립둥이였단다. 채 다 자라지 않은 열다섯 살 소년이었던 것이다.

초례식장에 나타난 신랑을 보고 신부 집에서는 어이가 없어졌다. 신랑은 나이에 비해서도 키가 너무 작고 어려 보였다. 하여 마치 키가 작은 유년 배우가 사모紗帽를 쓰고 단령예복團領禮服 입고 연극하러 나타난 것같이 보였던 것이다.

혼례에는 으레 즐겁고 짓궂은 장난이 따른다. 신부의 사촌오빠 홍대호洪大浩는 웃음을 참지 못했다. 뒷날 소년 급제하여 응교 벼슬에 오른 소년 수재인 그는 신랑을 보기 전부터 신랑을 골려 주려고 벼르고 있었다. 전안청奠雁廳—신랑은 말에서 내려 중문 앞에 차려놓은 전안상奠雁床 앞에 엎드려 절을 한다. 홍보를 덮은 상 위에 안고 간 기러기 한 쌍을 올려놓고 그 앞에 신랑은 먼저 절을 하는 것이다—에서 초례청(醮禮廳=혼례식장)

까지는 신랑이 걸어 들어가는 길에 행보석行步席이 깔린다. 짓궂은 신부 집 장난꾸러기들은 그 행보석 밑에 돌멩이랑 수수깡 같은 것을 집어 넣어 어린 신랑을 골린다. 돗자리 밑이 울퉁불퉁한 것을 미처 몰랐던 신랑은 사모관대 차림으로 곧잘 나자빠져서 구경꾼들의 폭소를 자아내곤 하는 것이다.

신동으로 이름난 이 사촌 매부를 골려 주려고 홍대호는 행보석 밑에 돌멩이를 잔뜩 넣고 기다리고 있었다. 그러나 영리한 어린 꼬마 신랑은 첫발을 디디는 순간 그들의 장난을 알아차렸다. 짐짓 고개를 꼿꼿이 들고 발끝으로 행보석을 살살 밀어 디디며 비틀거리는 일도 없이 초례청으로 올라갔다. 오히려 앞장서서 너스레를 떨며 팔밀이(신랑) 앞에 서서 좌우로 팔을 밀어 가며 신랑을 초례청으로 인도하는 혼인 풍속하던 홍대호가 댓돌 앞에서 발을 헛디뎌 웃음을 샀다.

홍대호는 이 깜찍한 사촌 매부가 무척 마음에 들었다.

'대추씨만 한 이 녀석이 어느 틈에 그렇게 글을 배웠는지 하두 시문詩文이 신통하다니 글재주 한번 시험해 볼까?'

신통하고 대견하여 말을 건넸다.

"이보게 신랑. 글을 잘한다는 소문이 높으니 빨리 내가 부르는 글귀에 운韻과 글자를 맞춰서 대구對句를 채운 뒤에 행례하게"

하고는

"四寸妹夫, 三尺童子 是矮戲"
라 소리쳤다.

다산은 생끗 웃고, 선뜻 낭랑한 음성으로 응수를 했다.

"重厚之孫, 輕薄之子 此魔劇."

즉 '사촌 매부를 맞아 오는 줄 알었더니 삼척동자를 대하게
되니 이것이 난쟁이 놀음인가?' 하는 대호의 농에, 다산은 '무
겁고 점잖은 이의 손자로 생각했더니 이것은 도깨비 장난인
가?' 하고 응했던 것이다.

"모두가 놀라시구 감탄하셨지오니까. 그 댁 노영감마님께서
좋아하시던 모습이 아직도 눈에 서언히 남아 있사와요."

할아범은 그리운 듯 먼 눈을 하다가

"모두 공부를 많이 헙신 까닭입지요. 되련님두 공부에 힘쓰
셔야 하와요. 승지 영감마님(다산)이 어리실 때부터 얼마나 공
부를 많이 헙셨는지는 이 할아범이 바로 이 눈으로 뵈옵고 있
지오니까. 워낙에 영특합신 데다가 그렇게 공불헙시니 금상첨
화이십지요. 시방 저렇게 고생 중에 계십지요만 영감마님은 당
대 문장이 아니시오니까."

이어 할아범은 다산의 면학 태도에 대하여 이야기를 이어 가
는 것이었다.

오래오래전의 일이다. 다산은 유난히 숱이 많은 머리를 치렁
치렁 땋아 늘인 겨우 십이삼 세의 소년이었다. 여주에서 과거

를 보러 서울로 향하던 한 선비가 산길에서 이 소년을 만났다. 소년은 무엇인가를 잔뜩 실은 나귀를 끌고 가고 있었다. 소년의 눈빛이 하도 영롱하여 마음이 끌린 선비가 물었다.

"어디 사는 뉘 댁 도령이며 어디로 가는 길인가?"

"마재 정목사 댁 넷째입니다. 집으로 돌아가는 중이에요."

"나귀 등에 실은 것은 무언고?"

귀엽게 소년이 미소했다.

"책입니다. 재 넘어 아저씨 댁에서 빌려 오는 것이에요."

"누가 그렇게 많은 책을 읽지?"

"제가 읽어요. 제가 읽으려고 빌려 오는 거예요."

소년은 대수롭지 않게 대답했다. 그리고 또 귀엽게 웃었다.

선비는 과거에 낙방을 했다. 상심한 나머지 그는 이내 봇짐을 꾸려 향리로 향했다. 얼마 전에 걸었던 길을 되돌아오는데 또 길에서 그 소년을 만났다. 소년은 전날과 같이 등에 잔뜩 짐을 실은 나귀를 끌고 있었다.

"오, 또 여기서 만났군."

"안녕하십니까?"

소년이 붙임성 있게 인사를 했다.

"벌써 환댁을 하십니까?"

"한양은 타향인데 오래 머물 수야 있나. 헌데 이번에는, 또 무얼 싣구 가나?"

"책입니다. 저번에 빌려 왔던 것을 돌려드리려구요."

"왜? 임자가 재촉을 하시던가?"

"아녜요. 다 읽어 버렸거든요. 돌려드리구 다른 책을 빌려 오려구요. 그 댁엔 참 책이 많아요."

소년은 또 귀염성스럽게 화안히 웃었다. 소년 다산은 열흘도 채 되지 않은 그 동안에 그 많은 책을 다 읽어 버렸던 것이다.

"승지 영감마님께서 그렇게 공부를 많이 협셨사와요. 되련님 두 본을 받으셔얍지요."

천덕꾸러기 과수 어머니 외에는 아무도 돌보아 주는 사람이 없어 하상은 열 살이 되어도 천자문도 떼지 못하고 있었다.

현숙하고 꼿꼿한 어머니 유씨 부인이 밤낮으로 심려하는 것 도 하상의 글공부였다.

"하상아. 행랑방에만 가지 말구 둘째댁이나 셋째댁 형들 공부하는 자리에 끼어 공부를 해야지."

"형들이 눈을 흘기는걸."

"그야 네가 어리니까 형들하군 발이 맞지 않겠지만 어깨너머라두 공불해야 된다."

"넌 나가라고 막 야단치는걸."

"모든 것을 참구 견뎌야 된다. 너희 아버지께서 어떻게 돌아가셨는가를 명심해야지. 네겐 할 일이 있는 거야. 큰일이―그러려면 공부를 많이 해야 돼요."

"아버지께선 왜 돌아가셨지요? 어떤 분이셨지요?"

"너희 아버지께선 오직 예수를 위하여 치명 순교하신 거룩하신 분이란다."

어머니의 얼굴은 엄숙하고 어조는 단호하였다.

"허지만 모두들 날 사학쟁이 새끼라구 구박해요."

"몰라서 하는 소리니 탓하지 말구 네 본분만 지키는 거야. 자, 너무 늦었다. 우리 만과晚課 바치기로 하자."

유씨 부인은 품속에서 묵주를 꺼내는 것이었다. 만과는 '성신강림송'에서 비롯되었다.

'임하소서. 성신이여, 엎드려 구하나니 하늘로서 네 빛을 쏟아 내 마음에 충만케 하소서. 너는 가난한 이의 은주시오, 고독한 이의 아비시오, 영성의 빛이시오, 근심하난 자의 위로시오, 고로운 자의 평안함이시오, 수고하난 자의 쉼이시오, 우난 자의 즐거움이시오, 내 마음을 화하난 손님이시니, 임하소서 성신이여, 엎드려 구하나니 마음의 더러운 것을 조찰케 하시며, 마음의 마른 것을 적셔 주시며, 마음의 병든 것을 낫게 하시며, 마음의 굳은 것을 부드럽게 하시며, 마음의 찬 것을 더웁게 하시며 마음의 길을 인도하여 주소서―.'

관솔불이 그을고 있는 헛간 거적 위에 무릎을 꿇고 세 식구는 조석으로 조과早課와 만과晚課를 바쳤다. 교리책이나 기도서는 다 빼앗겼고 이웃에는 교우도 없어 그들은 성교 도리로 예절도 잘 몰랐다. 그저 어머니 유씨가 기억을 더듬어 일러 주는 경문을 봉송할 뿐이었다. 어머니는 그것을 무엇보다도 안타까워했다. 거칠 대로 거칠어진 손을 합장한 채 조석으로 거른 일이 없는 신공神工이었지만 언제나 신공 드리는 어머니의 눈에는 이슬이 맺혔다.

하상과 정혜情惠, 어린 남매는 경문의 뜻을 잘 모르면서 기막힌 가난과 천대와 굶주림을 잠시 잊고 열심히 경문을 봉송했다. 그들은 눈물을 흘리면서도 평화가 깃든 이런 때의 어머니가 좋았고, 세 식구가 모여 한마음이 되는 것도 이때뿐이어서 좋았다.

유씨 부인은 그 긴 공과를 생략하거나 그저 넘기는 일이 없었다. '성모덕서도문'을 외울 때는 공손하게, 삼덕송은 열렬하게 봉송하고 천주경은 엄숙하게 성모경은 간절하게 외웠다.

이런 어머니 아래서 하상과 정혜는 어떠한 고난 속에서도 지켜 주시는 분의 존재를 믿고 찬미와 감사하는 마음을 배웠다. 어린 남매는 누더기를 입고 있으면서도 궁상스러움이 없고 비굴한 데도 없었다. 오히려 언제나 여유가 있어 보였고 맑고 밝았다.

하상이 남의 입으로부터 아버지의 훌륭함을 들은 것은 열세 살 때였다. 그도 늦자랐다는 숙부 다산을 닮았던지 열다섯 살까지는 남보다 더디 자라, 열 살이 되어도 일곱 살밖에 되어 보이지 않았다.

가을이었다. 동네 개구쟁이들이 모여 풋콩서리를 한 일이 있었다. 추석이 가까울 무렵이면 주렁주렁 매달린 콩에 알이 통통하게 밴다. 개구쟁이들은 그것을 뿌리째 뽑아 와 사람의 왕래가 없는 언덕의 큰 바위 뒤에서 그슬려 먹는 것이다. 아직 굳기 전의 말랑한 콩맛도 기가 막히지만 초여름의 밀서리와 초가을의 콩서리는 농촌 아이들의 잊을 수 없는 즐거움이며 세시歲時의 놀이이기도 하였다.

콩은 키가 그리 높이 자라지 않는다. 착 엎드려 기어가도 덩치만 크면 등이 보인다. 그렇다고 너무 어린 놈은 제대로 콩 뿌리를 뽑지 못한다. 가지에는 아직도 물기가 많아 꺾을 수가 없는 것이다.

평소는 '천작쟁이 새끼'라고 잘 끼워 주지 않는 개구쟁이들이 하상을 요긴하게 생각하는 것은 이럴 때뿐이다. 나이는 찼으면서 몸집이 작은 하상은 너무나 재치있게 소임을 다했다. 잘했다고 추켜 주는 것이 그는 좋았다. 언제나 외톨이였던 어린 하상은 그들과 어울리는 것이 좋아, 이때 엄한 어머니의 교육으로 항상 마음에 새기고 있는 천주 십계의 제7조를 잠시 잊었다. 도적질하지 말라―사실 그것은 도적질이 아니고 신나고 모험적이고 재미나는 놀이이긴 했다.

그러나 천벌은 그 자리에서 내렸다. 밭 임자가 느닷없이 나타난 것이다. 밭 밖에 있었던 놈들은 그의 모습이 보이자 재빨리 달아났지만 하상은 속절없이 잡히고 말았다.

이때의 굴욕과 곤혹을 하상은 잊을 수가 없다. 하찮은 아이들의 장난이었지만 말끝마다 '천작쟁이'가 들먹여졌고 평시에는 거들떠보지도 않던 백모나 숙모들이 누구보다도 더 길길이 뛰었다.

어머니가 불려갔다. 넷째숙모(다산)의 부인이 가장 극성스러웠다.

"형님, 이 댁이 누구 때문에, 무엇 때문에 이 꼴이 되었습니까? 모두 그 지긋지긋한 천주학 때문이 아니에요? 둘째아주버님[若銓]과 사랑(남편)에서처럼 신유 때 셋째아주버님[若鍾]두 잘못을 순순히 깨닫기만 해 주셨어두 이 지경은 안 되었을 것입니다. 그런데 형님은 또 왜 그러세요? 모르는 줄 아시겠지만 우린 다 알구 있다구요. 조석으로 기군가 뭔가를 드리신다면서요? 아주 집안을 멸문에 이르게 하실 작정이세요? 이만큼이라두 보존돼 있는 것이 그렇게두 못마땅하세요?"

악을 빡빡 썼다. 다산 부인 풍산 홍씨는 남편 덕으로 서울 살림도 알고 공명과 관록의 맛도 본 여인이었다.

유씨 부인은 할 말이 없었다. 아들의 소행이 슬프고 슬플 뿐이었다.

둘째동서가 조신하게 뒤를 이었다.

"열세 살이라면 불원간 장가들 나일세. 상것 조무랭이들허구 몰려다닐 나인가! 아무리 집안이 이 지경이 되었기루서니 상것들허구 한가지로 얼려서야 되나!"

넷째동서가 다시 펄펄 뛰었다.

"형님은 언제까지나 정신을 못 차리시구, 아이는 상것들하구 콩밭이나 뒤지구 다니구, 정말 큰일나겠어요. 형님이 어디루 가시든지 우리가 다른 곳에 터를 잡든지 무슨 결단이 있어야겠어요."

잠자코만 있던 맏동서 의성 김씨 부인이

"황랑(黃郞=황사영)이 십칠 세 소년으로 장원 진사가 되어 어무御撫까지 받자온 성총을 입으면서 그 지경으로 무참히 죽은 것두 할 말은 못 되네만 셋째서방님 때문이지. 불원 대과에 급제하면 앞길은 훤언하게 트인 것인데 그만 그 지경으로―."

말끝을 못 맺는다.

"불쌍한 황집(황사영의 아내)은 무서운 대역부도 죄인의 아내로 그렇게 먼 곳으루 귀양 가서 천한 관비가 되고 어린것은 혼자 추자도에 버려졌다니 살았는지 죽었는지―."

끝내 옷고름을 눈으로 가지고 간다. 그 불쌍한 전실 딸의 식구가 마재로 돌아왔을 때 집 안에 발도 들여놓지 못하게 무정하게 굴었던 일을 그녀는 잊고 있었다.

"누가 아닙니까? 그 어른은 정씨 댁뿐 아니구 조카사위 집안까지 망쳐 버리셨지요. 참다랗게 과거 공부하구 있는 사람을 꼬여서 천주학을 하게 하셨잖아요. 청상으로 유복자 한번 출신시켜 보겠다구 그렇게 애쓴 사돈마님을 생각하면 가슴이 아려요. 거제도 정배라구 들었는데, 살았는지 돌아갔는지."

홍씨 부인이 또 기승을 부린다.

유씨 부인은 고개만 숙이고 있다. 현실적으로 말하면 모두가 옳은 말이다. 홍씨 부인의 말대로 모든 것은 천주학 때문에 일어난 일이었다. 천주를 믿은 것이 대죄가 되어 남편과 큰집 조카사위 황사영黃嗣永은 대역부도죄로 능지처참이 되고 천주학과 관련을 가졌었다 하여 시숙 둘은 멀리 귀양을 갔다. 그녀가 악에 받치는 것도 무리는 아닐 것이었다.

창원昌原 황씨黃氏 황석범黃錫範의 외동 유복자로 태어난 사영은 어머니 창녕 이씨 부인의 정성 아래 드문 신동으로 이름이 높았다.

약종에 사사하여 수학하고 있던 그는 참으로 총명하고 영특 과인하였다. 그가 십칠 세의 어린 나이로 소과少科에 장원壯元으로 급제하였을 때 어린 장원 진사를 가상히 여긴 정조는 전례 없이 그를 탑전榻前에 들게 하여 그의 왼손목을 어루만지며

"네 나이 스물만 되면 과인의 탑전에 있게 하리라"

하였다.

실로 이것은 궁중예법을 벗어난 특혜였고 성총이었다. 무한한 영광 속에 그의 장래는 촉망 중에 약속된 것이나 다름이 없

었다.

사영은 이 영광에 감읍하여 왕의 어수가 어루만진 왼손목에 평생토록 붉은 비단을 감았다.

소과를 합격하면 낮은 벼슬도 할 수 있고 성균관에 입학할 자격도 있다. 장차 더 높은 벼슬에 오르려면 대과大科에 급제하여야 하기 때문이다. 나이 어린 사영은 물론 하급 벼슬을 할 생각은 없다. 그러면서 성균관에 들지 않고 그대로 마재에 머물면서 약종 문하에서 대과를 치를 준비를 하기로 작정하였다.

약종은 처음에는 사영에게 성균관에 입학하기를 권하고 자신은 더 가르칠 자격이 없다고 겸양했지만 사영의 간곡한 청에 못 이겨 반승낙을 했던 것이다.

사영에게는 경사가 겹쳤다. 정씨 형제의 맏이인 약현의 딸 난주와 성혼이 되어 그는 명문 정씨가의 사위가 되었다.

아름다운 아내를 얻은 후 그는 더욱 학문에 힘을 쏟았다. 오직 유복자인 자기만 바라보며 살아온 어머니의 은혜에 보답하기 위하여서도 하루바삐 대과에 급제해야만 했다. 어머니의 인생 유일의 목적이 아들의 입신양명 아닌가.

그의 학문의 진취는 놀라웠다. 그 총명한 자질과 아울러 다음 대과에 급제할 것은 틀림이 없었다.

그러나 그런 제자를 지켜보는 스승 약종의 마음은 착잡하였다. 이 아까운 깨끗한 젊은이를 그대로 출세라는 뜬구름 속에

날려 보낼 것인가? 그 뜬구름 속에는 시기와 질투와 이욕利慾으로 빚어진 중상모략이 숨어 있고, 나무에 오른 사람을 뒤흔들어 떨어뜨리려는 온갖 악랄한 당파 싸움이 도사리고 있는데, 거기에다 이 깨끗한 몸을 던지게 해야 하는가.

그는 중형 약전과 아우 약용의 시달림을 목도하고 있는 터였다. 그만한 인물들이 왜 공명과 관록에 미련을 두는지 그는 이해할 수가 없었다. 그만한 재질, 그만한 총명과 명석함, 넓은 식견과 끊임없는 탐구욕을 가지면서 좀더 근원적이고 고차적인 학문의 세계를 저버리고 왜 그런 탁류 속에서 허덕이고 있는 것인가.

이제 이 드물게 총명하고 뛰어난 재질을 가진 젊은이 앞에 펼쳐진 티없이 깨끗하고 무한한 가능성에 차 있는 인생은 어떠한 운명을 겪게 되는 것일까. 모처럼 받은 천부의 재질과 정성껏 닦은 학문으로 고결하고 뜻깊게 산 인생을 때묻지 않은 깨끗한 종이에 곱게 써서 귀한 두루마리처럼 남길 수도 있다. 그러나 이 젊은이는 지금 공명이란 덧없는 채색 구름을 동경하면서 젊음을 깎고 있지 않은가. 약종은 때로 문득 측은한 생각도 들고 애석한 마음도 되는 것이었다.

한편 사영은 스승의 마음을 알 수 없었다. 무엇을 물어도 응구첩대로 해답이 나오는 그의 해박함과 그렇게 쉽게 나오는 말들에, 한점의 틀림도 없는 정확함에 새삼 놀라움과 존경을 금치 못하면서 그만한 학식과 덕망을 가지고 왜 벼슬길에 올라 상감을 보필하여 선정을 베푸는 데 일익을 맡으려 들지 않는지 알 수가 없었다.

약종은 유명한 정씨 형제 중에서도 색다른 점을 많이 가지고 있었다. 그는 장형 약현같이 지나치게 내성적이고 완고하지도 않았다. 중형 약전같이 멋도 없었다. 아우 약용의 반짝거림도 없었다. 그는 신중하고 성실했다. 학문도 사람됨도 생각도 깊고 진지했다. 언제나 부드러운 안색으로 온후하고 담담하고 모가 없었다. 아무에게나 격을 두지 않아 보수적인 맏형 약현의 눈살을 찌푸리게도 하였다. 서아우 황嶸이 적가嫡家의 형 중에서 '형님'이라고 부를 수 있는 것은 약종뿐이었다. 적서嫡庶의 충하가 너무나 극심하던 때라 황은 다른 적형들을 '진사 어른', '나리 마님', '승지 영감' 등으로 불렀던 것이다.

약종의 집에서는 아랫사람들과 겸상을 한다는 소문이 돈 얼도 있었고 언젠가는 집안 종의 어린 아들이 나무에서 떨어져 일어나지 못하고 있는 것을 약종이 지나다 업고 돌아간 일도 있었다. 의학에 조예가 깊었던 그는 치료까지 해 주었던 것이다.

이러한 그의 생활 태도는 약현뿐 아니라 다른 형제들까지도 못마땅해 하게 하였다.

"상하를 너무 어지럽게 한단 말야. 집안의 체신도 생각해야지. 줏대가 너무 없어."

약현은 혀를 찼다.

"나중 배운 도적질 새벽 가는 줄 모른다더니 뒤늦게 들어간 천주학을 정말로 실천하려는 게로구면."

남보다 먼저 입교하여 남보다 먼저 배교한 약전은 마음으로 쓰게 웃었다.

약전과 함께 입교하여 약전과 함께 배교한 약용은

"저렇게까지 하실 건 없는데"

하면서 마음 한구석에 바늘로 찔린 것 같은 느낌을 갖는 것이었다.

시골에서 과거 공부에만 골몰하고 지나 온 사영은 천주학이 무엇인지 몰랐다. 유복자로 편모 슬하에서 외롭게 자라, 사대부집 아들이면서 양반의 거드름, 까다로움 같은 것도 실생활에서는 가져 본 일이 없었다. 다만 진심으로 심복하고 있는 스승은 좀 색다른 분이라고 생각하는 것이었다.

어느 날 사영은 예정 없이 스승을 찾은 일이 있었다. 책을 읽다 모르는 데가 있었던 것이다. 기척을 하였으나 스승은 아무 말이 없었다. 청지기로 있는 김한빈金漢彬의 말에는 분명 스승은 혼자 사랑에 계시다는 것이어서 사영은 댓돌 아래에서 잠시 기다렸다.

"선생님."

역시 잠잠하다. 사영은 대청으로 올라갔다. 장지문을 살며시 열었다. 스승은 눈을 감고 합장한 채 단정히 앉아 있었다. 상체를 보일락말락 가볍게 좌우로 흔들면서 입술을 달싹거리고 있다. 사영이 들어가려는 것도 깨닫지 못하고 일심으로 무엇인가를 외우고 있는 것이다. 소리를 내는 것마저 삼가지는 엄숙한 얼굴이었다.

사영은 말을 건넬 수도 나갈 수도 없었다. 못으로 박힌 듯이 꼼짝도 않고 서 있는 사영을 여전히 의식 못 한 채 약종은 바른손으로 가슴에 십자를 긋고 비로소 눈을 떴다.

사영이 거기 서 있는 것을 알자 그는 흠칫 놀랐지만 이내 태연해지며 담담하게 한마디 건네는 것이었다.

"오래 기다렸구나."

그 후에도 약종의 태도에는 변함이 없었다.

아무 일 없이 얼마가 지났다. 사영의 학업은 날로 진취되어 갔다. 그러나 사영은 가끔 그날의 일을 되새기게 되었다.

'선생님은 필경 무슨 도술을 익히고 계시는 것이다.'

그 전신 전령을 다 쏟고 있는 것 같은 엄숙한 얼굴, 알 수 없는 주문을 외우고 있었던 것이 분명한 입술의 달싹거림, 그리고 가슴에 긋던 그 야릇한 기호, 호기심과 의아함과 의구疑懼 같은 것이 문득문득 떠오르는 것이었다.

그러던 어느 날 사영은 또 같은 광경을 보았다. 전번과는 달리 약종은 사영이 들어오는 것을 알면서도 하던 일을 멈추지 않았다. 단정히 앉아 두 손을 가슴 앞에서 모으고 눈을 감은 채 입술을 달싹거리는 것은 전과 같았다. 엄숙한 얼굴로 전신 전령을 기울이는 정성도 마지막에 바른손으로 가슴에 십자를 긋는 것도 전과 같았다.

이윽고 눈을 뜬 그의 얼굴에는 놀라움이 없었다. 담담하게 전과 같은 말을 건넸다.

"많이 기다렸구나."

같은 광경을 세 번 본 후, 사영은 더 이상 참을 수가 없었다.

그는 단도직입으로 따지듯이 묻지 않고는 배길 수가 없었던 것이다.

"선생님, 선생님은 무엇을 하시는 분이십니까? 무엇을 하시려는 분이십니까?"

약종은 부드럽게 미소했다. 이윽고 다시 눈을 감았다. 한참을 그렇게 하고만 있었다. 얼마 후 눈을 뜬 그의 얼굴에는 엄숙함과 단호함과 기쁨이 짙게 깃들어 있었다. 그는 벽장을 열고 한 권의 책을 꺼내어 사영에게 건넸다.

"이 책을 읽어 보아라."

사영은 두 손으로 공손히 그 책을 받았다. 유지油紙로 된 겉장에는 한자로 '천주실의天主實義'란 네 자가 쓰여져 있었다.

사영은 과거를 위하여 읽던 책을 잠시 덮었다. 사흘 낮 사흘 밤을 그는 침식을 끊다시피 하며 일찍이 듣지도 읽지도 못했던 이 책에 몰입해 있었다.

그것은 새로움이며 놀라움이며 깨달음이었다. 그러면서 알 아들을 수 없는 점도 많고 납득할 수 없는 점도 많았다.

나흘째 되던 날 황사영은 스승을 찾았다. 첫눈에 약종은 그 내부에서 무엇이 일어나고 있는가를 알아차릴 수 있었다. 그는 며칠 사이에 몰라보게 수척해 있었다. 창백한 얼굴에 눈만이 약간 충혈된 채 타고 있었다. 경악과 충격 속에서 일어나고 있 는 내부의 갈등과 알력과 고뇌와 새로운 동경과 기쁨이 얽혀 있는 그런 얼굴이었다.

"저는 이런 책이 있다는 것을 정말 모르고 지냈습니다. 지금 제 마음을 이토록 흔드는 것은 무엇입니까? 새로운 진리에 처 음 접한 감격 때문입니까? 혼미 속에서 어떤 요망한 저술에 얽 혀 들어가고 있는 까닭입니까? 저는 지금 갈피를 잡을 수가 없 습니다."

약종은 눈을 감았다. 감은 눈 속이 노을 속같이 화안하였다. 사영은 몸부림치듯이 다그쳤다.

"천주는 무엇입니까? 삼위일체는 무엇을 뜻하는 겁니까? 이 책을 보면 천주는 삼위일체라 하였는데 곧 성부, 성자, 성신 세 분이 분명합니다. 그러면서 하나이신 천주라 했으니 이해가 가 지 않습니다. 셋이면 하나가 될 수 없고 하나가 셋이 될 수는 없지 않습니까? 또 천주 성자 예수의 강생은 너무나 황당무계

합니다. 어떻게 천주의 외아들이 동정녀에게 남자의 작용 없이 잉태되어 사람으로 태어날 수가 있단 말입니까?"

약종은 여전히 눈을 감고 있었다. 몇 년 전 처음으로 그 책을 읽었을 때의 자신의 부르짖음을 듣고 있는 느낌이었다. 그것을 깨닫느라고 묻고 따지고 몸부림치고 저항하면서 어쩔 수 없이 어느 강력한 힘에 사로잡혀 빠져나오지 못하고 있었던 자신을 보고 있는 느낌이었다.

중형 약전과 아우 약용은 약전의 처남이 되는 이벽李蘗의 열정과 웅변에서 섬광같이 진리를 깨달은 듯했으나 그는 무디고 신중했다. 4, 5년을 묻고 명상하고 따지고 싸워야 했다. 그는 그 교리 이외의 모든 것에 관심을 잃었다. 가르치고 있던 문하생들도 모두 돌려보냈다. 외롭게 괴롭게, 그러면서 충일된 4, 5년을 보내다가 드디어 모든 교리를 받아들일 수 있었던 것이다. 약종은 자세를 고쳐 앉고 사영의 얼굴을 응시하고 있다가 입을 열었다.

중국인 신부 주문모周文謨가 일찍이 중국에서 많이 읽히는『성세추요聖世芻要』라는 책보다 더 잘 되었다고 격찬한『주교요지主敎要旨』라는 교리책을 저술한 약종이다. 그의 교리 강의는 너무나 명석하고, 풍부한 경학經學의 지식을 동원한 자유자재의 인용은 이해를 보다 쉽게 하였다.

젊은 사영은 깊이 감동하고 잠시 덮었던 과거를 위한 경학책을 영원히 덮었다. 눈앞에 기다리고 있는 부귀공명을 헌신짝같이 버리고 영성靈性의 삶을 택한 것이다.

신유년의 대박해는 천주학 그 자체보다도 천주교를 구실 삼아 시파時派를 타도하려는 벽파僻派의 정치적 의도에서 비롯되었고, 이어 6, 7년 전에 놓쳤던 중국인 신부 주문모를 체포하는 데 혈안이 되었다. 잔학무도한 피의 선풍이 전 국토를 휘몰아쳐 성교의 주요 인물들은 거의가 다 극형에 처해지고, 혹은 배교를 선언하고 유배되었다.

교우들의 고통을 더 이상 보고 있을 수만 없어 주신부도 자수하여 장렬하게 순교하였지만 박해자의 기세는 누그러지지 않았다.

이 무렵 심상치 않은 유언비어가 떠돌고 있었다. 천주학군들이 서양 군함을 청해 와서 이 나라를 망쳐 버릴 역모를 꾸미고 있다는 낭설이었다. 그러나 박해자들은 아무 단서도 잡지 못하고 있었는데 전주에서 천주학군으로 피체된 유관검이 혹형에 못 이겨 심문관들이 유도하는 대로 횡설수설 거짓 고백을 하여 큰 사태가 벌어지게 되었다. 이리하여 이 사건의 장본인이요 총책임자로 지목된 황사영 등을 체포하는 데 총력을 기울이게 되었고, 마침내 옹기 가마 토굴에 숨어 있던 사영을 색출해 내었던 것이다. 그리고 그의 품속에 들어 있던 백서의 내용은 이 낭설을 뒷받침하는 것이 되어 그는 만고의 역적으로 능지처참을 당하고 말았다. 넷째숙모 약용 부인의 말대로 약종은 세속적으로 전도가 양양한 아까운 젊은이를 무참하게 파멸시키고만 것이었다.

모두가 돌을 던지는 천주학을 어머니 유씨 부인은 전심 전령을 다하여 봉행하고, 온 집안과 마을 사람들이 욕하고 비방하는 아버지를 어머니는 거룩한 분이시니 그 유지를 이어받아야 한다고 교훈하여 어린 하상을 혼란 속에 빠뜨릴 때도 많았다. 동네 아이들이, 어떤 때는 어른들까지도 사학 죄인의 아들이라고 학대를 하는 날이면 그는 잠시 신공 드릴 때의 그 평온함과 조용한 기쁨을 잊었다. 우리 아버진 정말 그렇게 흉악한 분이셨을까? 어머닌 늘 훌륭한 분이셨다 하시지만 큰아버지께선 집안 망해 논 놈이라구 나까지 얼씬두 못하게 하시잖아? 하상은 눈 속에 고춧가루라도 들어간 것처럼 아리고 뜨거워 오는 것이었다.

아프게 흔들리는 어린 마음이 평화 속에 있게 된 것은 그 말썽스러운 콩서리 사건 이후부터였다. 열 살짜리 어린것을 흉악범 다루듯 법석을 떠는 백모와 숙모들의 악의와 멸시를 견뎌내며 하상은 어머니의 슬픔을 견뎌 낼 자신이 없었다. 극성스러운 여인들의 시달림에서 풀려나자 그는 곧장 석이 할아범 방으로 뛰어 들어갔다. 어머니가 뒤쫓아와서 꾸짖고 애원해도 그는 그 방에서 나오려 하지 않았다.

또 한 소동이 일어날 것 같아 유씨 부인이 땅이 꺼질 듯이 한숨을 쉬며 오막으로 돌아간 후, 하상은 세운 두 무릎 사이에 얼굴을 파묻고 섧게 울었다.

거센 손이 조용히 귓전에 와 닿더니 흐트러진 머리를 쓰다듬어 주었다. 이윽고 석이 할아범의 목쉰 음성이 들렸다.

"되련님, 서러워하셔서는 아니 되시지오니까. 아직 어리셔두 그 훌륭하신 어른의 자제시온데 꿋꿋허게 훌륭허게 사셔얍지요."

하상은 고개를 번쩍 들었다.

"할아범, 그럼 우리 아버진 나쁜 분이 아니셨단 말야?"

할아범은 풍 들린 사람처럼 고개를 마구 흔들었다.

"온 천만에, 이 세상에 그런 분은 없으셨지오니까. 인자헙시구, 인정 많으시구, 아랫사람이나 어려운 사람 사정 알아주시구, 이눔두 그 어른 은혜 많이 입었사와요."

하상의 눈물은 한꺼번에 말랐다.

"할아범. 우리 아버지 얘기 좀더 해 줘. 정말 나쁜 분이 아니셨다는 거 알구 싶어."

"네, 네. 헙지요. 헙지오닛까."

할아범은 두어 번 쿨쿨거리고 말을 이었다.

"우선 신관부터 여쭙지요. 그 어른 신관을 아시구 싶으시면 승지 영감마님을 뵈오면 되시와요. 두 살 터울이시니만큼 키만 다르셨지 쌍둥이 같으셨습죠. 자알 생기신 분이셨사와요. 훤칠하게 키가 크셨지오닛까. 눈썹이 짙으시구 우뚝허신 코에 눈이 크셨사와요. 귓밥두 두둑하게 수귀壽耳를 허구 계셨습지요."

그런데 겨우 마흔두 살에 그렇게 돌아가시다니—할아범은 한숨을 쉬었다.

"그리고 관자놀이에 승지 영감마님에겐 없으신 까아만 사마귀가 있으셨지오닛까. 되련님 관자놀이의 점과 꼭 같은 것이 같은 자리에—."

할아범은 하상의 관자놀이를 굵은 손가락으로 가볍게 찔렀다. 하상도 자기 관자놀이를 만져 보았다. 과연 무엇인가가 만져진다. 여기 이런 것이 있었구나. 그는 거울을 들여다본 일이 없다. 자기 얼굴이 어떻게 생긴 줄도 모른다. 어쩌다 물 위에 어린 것을 볼 때도 있지만 물은 언제나 흔들려 확실한 윤곽을 알 수 없고, 알고 싶지도 않았다. 사마귀 같은 것이 있는 것은 정말 몰랐다. 그러나 그 말을 듣고 보니 신기하고 재미가 났다.

석이 할아범은 또 몇 번 쿨쿨거리고 난 후

"되련님, 혹여 한빈漢彬이란 자와 일광日光이란 놈, 생각나시오닛까? 댁에 청지기루 있었습지요. 한빈이는 판서대감(李家煥을 말함) 댁 침모의 자식이온데 아주 충직한 위인이었지오닛까. 하오나 그 자가 그러잖으면 죄루 가옵지요. 어쨌건 신유 때 그 사람이 서울서 댁의 식솔 여러분을 마재루 모셔 왔습죠."

"아, 김첨지 말야. 그래, 나 생각 나."

약종이 참수된 후 김한빈은 거지 떼 같은 주인의 유족들을 마재로 옮겨 놓고 교회일로 동분서주하다가 황사영 사건 때 체포되어 처형되었지만 그 넓적한 등에 업혔던 기억은 아직도 남아 있었다.

"어르신네께선 그 사람허구 겸상두 하셨지오닛까. 사람 차별을 통 허지 않으셨사와요."

등잔불이 가물거렸다. 할아범은 심지를 돋우고 다시 말을 이었다.

"그나 그뿐이오닛까. 일광이, 황일광黃日光이는 백정의 자식이었사와요. 천하디 천한 놈이었습죠. 본시 홍주 태생인데 난 고장에서 천대받는 게 서러워 경상도루 가서 살았다지오닛까. 허나 게서두 근본이 탄로가 나 다시 자리를 뜬 것을 어르신네께서 건져 주셨습지요. 성교를 믿어 본명(本名=세례명)을 '아릭수'라 불렀사와요. 아버님께선 이 천한 놈두 차별을 합시지 않으셨사와요."

"그 일광이는 어떻게 됐어?"

"그놈두 제 고장인 홍주루 보내져서 게서 치명했습지요. 나무를 사러 가다 포졸에게 잡혀 갔는데 그때 그놈은 눈꼽만큼두 무서워허지 않구 '나는 남원南原 부사府使로서 옥천沃川 군수로 이직移職하니 옥천은 참으로 복지로다' 라구 했다지오닛까."

무슨 소린지 몰라 하상의 눈이 동그래졌다. 할아범은 담 걸린 소리로 킥킥 바람 소리같이 웃고 나서

"나무〔南原〕 사러 갔다가 옥〔沃川〕으로 끌려가게 되었다는 것을 가지구 익살을 부린 거지오닛까. 천대만 받다가 성교에 들어와 사람 대접받는 것이 너무나 좋아 관가에서두 '내겐 천당이 둘이요. 하나는 이 세상의 천당인 성교회요, 또 하나는 사후 천국의 영복소 그것이오' 허구 외쳤다 하와요. 모두 되련님 어르신네의 관후허심에 감복한 덕이옵지요."

평소 과묵한 할아범은 이날따라 말이 많았다. 어쩌면 그도 숨어서 천주교를 믿고 있었는지 모른다. 그는 연신 쿨쿨거리면서 말을 이어 갔다.

"이 댁은 인물 잘나시고 학문 높으시기루 이름나신 댁이시옵죠. 벼슬길에 나가시지는 않으셔두 되련님 어르신네 학문은 대단하셨다고 하시와요. 승지 영감마님 못지않으시게 말씀입죠. 당신은 과거 보지 않으셨사와두 제자분들 중에 대과 급제하신 분이 얼마나 많으신지 아시와요? 그래서 조선 팔도에서 선비들이 많이 모여들었습죠."

하상의 기억에는 없는 일이었다.

"하오니 되련님두 공부를 합셔야 되오이다. 그 아버님 자제분이 열 살을 넘기시면서 글을 읽지 않으실 수야 있사오닛까."

가슴이 부풀어오르는 것을 느끼며 듣고 있던 하상은 갑자기

풀이 죽었다. 그는 입속말처럼 중얼거렸다.

"나두 책 읽구 싶단 말야."

하상의 어린 가슴은 이때부터 그늘진 일이 없고 아픈 흔들림도 없어졌으나 공부를 해야 한다는 각오는 날로 굳어 갔다.

지금 이 유명한 학자인 숙부 앞에서 그는 무식한 자신이 부끄러웠다. 천진하고 순진한 그는 짜장 부끄러워해야 할 사람은 숙부라는 생각은 꿈속에서도 가져 본 일이 없다. 자서제질子壻弟姪은 한 가지로 내 피붙이거늘 자기 자식들의 교육은 불 같은 성화로 채근을 하면서 이 애처로운 조카는 생사 거취 한 번 알아볼 생각을 가진 일이 있었던가. 다산은 마음으로 강하게 불쾌하게 저항하면서 자꾸만 고개를 드는 자책감을 어찌할 수 없다. 그는 애모의 정이 가득 서린 하상의 음성이 채찍만 같이 느껴지는 것이었다.

하상은 아버지를 닮았다는 숙부의 얼굴을 그리움과 반가움으로 지켜본다. 그의 바른쪽 눈썹 위의 흉터를 없애 삼미三眉를 거두고, 관자놀이에 또렷하게 까만 사마귀를 박아 놓으면 아버지의 얼굴이 된다고 석이 할아범은 말했었다.

'아버지!'

하상은 마음속에서 외쳤다. '훌륭하신 우리 아버지! 아버지!'

다산의 얼굴에는 곤혹한 두려움이 서려 있었다. 유락의 몸이

나마 모처럼 찾은 평온함이 교란될까 저도 모르게 두려워졌던 것이다.

역설적인 말이기는 하지만 다산은 유배라는 현세적인 불행을 오히려 기화奇禍 삼고 있었다. 임술년 겨울이라면 황사영 백서 사건으로 그때까지의 유배지였던 장기에서 다시 체포되어 하옥되고 겨우겨우 죽음을 면하여 강진으로 유배지를 옮긴 직후였지만, 그 경황 속에서 그는 아들들에게 "천지간에 외롭게 서 있는 내가 운명적으로 의지할 것이라곤 오로지 책과 붓이 있을 뿐이다"라고 써 보내고 있다.

어릴 때에는 아홉 살에 어머니를 여의고 지방관인 아버지를 따라 고을을 전전하였고, 서울로 유학 간 때가 열다섯 나던 해였다. 그러나 돌이켜보면 이것저것 집적거리기만 했을 뿐 얻은 것은 별로 없었다.

소과에 급제하여 태학太學에 들어간 후에도 대과大科 응시에 대비하여 사자구四字句니 육자구六字句니 하는 화려한 문장 공부와 태학의 과제를 하느라 글자의 정의나 알아내는 일에 많은 시간을 보냈었다. 말하자면 진정한 학문을 하지는 못했던 것이다.

하물며 관도官途에 오른 후의 어지러운 세월에 있어서랴. 불출세不出世의 학자로 이름 높은 다산은 기실 유배를 당하기 전까지는 참된 학문을 할 겨를이 없었던 것이다.

유배지의 가난과 고독과 고뇌 속에서 다산은 비로소 명상하고 읽고 쓰고 깎고 파헤치고 해석하는 데 전력을 다하기 시작하게 된다. 그의 불행은 그에게 기회와 시간을 주었다. 이리하여 그는 '한자가 생긴 이래 가장 많은 저술을 남긴 대학자'가 되는 것이다.

　한문에의 열정은 그의 운명이며 사명이었다. 어느 누구로부터도, 무엇으로부터도 절대로 교란을 받아서는 안 되는 일이었다. 결코 이기적인 이유에서뿐이 아니고 좀더 높은 차원에서 그는 이제 학문 이외의 번거로운 일에 얽혀 들기는 절대로 싫었다. 하여 호감이 가기 시작한 이 청신한 소년에게 저도 모르는 사이에 매정한 태도를 취하고 있었다.

　하상에게는 어느 정도 각오가 되어 있었다. 그는 그리 서운해 하지도 야속해 하지도 않았다. 거부와 학대와 모멸과 버림받음에는 어려서부터 너무나 익숙해져 있었던 것이다. 그는 덤덤히 말했다.

　"지금 교중 사정은 말씀이 아닙니다. 학식과 덕망이 높으신 분들은 모두 희생되시고 단 한 분이신 신부님도 순교하시고, 힘없고 무식한 자들과 가련한 아녀자들만이 남아, 갈 바를 모르고 있습니다. 하루바삐 탁덕(鐸德=司祭)님을 모셔 와서 풍비박산이 되다시피 한 교회를 바로잡고 우리 영혼을 보살펴 주시도록 해야 합니다."

교회, 탁덕, 순교, 영혼—살아서 다시 듣기 끔찍한 말들을 들으며 다산은 전율했다. 그는 두 주먹을 불끈 쥐고 벌떡 일어섰다.

"듣기 싫다. 당장 돌아가거라. 돌아가서라도 그런 무리들하고는 손을 끊어라. 허망된 일로 이 이상 집안을 멸망케 말아라."

밖을 의식하여 낮춘 소리였으나 그는 한마디 한마디에 힘을 주었다.

하상은 여전히 문짝을 등지고 부피 있는 그림자같이 앉은 채 "곧 동지사冬至使가 떠나십니다. 그 편에 밀사 하나를 끼게 하여 북경北京 주교主敎님께 교중 사정을 알리고 탁덕님 영입을 탄원하는 서간을 보내려는 것입니다. 넷째아버지! 애원입니다. 부탁입니다. 지금 교중에는 학식을 가진 사람이 남아 있지 않습니다. 주교님께 올리는 글월을 쓸 수 있는 사람이 없습니다. 주교님을 움직일 수 있는 서찰 한 통만 써 주십시오. 불쌍한 우리 교우들을 도와주십시오, 넷째아버지!"

하상은 어느새 엎드려 울먹이고 있었다. 그러나 다산에게는 그런 그가 측은하게 생각되지도 않았다. 역정만이 커 갔다.

"썩 물러가라. 받자를 해 주니 별 해괴한 소리를 다 하는구나. 넌 기어이 정씨 가문이 멸문되는 걸 보려는 거냐!"

다산은 씨근거리기조차 하고 있었다.

"그래, 이십 전인 총각인 너에게 도대체 누가 그런 끔찍한 소임을 맡겼느냐?"

"저 혼자 온 것이 아닙니다."

"뭐? 그럼 누가 또 왔다는 거냐?"

"회장을 맡고 계신 프란치스꼬님과 함께 왔어요."

"그래 그 자는 어디 있느냐?"

"또 한 군데 들를 데가 있었는데 그분이 약조하신 곳으로 나오시지 않았어요. 길이 어긋나면 안 되어서 거기 머물고 계십니다."

"또 길이 어긋나면 안 된다. 당장 그곳으로 떠나라. 그 자를 여기 오지 못하게 해야 한다."

"넷째아버지!"

"당장 거행치 못하겠느냐? 엉뚱하고 불측한 놈 같으니. 아직 어린 놈이 북경엘 간다고?"

"넷째아버지, 제가 가는 것이 아닙니다. 저는 나이도 어립니다만 배운 게 없습니다. 이십이 가깝도록 이름 석 자도 제대로 못 쓰는 일자무식꾼이에요. 하오나 저두 열심히 공부하여 언젠가는 연경에 가려 합니다. 저희를 도와주십시오."

이름 석 자도 제대로 못 쓰는 일자무식꾼—학덕으로 이름을 떨쳐 온 정씨 가문의 아들이—다산은 충격으로 입을 열지 못했다. 언제까지나 장승같이 서 있는 숙부 앞에 하상은 품에서 꺼낸 하얀 종이 쌈지를 놓았다.

"넷째아버지께서 안경을 쓰신다는 말씀을 석이에게서 듣고 엘리자벳이 정성껏 수놓아 만든 안경집입니다."

"엘리자벳?"

"네, 제 바로 아래 누이예요. 큰누인 몇 해 전에 죽었습니다."

"공연한 짓을 하는구나."

다산은 차게 말했다.

"그럼 말씀대로 곧 떠나서 프란치스꼬님과 함께 다시 뵈오러 오겠습니다."

"하상아, 내 앞에서 엘리자벳이니 프란치스꼬니 하는 해괴한 이름을 부르려면 다시는 오지 마라. 다시 보지 않겠다."

다산은 소리를 높이고 하상 뒤로 돌아가 문을 확 열어젖혔다. 신돌을 내디디면서 그는 누군가가 잽싸게 뒤꼍으로 몸을 숨기는 것을 보았다. 종심이 그때껏 거기 서 있던 것이 분명하다. 불안할 것까지는 없었으나 불쾌했다. 그는 두어 번 크게 헛기침을 했다. 하상이 숙부 뒤를 따라 뜰 아래로 내려섰다. 노을이 하늘도 잔잔한 바다도 물들이고 갈대의 은빛 술마저도 분홍색으로 보였다. 한 떼의 후조가 흐르는 연기같이 노을 속을 떠 가고 있었다. 진홍색 석양은 수평선에서 망설이듯 한순간 타며 떨다가 갑자기 폭 떨어져 모습을 감췄다. 노을은 해가 떨어진 후에도 얼마큼 사라지지 않고 있다가 차차 보랏빛으로 변색해 갔다.

뜰 앞의 유자 향기가 짙게 코에 와 닿았다.

하상의 눈에는 귤동 앞바다의 그런 꿈 같은 낙조의 아름다움도 들어오지 않았다. 그쪽으로 눈길을 돌리고 있는 숙부를 조용히 기다렸다가 다산이 고개를 돌리자 공손히 절을 하고 일어서서 힘없이 말했다.

"그럼 오늘은 이만 떠나 다시 오겠습니다."

고개를 든 하상은 노을빛을 정면으로 받고 있었다. 순간 다산은 하마터면 '형님!' 하고 외칠 뻔했다. 시원한 이마, 짙은 눈썹, 화안한 눈, 높은 콧마루, 그리고 관자놀이에 까만 사마귀―젊은 날의 셋째형 약종이 거기 서 있었다.

얼음같이 찬 화살 하나가 등골을 내려 달렸다. 오한 비슷한 감동이었다. 그것은 짙은 피의 강한 메아리였다. 그는 저도 모르는 사이에 조카의 억센 손을 잡고 있었다.

"너무 늦었다. 하룻밤 쉬고 내일 떠나는 게 좋겠다."

배은背恩

1

하상이 먼저 강진으로 떠난 후에도 은진의 권진사집 하인은 나타나지 않았다. 발을 삐었다는 핑계로 사흘째 주막 구석방에 누워 있으면서 프란치스꼬 김형식은 초조로 입이 바싹 타고 눈이 퀭하게 들어가 발만 삔 것이 아니고 다른 병도 앓는 사람같이 보였다.

주막은 논산읍으로 들어가는 길목에 있었다. 제법 큰 집으로 길손도 많고 술청이 있는 본채에 있는 큰 방도, 부엌에서 'ㄱ'자로 꺾인 쪽방들도, 삽짝문을 들어서면 지나게 되는 봉놋방도 차 있었고 제법 넓은 마당에 차일을 친 아래 평상을 놓은 자리도 비어 있지는 않았다. 정북으로 공주길이 되고 서쪽으로 가면 부여가 있고 동으로 마구평을 거쳐 경상도에 이르고 남으로 연무를 지나면 전라도가 되는 교통의 중심지가 되어 있는 지점인 까닭일지도 모른다.

　논산에서 강진까지는 400여 리의 거리다. 아무리 젊은 다리라도 사흘길은 훨씬 넘는다. 하상이 떠난 것은 이틀 전 아침이니 왕복 대엿새는 기다려야 할 것이다. 그때까지 의심받지 않고 견딜 수 있을까. 게다가 믿어도 좋을 것이라던 주막 주인은 그가 당도하던 바로 그날 아침, 마름을 보러 출타했다는데 이제껏 돌아오지 않고 있었다.

　절기는 벌써 구월 하순에 접어들고 있었다. 동지사冬至使 일행의 출발은 시월 스무이렛날로 정해졌다던가. 무슨 일이 있어도 구월 안으로 한양으로 돌아가야 했다. 김 프란치스꼬의 가슴은 바짝바짝 탔다.

　이번 남행길은 처음부터 운수가 나빴다. 길을 떠나자 가을 일기가 변덕을 부리기 시작했다. 비를 만난 것은 수원에도 미치지 못한 지점에서였다. 오락가락하는 비였지만 빗발이 제법 굵어 주막마다에서 쉬어 가야 했다. 갓에는 미리 준비했던 유지로 만든 갈모를 씌웠지만 도포는 후줄근하게 젖었다 말랐다 하고 버선은 흙투성이가 되고, 행전에도 흙탕물이 튀어 형색이 말이 아니었다. 평택에서는 신열이 나서 주막에서 이틀을 앓았다. 그럭저럭 예정보다 열흘 가까이 늦어진 것이 일을 어기게 한 모양이었다.

　접경인 만큼 술청 쪽에서는 늘어진 충청도 사투리에 얄상한 호남 사투리도 섞여 왁자하게 떠드는 소리가 구석방에까지도 들려왔다.

"검봉이, 또 바빠졌구먼. 재미 많이 보겠네그랴."

깐깐한 소리가 비양거렸다. 들은 쪽은 뾰로통한 투로,

"재미는 무슨 재미. 미꾸라지 같은 놈들. 쥐두 새두 모르게 동네를 에워쌌다가 덮쳐두 용케 빠져나간다닝게."

말을 걸었던 쪽이,

"그야 그쪽에선 더그레 그림자만 봐두 하늘에 날아오르든지 땅에 스며들든지 히어야 목숨을 부지할 것 아니여."

"어쨌건 삽시간에 동네가 싸악 비어 버린다닝게. 아줌씨들까정도 산으로 날라 올라간다요."

"포졸보다야 산범이 덜 무서울 게 아닌가비어. 그랴야 요즘은 재미 쏠쏠히 본다 카든디. 얼마 전에도 영광 굴비 엮듯이 남녀 천작쟁이(천주학쟁이)들 묶어가는 것 이 눈으로 봤잖은가비어. 쓸 만한 각시도 있더랑게. 아까븐 젊음 지우지 말고 이녁겉은 홀아비한테 적선 좀 하라 카소. 히히."

"좋아하네. 천작꾼들은 죽는 것이 원이라요. 그래야재 하늘에 올라 영원히 산다요."

프란치스꼬는 귀를 바짝 세우기 시작했다. 자기와도 관련이 되는 화제가 나올 듯한 생각이 든 것이다.

"그나저나 들은 말인디 검봉이 천작쟁이 사냥 솜씨는 이름나 있드랑게. 용케 뽑아낸다꼬."

"그야 그리 어려븐 건 아니라요."

"무신 표시가 있는가빈디."

"그눔들 천작한다꼬 노상 꿇어앉아 빌어 주문을 외운당게.
그래싸니 버선코가 납작해지고 무릎에는 못이 박혀 있다닝게.
무릎이사 잘 안 뵈지만 버선코야 담방 눈에 띄지 않는가벼."

프란치스꼬는 섬뜩하여 자신의 버선코를 내려다보았다. 과
연 포졸의 말대로 버선코는 납작해져 있었다. 그는 코끝을 잡
아당겨 세우고 좀더 긴장하여 귀를 세웠다. 그러나 국밥이 나
왔는지 나가 버렸는지 그들의 주고받는 말은 끊어지고 들리지
않았다.

김 프란치스꼬는 금세 들은 말을 벌써 잊고 어느덧 꿇어앉아
있었다. 삼십구 세, 청장靑壯의 나이이면서 이마에는 두어 줄
상처 같은 주름이 패이고 한쪽 법령만이 코 옆으로부터 입 언저
리를 지나 턱 가까이까지 또렷이 내리 그어진 것이 왠지 마음을
아프게 하는 얼굴이었다. 그것은 연령에 따라 코 양쪽에 자연히
나타나는 피부의 현상이 아니고 극렬한 고통으로 받은 상처같
이 보였다. 한쪽 뺨에만 패어진 법령 때문에 약간 이그러진 얼
굴에 새겨진 그 고뇌의 빛은 깊숙한 눈 속에서 타고 있는 맑은
불꽃 같은 정열과 이것만은 아직도 젊은, 가볍게 다물어진 고운
입술과 어울려 알 수 없는 기품을 지니게 하고 있었다.

저도 모르는 사이에 성모경을 외우며 그는 악몽 같은 신유년의 그 대박해를 떠올리고 있었다.

그는 이십구 세의 청년이었다. 돌이켜보면 그때 순교하지 않고 살아남은 몸이 부끄럽다. 양친과 아우, 친우와 노비까지도 살이 터지고 뼈가 부러지는 매질에도, 뼈마디가 어그러져 골수가 흘러나오는 주리 틀음에도, 상처가 뼈에 이르는 고통스럽고 고통스러운 줄톱질, 매달려 매 맞는 학춤형에도 굽히지 않고 용감하게 장렬하게 신앙을 증거하며 죽어 갔는데 그는 이렇게 살고 있는 것이다.

비겁하게 숨어 다닌 것도 아니고 악독 비열하게 교우의 이름을 댄 것도 아니고 더더구나 천벌을 받을 배교를 한 것도 아니다. 그는 당시 부족증(폐결핵)을 앓으며 피를 토하고 있었던 것이다. 백지장 같은 얼굴과 피골이 상접한 모습과 입 언저리에 묻은 피를 보고 포졸마저 놀라 달아나 버려 그는 그때 뜨겁게 열망하던 순교의 기회를 놓쳤었다. 산송장이나 다름없던 병구病軀가 어떻게 목숨을 부지하게 되었는지 기적이랄 수밖에 없었으나 장모는 자기가 정성껏 마련해 준 상약의 효험을 본 것이라고 믿고 있었다.

잔혹한 박해와 장렬한 순교의 회오리가 일단락되자 잔인 음험陰險한 복수의 쾌감에 젖어 있던 정순왕후는 덜커덕 겁이 났다. 종주국으로 모시는 중국의 허락 없이 그처럼 엄청난 일을 저질렀을뿐더러 중국인인 주문모 신부까지 학살했으니 그로서는 공포와 불안에 떨 수밖에 없었다.

노심초사 끝에 그녀는 중국에 대하여 교회 박해의 정당성을 주장하려는 목적에서 소위 '토사주문討邪奏文'을 올렸다. 글은 대제학 이만수李晩秀가 짓고 정사 조윤대曹允大, 부사 서미수徐美修가 진주사陳奏使가 되어 이 진정서를 청 황제 인종仁宗에게 바쳤다.

토사주문은 대왕대비의 잔인한 처사를 합리화하느라고 갖은 교태를 부린 치사하고 허위에 찬 글이었다. 1만 3,000여 자의 긴 '황사영백서'를 860여 자의 짧은 글로 줄여서 사신들이 가지고 북경에 들어간 것도 이 어려운 입장을 변명할 자료로 쓰려고 한 데서 나온 구차스러운 계책의 하나였다.

특히 주문모 신부에 대해서는

주문모는 처음 잡아 취조할 때 옷 입은 모양과 말씨가 우리 나라 사람과 조금도 다름이 없는지라 다만 요사스러운 무리들의 큰 우두머리인 줄만 알고 소방小邦의 형벌을 같이 가하였다. 이제 황사영의 공술供述에 의하여도 아직 그가 중국 사람인가 하는 의심이 풀리지 않아 진짜인지 가짜인지 헤아리기 어렵다. 그러나 그가 상국(上國=중국을 높여서 하는 말) 사람이라는 말이 이미 적도賊徒의 공술에서 나왔으니 그 말의 참되고 거짓

됨을 논하기 전에 소방은 후도侯度의 도를 삼가 지키어 감히
아뢰지 않을 수 없다.

　이 진주문은 많은 뇌물과 함께 바쳐졌다. 뇌물이 발효를 했
는지 이 국제적 사기 수단에 넘어갔는지 청 황제는 주문모 사
건을 유야무야로 문제 삼지 않았고 나라를 어지럽게 하는 사학
이나 기타 불량배들을 앞으로 잘 단속 처리하라는 것으로 일단
락을 짓고 말았다.
　같은 해 4월 21일에 김 대왕대비는 왕으로 하여금 인정전仁
政殿에 나아가 토사진하례(討邪陳賀禮=사교를 없이 하였음을 축하
하는 의식)를 받게 하고, 역시 대제학 이만수로 하여금 짓게 한
'토사교문討邪敎文'이라는 것을 반포케 하였다.
　토사교문은 기자箕子 이래 유교 도덕을 높이고 받들어 온 이
작은 중화[小中華], 즉 조선 나라에 요술인 사학이 들어와서 단
군, 기자, 신라, 고려 이래의 아름다운 도덕을 깨뜨렸다는 것
과 그 주동이 된 자들을 박해하였다는 사실을 말하고 마지막으
로 다음과 같은 글귀를 쓴 것이다.

　　육례(六禮=禮, 樂, 射, 御, 書, 數)의 과목과 공자의 술術이 아
　닌 것은 마땅히 모두 버려라. 오륜五倫에 관한 책과 마을에서
　행할 예의에 관한 여러 가지 글이 만들어진 까닭이 여기에 있

다. 하늘의 이치를 밝히고 사람의 뜻을 바로잡음에는 성학(聖學=유학)을 천명하고 왕강王綱을 존중하는 것만한 것이 없다. 10월 22일 새벽 이전의 잡범사죄雜犯死罪 이하는 모두 이를 용서하여 주어라. 뇌우작해雷雨作解의 인仁이 백성과 더불어 다시 시작되고, 건곤회태乾坤回泰의 경慶이 천고에 없다가 다시 만났다. 날로 일어나는 생재(眚災=재앙)를 용서하여 주는 대덕大德을 베품에도 진실로 개전치 않는 사얼(邪孽=천주교도)은 이를 의진(鼻珍=코를 베어 죽이는 형벌)하여 남김이 없을 것이다.

즉, 1801년 10월 22일 새벽 이전에 범한 죄수 중 잡범사형雜犯死刑 이하는 모두 놓아주게 할 것이니, 이후는 마음을 고쳐서 천주교를 떠나 공자의 도를 행하라는 것이 이 교서의 주로 목적하는 바였다. 이 교문은 겉으로는 유교로 되돌아옴을 약속한 교우들에게 어진 정치를 베푸는 것같이 되어 있으나 기실 철두철미하게 유교 정책을 받들어 믿을 것을 강요하는 것이었다. 실로 이 교문이야말로 이후 근 80년간을 두고 되풀이된 천주교 박해 때에 거듭 적용된, 천주교를 금절禁絶시키려는 근본적 법령法令이었다.

어쨌건 다음 임술년(1802)에 들어가서는 토사교문이 효력을 발생하여 비교적 평온한 상태로 들어가게 되어 조선 교우들도 약간 마음을 펴게 되었다.

그러나 잔혹한 박해로 기둥같이 믿었던 오직 하나뿐이던 신부 주문모를 잃은 위에 모든 힘 있는 지도자 인물을 빼앗긴 조선 교회는 외롭고 괴롭기 그지없었다. 다만 남은 이는 집 없고 헐벗어 굶주리는 부녀자, 어린이, 상민의 무리였으니 마치 목자 잃은 양 떼와 같이 동으로 서로 갈 바를 모르고 있었다. 모든 교리 서적과 성기구聖器具는 모두 빼앗겼거나 불살라졌으므로 은밀히 땅에 묻어 두거나 벽 속에 감추어 둔 것 이외에는 아주 찾아볼 길이 없었다.

이렇게 십자가는 부러지고 양 떼는 흩어져 헤매었으나 교회는 빈사 상태 중에서도 숨을 끊지는 않고 있었다. 이러는 동안 독살스럽기 이를 데 없는 김 대왕대비도 순조비純祖妃 안동 김씨의 아버지 김조순金祖淳과 은연중 대립하다가 1804년 정월 십 일에는 물러앉게 되고 다음 해 정월 십이 일에 61세로 그 죄 많은 일생을 끝마쳤다.

새로 나타난 세도 정치가 김조순은 천주교를 이해하고 있던 시파時派의 안동 김씨였으므로 이후 적어도 한양에서는 교난이 없게 되었다.

그러므로 지금 흉한 더그레 자락을 펄렁거리며 '천작쟁이 사냥'이니 '마을을 덮쳤다'느니 '영광 굴비 엮듯 천작쟁이를 묶어 갔다'느니 하는 말은 김 프란치스꼬에게 큰 충격이 아닐 수 없었다.

　김 대왕대비는 죽었으나 토사교문은 현행법現行法으로 살아
있었기 때문에 지방의 박해는 전보다 크지는 않았으나 여전히
자행되고 있었던 것이다.

　이러한 교난은 신유년과는 성격과 형태가 많이 달라져 있었
다. 즉 전국적인 박해가 아니고 지방에서 불평을 품고 있던 관
헌들의 사심私心, 재물을 탐내는 관장과 포장 포졸들의 탐욕,
평소에 교회와 교우를 미워하고 시기하는 사람들의 반감, 교우
들을 돈으로 홍정하는 유다스들의 배신 때문이었다.

　들은 바가 없었던 것은 아니었으나 김 프란치스꼬는 새삼 지
방 교우들의 사정이 실감으로 파악되어 조여드는 것 같은 긴장
을 느꼈다.

　밖이 또 떠들썩하였다.

　"권진사가 천작쟁이라니 기가 차구만. 무어가 부족하여 천작
질을 한담. 천량(錢糧=재산)이 없나, 노비가 없나, 자손이 없나,
게다가 내당에는 월궁선녀 뺨치는 절색 아씨가 계시다던디."

　김 프란치스꼬는 벌떡 일어났다.

　"허지만 그 양반이야말로 군자셨는데 안되얏구먼잉."

　"하기야 그 댁 덕 안 본 사람 반디마을에 있을가벼."

　"그리고 보닝게 그 댁엔 사당祠堂이 없었재."

　"종손이 아니닝게 당연하지라우."

한마디씩 하는 것이 모두 호의적이다.

"또 검봉이란 놈이 더그레 자락이나 날렸겠구먼그랴."

"천만에, 요분 일은 요사하게 된 거랑게. 낙종이란 놈이 관가에 발고를 한 거라요."

"저런 육시를 히어야 할 놈이."

"쉿, 이녁도 천작쟁이로 몰리고 싶당가."

"어쨌건 범새끼 키웠당게."

"그래서 사람 구제는 할 것 없단 말이 생긴 기여."

김 프란치스꼬는 우리 속에 갇힌 짐승처럼 좁은 방 안을 빙빙 돌고 있었다. 권진사가 잡혀 간 것은 이제 의심할 여지가 없다. 철석같이 믿었던 그가 체포되었으니 요번 남행길은 허사로 돌아가게 된 것이다. 한양에서 기다리고 있을 교우들의 실망에 찬 얼굴들이 눈앞에 어른거렸다.

'주여, 내 죄를 보지 마시고……'

그는 어느덧 또 무릎을 꿇고 있었다. 진리에의 길은 진실로 험하고 멀었다. 옮기는 발자국마다에 피가 고여 엉겼지만 단연코 피하려 하지 않는 이 뜨거운 마음은 진정 소명에의 순명이었다. 그는 이 막막한 처지에서 한마음의 교형 자매들을 뜨겁게 아프게 그렸다. 사실 이 불행한 시절보다 서로의 사랑과 우정이 더 깊었던 일이 일찍이 있었던가.

신유년에 내렸던 금교령은 여전히 현행령으로 있었기 때문에 지방에서는 관장들의 변덕과 지방마다의 사정과 주민들의 편견에 따라 지금 눈앞에서 벌어지고 있는 권진사가의 수난 같은 박해가 여전히 산발적으로 계속되고 있었으나, 조정에서는 천주교가 이미 기운이 다하였고 피 속에 잠긴 이 새로운 도당이 잠깐 사이에 저절로 사라져 버리리라는 확신을 가졌으므로 신문교우(新門敎友=新入敎友)들을 별로 귀찮게 굴지 않았다.

이렇듯 교난의 모진 바람이 고요히 가라앉기 시작하자, 이곳 저곳으로 흩어져 있던 교우들은 차차 정신을 가다듬어 서로 모여서 신앙을 고백하고 환(鰥=홀아비), 과(寡=과부), 고(孤=고아), 독(獨=자식을 모두 잃은 늙은이)의 외로운 심정을 서로 위로하고 격려하면서 쓰러진 교회를 다시 일으키기 시작하고 있었다.

이 재건 운동에 적극적으로 참여한 사람은 이여진李如眞 요한과 그 외사촌 신태보申太甫 베드로, 신유교난 때 순교한 홍낙민洪樂敏 루가의 아들 홍우송, 순교자 권철신權哲身 암브로시오의 조카 권기인 요한, 그리고 김 프란치스꼬 등이었다.

이들은 교우들을 위로하고 생계를 돕고 기도문과 천주교 요리要理를 가르치는 것을 본분으로 알았다. 이들의 희생적인 헌신으로 신자 집단이 차차 다시 이루어지고 많은 수의 배교자들이 회두(回頭=회개하여 돌아옴)하게 되었을 뿐더러, 복음 전파가 새로 힘차게 행해지고 외교인外敎人들의 입교가 다시 시작되었으며 새로운 신자들이 박해로 인하여 생겼던 공백을 오래지 않아 채우고도 남게 되었다.

　이렇게 첫발을 내딛게 되자, 모든 신자들의 가장 큰 생각과 가장 중요한 소망은 북경에서 새 목자를 모셔 오는 일이었다.

　박해의 불안과 위험 가운데서 조선의 천주교 신자들은 신부를 모셔야 할 필요를 어느 때보다도 더 절감하고 이토록 열망하는 목적을 달성하기 위하여 여러 가지 수단을 써 보고 있었다. 그들이 스스로 취한 희생과 몇 번이고 되풀이하여 마지않은 노력, 그렇게도 오랫동안 효과를 나타내지 못한 그 노력과 희생은 실로 놀라운 것이었다. 비록 교리를 잘 모르기는 하였으나 이 신자들은 그리스도가 세우신 성사聖事가 진정한 신자를 만들고 보전하는 데에 필요하다는 것을 이해할 만큼은 천주교를 알고 있었던 것이다.

　일찍이 성사를 받을 수 있었던 교우들은 영혼이 거기에서 얻는 힘과 거기에서 받는 위로를 기억하고 있었다. 이 은혜를 받은 일이 없는 사람은 거룩한 시새움의 충동을 받아 자기들도 죄의 사함을 받고 이 성스러운 잔치에 참여할 수 있기를 원하였다. 한마디로 모든 이가 성직자를 진실로 그리워하고 신부가 오기를 진심으로 열망하였던 것이다.

　그러나 이 계획은 지극히 어려운 일이었다. 이때 북경 왕래의 모든 위험과 고난을 무릅쓰고 자진하여 여행할 것을 맡고 나선 사람이 이여진 요한이었다. 그는 양반인 신분을 숨기고 사신 행차를 따라가는 상인과 하인들 틈에 섞여 가기로 작정을 하고 있었다.

갖은 곤욕과 모멸과 박대는 각오한 바이나 문제는 노자路資의 조달이었다. 성직자 영입은 경향을 막론하고 신자 모두의 열망이었으나 대박해로 하나같이 궁핍한 생활을 하고 있던 신자에겐 힘이 없었다. 하여 이 계획은 연기를 거듭하다가 이 해에 이르러 비로소 실현 단계에 들어가고 있었다.

양근에 살다가 논산으로 이사 간 권호신權浩身 진사는 순교자 권철신의 집안이 되는 사람이었다. 용케 대박해를 면하여 가산도 탄탄하였다. 이 사람이 북경 밀사의 노용을 한몫 맡겠다 하여 김 프란치스꼬는 비자 행세를 하는 하상을 거느리고 남행길을 떠났던 것이다.

"흠, 흠."

밖에서 잔기침 소리가 나더니 문이 배시시 열렸다. 이윽고 죽 한 대접과 나박김치 한 보시기가 얹힌 상이 들이밀어졌다.

"선비님, 죽이라두 한술 뜨셔야지유."

그리고 보니 프란치스꼬는 이틀째 먹은 것이 별로 없었다.

상을 들고 온 순박해 보이는 아낙 뒤에 섰던 사십가량의 남자가

"몸이 성치 못허시다구유. 이 사람이 집을 비고 있어서 결례나 하지 않았는지유. 예, 이 집 주인 홍서방이에유"

하며 허리를 굽혔다.

　우둔하리만큼 사람이 좋아 보인다.

　"이 집의 주인이시라구?"

　프란치스꼬는 비틀거리며 일어섰다. 그 바람에 상 위에 놓였던 젓가락 한 짝이 옷자락에 걸려 떨어졌다. 프란치스꼬는 당황해 하면서 도로 주저앉아 떨어졌던 젓가락을 소반 위에 얹었다. 순간 우둔해 보이던 주막 주인의 얼굴에 긴장의 빛이 섬광같이 달렸다. 젓가락은 다른 한 짝 위에 십자十字로 걸쳐져 있었던 것이다. 주인의 얼굴은 이내 다시 사람 좋은 우둔한 표정으로 돌아가 있었다.

　"몸이 몹시 불편허신 것 같은디 방이나 따슨지유?"

　염려스러운 듯 그는 방에 들어가 방바닥을 손으로 짚어 보고 두 무릎을 꿇고 앉았다. 무릎 위에 얹힌 손을 보자 프란치스꼬의 얼굴에는 희색이 떠올랐다. 무릎 위에 얹힌 뜻밖의 부드러운 두 손의 엄지는 자연스럽게 십자로 포개져 있었던 것이다.

　주인은 오래 앉아 있지 않았다. 밖으로 나가자 머슴을 불렀다.

　"저 선비 손님 언제부터 저러고 있냐?"

　"오늘이 사흘째지라우."

　"언제까정 있겠다냐?"

　"발을 삐야서라우. 금시는 행보가 어려블게지라우."

　주인은 난처한 듯이,

"내일은 장날인디 방 하나가 막힌다—그것두 연초시 어른이 단골로 드는 방에."

"차라리 뒤채 방으로 옮겨 달라카시시소. 조용히어 데레 쓸 만하지라우."

"박절한 것 같아서 입이 안 열리는구만."

젊은 머슴은 어깨를 으쓱하고

"내가 말하지라우"

하고 바로 그 방문 앞으로 갔다.

"선비님, 말씀 좀 사리겠지라우."

프란치스꼬의 목쉰 음성이

"게 누군가"

하고 들리고 문이 열렸다. 머슴이 머뭇거리며

"시정(사정)이 짠히어 머하지만 장시를 하는 집이닝게 알아 주시소잉."

프란치스꼬는 말귀를 알아듣지 못하고 눈만 크게 떴다.

"내일은 장날잉게로 손님이 수월찮이 많을기요잉."

"그렇겠지."

머슴은 떠듬거리기 시작했다.

"이 이 방은 구석져서 장 장날마다 단골손님이 차지하지라우."

"비워 달라는 게로구먼."

프란치스꼬는 불쾌한 얼굴로,

"그 단골손님이 별도로 사 놓은 방은 아닐 테지."

말이 약간 거칠어지려 하는데 홍서방이 끼어들었다.

"선비님, 이 아이가 좀 지나쳤어유. 촌구석에서 배운 데가 없어서유. 용서하셔유"

하고 연신 굽신거리는데 모아 쥔 두 손의 엄지가 역시 십자로 겹쳐져 있다.

그제서야 프란치스꼬는 무언가 짐작이 가는 듯했다.

"나야 쉽게 행보를 할 것 같지 않으니 좀더 눈에 띄지 않는 곳이 있으면 좋겠네. 내 상노아이가 돌아올 때까진 기다려야 할 테니깐."

"어디로 행채하시던 참이셨는지유."

주인이 물었다.

"나주로 가는 길이었네. 조카사위감 선보러 가는 길이었는데 불측했던 일로 이 모양이구면."

프란치스꼬는 억지로 좀 웃고

"어쨌건 내 상노아이가 돌아올 때까지만 두어 주어야겠네."

주인은 또 연신 허리를 굽혔다.

"뒤채에 빈방이 하나 있어유. 누추허지만 구들은 쓸 만하게 놓아져서 불은 잘 들어유. 죄송해유. 그 방에서 조용히 조섭허시면서 며칠이구 기다리셔유."

"아닌게아니라 나두 그렇게 뚝 떨어진 방이 있으면 했네. 그럼 날 좀 부축해 주게. 당장 그 방으로 옮기세."

주인이 손을 저으며

"천천히 허셔유. 늘상 비워 두는 방이라 냄새두 나구 방바닥두 찰 거유. 즉시루 불을 지피게 하겠어유. 야, 범아, 빨랑 서둘러 불 때구 방 말끔히 치워라"

하고 서둘렀다.

오정이 넘은 지도 한참이어서 술청에는 국밥으로 요기를 하고 있는 때늦은 손님이 두어 사람밖에 보이지 않았다. 단골인 모양으로 손가락으로 김치를 길이대로 찢어 입에 넣던 사내가 손가락을 빨고 난 뒤,

"사람이 좋으면 동네 시아범이 열둘이라카더니 이 집 홍서방이 바로 그거여. 지난해는 노상에서 산기가 동헌 산모 해산 구완까지 해 주구 메주랑 누룩 띄우는 곡간방에서 백 날까지 묵게 했드랑게. 이번엔 발 삔 선비 뒷바라지여."

그들은 주인과 발 삔 선비의 수작을 듣고 있었던 모양이었다.

"그것이 바로 적선이구 공덕功德이여."

"그라두 장사치는 장사치지. 단골손님이 드는 방은 내놓지 않는 것 봤지?"

"그야 장은 퍼 주더라두 독은 둬야제."

어쨌건 홍서방은 인정 많고 사람 좋기로 이름이 나 있는 것

이 분명했다.

　김 프란치스꼬가 뒤채의 방으로 옮겨 간 것은 저녁 전이었다.

　주막 주인은,

　"범아, 방 깔끔히 치웠냐? 방바닥두 따시게 해 놓구?"

　다짐을 하면서 부엌 모서리를 돌았다. 김 프란치스꼬는 젊은 머슴을 의지하고 절면서 뒤를 따랐다.

　부엌 뒤는 뜻밖에 넓었다. 뒤로 난 부엌문 밖에 돌로 둘레를 싼 우물이 있고 거기 이어 대독이 몇 개나 있는 장독대가 자리 잡고 있었다. 거기서부터 꽤 넓은 채마밭이 있고 밭에는 알이 든 배추와 무잎이 싱싱하게 자라고 있었다.

　채마밭 너머가 뒤채였다. 앞뒤가 막히고 옆으로 문을 낸, 들창이 꼭 하나밖에 없는 곡간 형상이다. 사람 키 높이의 싸리담을 집 둘레에 느슨히 둘러쳤는데 울타리 뒤는 무성한 대밭이고 대밭 뒤는 언덕이 되어 있었다.

　채마밭을 지나 옆으로 난 문을 열고 곡간 속으로 들어선 후 머슴이 물러가자 주인은 태도도 말씨도 달라졌다.

　"마테오라 합니다. 권진사를 통하여 말씀은 듣고 있었습니다. 원로에 고생이 많으셨어요."

　"제 본명은 프란치스꼬. 약현의 회장을 보고 있어요. 이번엔 뜻하지 않게 길이 지연되어 약조한 날에 당도치 못했는데 권진사 신상에 무슨 일이 있었습니까?"

마테오는 소리를 낮추어 속삭였다.

"실은 그 댁에 변이 생겼어요. 워낙이 신중하신 분이라 실수가 없으셨는데 불행히도―."

"밀곱니까?"

"그렇습니다. 사람을 놓아 염탐 중인데 석연치 않은 구석이 있어요."

"혹여 권진사가 약점이라도?"

마테오는 강하게 고개를 가로젓고

"절대로 그런 분은 아니죠. 다만 부인과 따님들의 행방이 묘연해요. 유다스는 그 댁 종인데 교우였지요. 종이라곤 해도 문서는 오래전에 태워 버려 양민이 된 지 오랩니다. 권진사는 그 표양이 항상 아름답고 놀라웠지요. 그런데, 이 유다스, 승낙종이 또 잠적을 한 거예요."

"밀고자는 의당 상 같은 걸 받지 않는가요?"

"그렇습니다. 대개가 얼마 되지 않는 금품으로 교우를 흥정합죠."

"포교나 포졸들은 결국 교우들의 그 가난한 살림이나마 탐이 나서 날뛰는 거지요. 신해辛亥나 신유辛酉 때와는 다릅니다. 교우들이 애매하게 박해받고 있는 걸 외교인들도 어느만큼 알게 되었거든요."

"그런데 권진사를 밀고한 자는 그 상금을 받지 않고 숨었다는 겁니까?"

마테오는 침울한 얼굴로,

"그자는 포졸들이 권씨 댁을 엄습했을 때부터 보이지 않았다는 거예요. 대개의 경우 밀고자가 앞장을 서는데."

"오래 섬기던 상전이고 같은 교운데 아무리 밀고자라도 염치가 없었겠지요."

"글쎄요. 하여튼 사람이 돌아오면 알게 되겠습니다만 승가는 교우들이 여기 모이고 있는 것을 알고 있어요. 조만간 여기도 포졸들이 올 겁니다."

"그럼 우리도 피접을—."

"서둘 것은 없습니다. 경문책이랑 교리서, 성물 같은 증물이 되는 것은 말끔히 숨겼어요. 난 대밭집 주막 홍서방입니다. 미련하면서 장사 잘하고 돈푼깨나 좋이 모은 녀석입죠. 아무도 의심하는 사람은 없어요."

"그래두 그 유다스가."

"뛰는 놈 위에는 나는 놈이 있는 법입니다. 사람 좋은 척, 못난 척하며 포졸들도 구슬려 놓고 있습죠. 그리구 마름 보러 나간다는 구실로 며칠 돌아다니며 방패도 막아 놓았어요. 오늘은 성루가 복음사가 축일입죠. 교우들이 모이기로 되어 있었는데 승가가 알고 있다면 포졸들은 오늘 밤에 올 겁니다."

"오늘 밤에—."

"프란치스꼬님은 앓는 소리를 하며 엄살을 부리십시요. 그리구 아무리 주막집 천업을 하는 위인이라 할지라도 앓는 사람을 헛간에 처넣는 건 너무 무지막지한 처사가 아니냐고 불평도 허십시요."

그러나 프란치스꼬의 불안은 커만 갔다. 다행히 몸에 지닌 것은 없다. 북경으로 보낼 서간의 초는 하상의 옷깃에 꿰매 넣고 왔던 것이다.

"야심에 포졸들이 당도합니다. 소란을 떨겠죠. 집을 샅샅이 뒤져도 발을 삐어 행보를 못하는 선비 손님뿐입니다. 헛다리 잡은 거죠. 허나 언젠가는 이곳도 발각이 될 겝니다. 그전에 조처를 해야죠."

"교우들이 많습니까?"

"스무 명가량이에요. 이런 곳에서 모이는 건 모험일지 모르죠. 허나 등잔 밑이 어둡다는 걸 역으로 이용해 왔어요. 남의 이목이 무섭긴 하지만 남의 거조를 재빨리 눈치챌 수도 있잖습니까? 이 동네는 교우촌입니다. 이 집 둘레에는 보시다시피 싸리로 울타리가 쳐져 있습니다. 언뜻 보기엔 울타리뿐인 것 같지만 몇 군데가 열리기로 되어 있어요. 교우들이 모일 땐 저희 집 대문으로도 들어오고 교우집인 양쪽 옆집으로 들어와 뒤로 빠집니다. 승가는 그건 모릅니다. 서로 기별을 보낼 때도 한 사람이 소임을 다 맡는 게 아니죠. 한 사람 한 사람이 이어받아

전하는 겁니다. 대박해 이래 신덕信德이 아직 튼튼치 못한 신문 교우 중에는 혹독한 형심刑審을 이겨 내지 못하는 자가 더러 있어요. 승가와 같은 유다스도 있구요."

"고초가 크십니다."

"외교인의 박해는 알 수도 있지만 유다스들의 못된 짓은 분하고 슬퍼요. 부끄럽기도 하구요."

마테오는 비장한 얼굴로,

"어쨌건 오늘 밤은 한 소동 벌어질 겁니다. 별일은 없을 겁니다만."

평일의 주막이라 그런지 신시申時가 지나자 찾아오는 사람도 끊긴 모양이었다. 장날인 다음 날을 위하여 대소쿠리에는 하얀 쌀이 수북하게 씻어 담겨졌고, 큰 가마솥에는 뼈다귀와 내포를 고는 냄새가 진동했다. 선지를 담은 자배기가 끔찍한 핏방울을 언저리에도 묻힌 채 물독 옆에 놓아지고, 시렁 위에는 대접이랑 사발이 깨끗하게 행주질되어 엎어졌다. 나물을 무쳐 소담하게 담은 양푼도 반빗간 위에 준비되어 있다.

대밭집 주막의 장날 맞이에는 소홀한 점이 없었다.

유시酉時가 되자 홍서방은 범이를 신칙하여 불을 끄게 하고 가마 대솥 아궁이의 불도 단속하여 목노청 기둥에 지등紙燈 하나만 달게 하고,

"내일 아침은 일러, 모두들 일즉 자는 게 좋을 거여"

하며 목노청에 이어 있는 큰방으로 들어갔다.

낮에는 이 방에도 손을 받지만 밤이면 안방이 되는 곳이다.

어슴푸레한 불빛이 새어 나오는 문에 홍서방의 그림자가 한참 어른거렸다. 머리에 맨 수건을 풀고 저고리를 벗고, 주저앉아 뭉개는 시늉을 한 것은 버선을 벗는 동작이었으리라. 그러다가 불이 꺼지고 얼마 안 가서 코 고는 소리가 높아졌다.

달도 별도 없는 캄캄칠야. 목노청 기둥에 달린 지등 외에는 새어 나오는 관솔불빛 하나 없이 어둠 속에 잠긴 밤은 고요하기만 했다.

그러나 이날 밤 대밭집 주막에서 잠든 사람은 하나도 없었다. 활시울 같은 긴장 속에서 모두가 닥쳐오는 위기를 기다리고 있었던 것이다.

마을마저 고요해 이 밤따라 개 짖는 소리도 들리지 않는다. 모든 것이 숨을 죽이고 있는 것 같은 밤이었다. 목숨을 저미며 벅차게, 그러면서 더디게 시간이 흘렀다. 긴장에 겨워 잠깐 수마睡魔의 엄습을 받았던 홍서방이 정신을 차렸을 때 첫닭 홰치는 소리가 들렸다. 분명 축일祝日 모임이 있는 것을 알고 있음에 틀림이 없는데 포졸들은 습격해 오지 않았던 것이다.

2

평소 앙짜 한 번 부려 본 일이 없는 아이였는데 다섯 살 난 국아
菊娥는 끊임없이 울어 대었다. 캄캄칠야 익지 않은 산길을 맏딸
매아梅娥의 손을 잡고 자꾸만 넘어지며 걸으면서 김씨 부인은
어찌할 바를 몰랐다. 국아를 업은 유모 막쇠어멈도 삐죽삐죽
울고 있었다. 난아蘭娥를 업고 앞장서 있던 승낙종이 버럭 역
정을 내며

"그렇게 자꾸 울면 우리 모두가 잡혀 죽어. 뚝 그치지 않으면
이 산속의 호랑이 아가리에 처넣어 버릴 테여"
하고 소리를 질렀다.

아무리 어리더라도 상전에게 하는 말투가 아니다. 경황 속에
서도 김씨 부인은 괘씸하여

"낙종아, 무슨 소리를 그렇게 무지하게 하느냐? 또 산속에
서 짐승 이름을 부르다니 천려하구나"
하며 꾸짖고 유모의 등에 업힌 어린것의 손을 꼭 쥐었다.

"죄송해유. 허지만 우린 쫓기고 있는 거여유. 머리카락마저
꼭꼭 숨겨야 하는 처지예유."

낙종은 투덜거렸다. 태도가 유들유들하다. 김씨 부인은 불길
한 예감으로 말을 삼켰다. 그녀는 아직 모든 것이 악몽만 같다.

초저녁 때였다. 저녁 먹은 지가 얼마 되지도 않았는데 유모

가 삶은 밤을 목판에 가득 담아 들여왔다. 매아와 난아는 그쪽에는 눈도 주지 않고 실뜨기에 열중하고 있었다.

"자아, 홍두깨야 홍두깨."

매아가 실가락을 용케 골라 떠서 옮겨 받으며 새촘하게 말하자 난아는 형의 손에 얽힌 실가락을 한참 노려보다가 재치있게 양손 새끼손가락에 한 가락씩을 걸치고 뒤집듯이 손을 놀렸다. 다음 순간 실은 장구의 형상으로 난아의 손에 얽혀 있었다.

"어머, 장구를 했구나."

매아가 감탄했다. 홍두깨에서 장구로 옮겨 뜨기는 어려운 것이다. 난아는 아무 말도 안 했다. 눈만이 반짝반짝 빛났다. 김씨 부인은,

"얘들아, 실뜨긴 그만 하구 밤 먹어라. 색시들이 실뜨길 너무 좋아하면 하늘루 문 난 집에 시집간단다."

"하늘루 문 난 집이 뭐예유?"

"작은아씨들은 정말 솜씨가 좋으셔유. 실뜨기 잘하면 수두침선두 잘합지유. 허지만 어멈이 껍질 벗긴 밤부터 잡수셔유. 모두 알밤이에유."

유모가 밤 목판을 그들 앞으로 갖다 놓았을 때였다. 거칠게 중문 여는 소리가 들리더니 당주 권진사가 황망히 방 안으로 뛰어 들어왔다.

"부인! 일이 급하게 되었소."

김씨 부인은 영문을 모르고 안색부터 새파랗게 질렸다.

"벌써 마을 어귀에 포졸들이 당도했다오. 낙종이가 낌새를 알구 첩경으로 뛰어와 변을 알렸소. 상덕相德이가 외가에 가고 없는 것만이라도 다행이요. 일각을 지체할 순 없어요."

핏발 선 눈으로 권진사는,

"언젠가는 당할 일이 아니었소. 마음을 굳게 먹고 어린것들을 거두어 홍주 본댁으로 가시우. 낙종이가 인도해 드리리다. 낙종인 길두 알고 있소. 낙종에게 모든 걸 맡겼으니 의지하고 떠나시우. 그놈은 충직한 놈이니 제 목숨을 걸고라두 사 모녀를 지켜드릴 것이오. 촌각이 급해요. 어서 서둘러요."

단정한 김씨 부인도 전후를 잃고,

"나으리는 어찌 하시려구요? 나으리는—."

"난 섭리가 이끄시는 대로 치행하겠소. 부디 자중자애허시고—."

권진사는 목이 메었다.

"나도 남겠어요. 이 마당에 나 혼자만 어디로 가라 하십니까."

몸부림치는 부인과 울부짖는 딸들을 떼어 놓고 권진사는 사랑으로 나갔다. 문밖이 소란해 오고 있었다.

그것이 마지막이었다. 그로부터 얼마가 지났을까. 영겁이 지난 것만 같다. 황황망조 중에 뒷문을 빠져나왔을 때 벌써 무수한 횃불이 행랑채를 지나 사랑채로 뛰어들고 있었다. 고함 소리도 들렸다.

그러나 뒷산에 오르자 숲에 가리어 횃불도 정든 집도 보이지 않고 어둠과 험한 산길만이 끝없이 계속되었던 것이다.

국아는 여전히 울기를 멈추지 않았다. 낙종의 태도는 점점 더 우악스러워지고 김씨 부인의 불안은 커만 갔다.

용케 따라 걷고 있던 매아가 돌부리에 걸려 넘어지고 그때껏 참고 있던 울음을 터뜨렸다. 맏이라 해도 겨우 아홉 살, 공포와 불안과 고통의 한계를 넘고 있었던 것이다.

낙종이 소리를 버럭 질렀다.

"이것들이 왜 이러지?"

김씨 부인은 분노와 놀라움으로 말을 못하고 유모가,

"낙종아, 너 환장을 했냐? 작은아씨들이 우시는 것두 당연히여. 나두 울구 싶은디 금지옥엽 귀하신 분들이 아녀."

"금지옥엽은 무슨 금지옥엽이여. 사학쟁이 새끼들인디. 흰소리 하지 말어. 당장이라두 관가에 넘겨 버릴티어."

"뭐라구?"

여인들의 놀라움은 극도에 달했다. 김씨 부인의 몸은 사시나무 떨듯 떨리고 있었다.

"비오야. 너 이럴 수는 없어. 교우의 입에서 그런 말이 나오다니 천벌이 무섭지 아녀."

"이눔의 예펜네가 죽구 싶어 환장을 했네. 나는 사학쟁이가 아녀. 천주가 어딨어. 천주가 있으면 자길 믿는 사람들을 그렇게 베레 둘꺼여. 다 헛소리란 말여. 난 어리석게 죽긴 싫어. 이젠 돈두 있어. 머언 데 가서 살 꺼여. 여보라 하구 말여."

유모는 비명같이 소리를 질렀다.

"비오야아!"

"비오라구 부르지 말어. 나는 천작쟁이가 아녀."

"그럼 이눔, 낙종落種이라구 부를까? 이눔 넌 네 이름의 내력을 알구나 있냐? 아무리 종놈이라두 '승'가라는 성 딴 데서 들어 봤냐? 네미가 승(중놈)헌티 겁탈을 당해 난 게 늬란 말여. 승이 떨어뜨린 씨가 늬놈이란 말여. 천해 빠진 종년의 새끼라두 인생이 불쌍히어 선영감마님께서 거두어 주신 거여. 그 은혜두 모르구설라무니. 천벌을 받을 눔."

"천벌은 날 때부터 받구 나왔어. 지금부터 난 낙종이두 아니구 비오두 아녀."

"이눔 설마하니 네눔이 나리마님을?"

"히히히…… 내가 아니라두 관가에 발고할 눔은 얼마든지 있어. 꼬리가 질면(길면) 밟힌다구 말여. 권진사가 수상하다는 소문은 버얼써 나 있었어. 조만간에 잡히게 되얏더란 말여."

"그라믄 이 질(길)도 홍주로 가는 질이 아니란 말여?"

"어디로 가든 이 산속에서 어쩔 거여. 따라오는 거지."

"이 사탄 같은 놈, 은혜를 웬수로 갚는 것두 유분수지. 태산 같은 은혜를 입으며 이런 배은망덕을 해야 쓰겠냐? 이놈 낙종아, 어르신네들 은혜루 내가 네놈께 젖꼭지두 물리구 암죽도 쑤어 멕이구 했다마는 사탄의 새끼를 질렀구나. 아이구 원통해라."

유모는 이를 바드득 갈았다. 낙종은 퉁명스럽게,

"그러닝께 어멈은 이 질로 산을 내려가서 모르는 척하구 살어."

"뭐라구? 이 망종아!"

유모는 악을 빡빡 썼다.

"이것들이 왜 이려? 산속에도 사람이 살구 있단 말여."

김씨 부인은 정신이 가물가물하면서도,

"비오야. 네가 저지른 일이 얼마나 끔찍한 일인가를 너는 모르는 모양이다. 허나 내가 네 소행을 알구서야 어찌 너와 동행을 할 수 있겠느냐. 지금쯤 나으리께서 받고 계실 고초를 생각해서라두 그럴 순 없다. 차라리 관가로 가서 성교를 봉행하는 두 여인이 어린것들과 산중을 헤매고 있다고 고하여라."

의연히 말하는 것이었다. 무도한 낙종도 그 기품에 눌려 입을 열지 못하고 입맛만 다신다.

"사람의 탈을 쓰고 워떻게 갬이(감히) 이런 일을 저즐르냐? 이 무도 막심한 늄아!"

유모의 눈에서 뜨거운 눈물이 쏟아지기 시작했다.

"맴대루들 하시유. 홍주루 가든, 나주루 가든 질을 아는 늄은 나쁘잉게."

낙종의 태도는 다시 유들유들해졌다.

"막달레나. 여기서 밝아질 때까지 기다리자구. 직실을 알구서야 어찌 이자를 따라가겠나?"

"아씨!"

유모는 울부짖었다. 김씨 부인의 태도는 점점 더 침착해져 갔다.

"막달레나, 우린 언제나 예비하고 있었지요. 그날이 온 거야. 자, 분심하지 말구 모든 판비辦備를 해야 해요."

김씨 부인은 어둠 속 산중 땅에 무릎을 꿇었다. 어디선가 승냥이 우는 소리가 끔찍하게 들려온다. 흐렸던 날씨는 어느덧 맑아지고 청회색 하늘은 흘러내릴 듯한 별빛으로 찬란하다. 삼경이 지나고 있는지 늦게 뜨는 가느다란 하현달이 처창하게 기울고 있었다.

"아씨! 아씨!"

유모, 막달레나는 체념할 수가 없다.

"아씨! 이럴 수는 없어유. 이럴 수는 없어유. 사람의 탈을 쓰구 워찌 이런 일을 저질러유."

자꾸만 넋두리가 나온다.

"지금은 넋두리할 때가 아냐. 그 어른을 위해서두 기구할 때야. 모든 것을 이겨 내실 용력을 주십사고 기구할 때야."

김씨 부인의 음성은 단호하고 맑았다.

"비오야, 저즐른 일은 어쩌겠니. 얼마 가지 않아 밝을 테니 우리 여기서 쉬자. 밝은 날에 거취를 정하자꾸나."

낙종이 시무룩한 얼굴로 난아를 등에서 내려놓고 쭈그리고 앉았다. 유모 등의 국아도 잠이 들고 매아는 어머니 치마폭을 끌어당겨 발을 덮었다. 늦가을 새벽 산중의 한기는 초겨울같이 냉랭했다.

유모도 어린것을 업은 채 쭈그리고 앉으며 별빛 아래 시커먼 덩어리같이 웅크리고 있는 낙종을 보며 다시금 속이 뒤집혀지는 것을 어찌할 수 없었다.

낙종 어멈 깐녜는 그때 열여섯이었다. 어린것이 유달리 큰 아이를 며칠이나 걸려 겨우 낳고 그만 눈을 감았다. 아이 아범은 누군지 몰랐다. 꺼져 가는 힘을 다하여 입술을 달싹거리기에 입가에 귀를 갖다대고 들으니 어린 산모는 모깃소리만 한 목소리로

"산길에서 스님한테ㅡ"

하고 숨이 끊어졌다.

그로 하여 간난이의 성은 '승昇'가가 되었다. 제 처지도 모르고 핏덩이는 극성스럽게 울었다. 안타깝게 젖을 찾는 모습을 보고 장수 현감을 지낸 권진사의 아버지는 측은해 했다.

"현행(권진사의 아명)은 이제 세 살이니 죽을 먹이기로 하고

저 아이에게 젖을 먹여라."

　아들 막쇠가 네 살이니 유량이 몹시 줄어 있어 젖을 먹이는 상전의 아기 현행이는 얼마 전부터 젖보다 죽이랑 어른 먹는 밥을 먹기 시작하고 있기는 했지만 제 자식 젖도 상전의 자녀를 양육할 때는 못 먹이게 하는 집이 허다할 때라 모두 그 후자함에 놀랐던 것이다.

　얼마 가지 않아 막쇠가 아우를 보아 젖은 이내 나오지 않게 되고 결국 아이는 암죽으로 길렀지만 아이는 또 몹시 골골거렸다. 대개의 선비가 그렇듯 얼마큼 의학 지식도 있던 상전은 약도 처방하여 먹이고 여러모로 돌보아 주어 목숨을 보전해 주었다.

　두 살 위인 현행은 낙종을 동생처럼 사랑했다. 장성함에 따라 신분의 격차는 하늘과 땅이 되었지만 낙종은 까막눈(문맹=文盲)을 면하고 있었다. 독실한 신자인 주인을 따라 아랫사람들도 모두 영세를 받아 교명을 가지고 있었고 수계守誡와 염경간서念經看書에 힘썼던 만큼 까막눈은 집안에 없었던 것이다.

　권진사도 소년에 소과에 급제하여 진사가 되었지만 낙종도 남달리 영리하여 권씨가 제반대소사諸般大小事를 맡아 소홀함이 없었다. 교중의 사정에도 상통하여 권진사의 바른팔이 되어 있었다.

　그러던 그가 배주 배은하고 교우를 팔 줄 누가 알았으랴. 여북해야 포졸의 앞장을 서서 온 그에게 권진사가 사랑하는 처자를 당부하였을까. 도무지 미쁘지 않는(믿어지지 않는) 일이었지만 엄연한 사실이었다.

유모의 마음은 착잡했다. 아직도 권진사가에서는 유모로 불리우지만 그녀는 권진사의 젖어미다. 젖을 먹인 아기는 이제 네 자녀의 아버지가 되어 있는데 그녀에게는 언제까지나 자신이 수발을 들어야 마음이 풀리는 아직도 연소하고 소중한 존재였다.

한편 상스럽지 않은 인연으로 젖꼭지를 물리고 암죽을 쑤어 먹여 사람 꼴을 만든 낙종에게 가는 정도 결코 적은 것은 아니었다. 후한 상전을 만났다 해도 서러운 종의 신세, 형제같이 지내던 깐녜가 그 지경이 되었을 때의 아픔은 지금도 생생하다. 기미가 잔뜩 낀 앳된 얼굴을 얼마나 애처롭게 바라보았던가. 다행히 낙종은 충실히 잘 자라고 상전의 고임을 받는 위인이 되었다. 친자식과 같이만 생각되는 마음에서 그것이 얼마나 다행스러웠던가.

그녀는 부드러운 음석으로 은근히 낙종의 본명을 불렀다.

"비오야, 엎질러진 물이니 지난 일은 어쩌겠냐. 네 죄를 조금이라도 보속하려면 아씨와 작은아씨들을 외가 댁에 편히 모셔다 드리는 것뿐이어."

"막달레나, 그런 말은 이제 할 것 없어요. 설사 비오가 지금이라도 회개하여 관가에 가서 자기가 잘못 생각했던 것이었다고 하더라도 나으리 성품에 성교를 모르신다고는 하시지 않을 것이에요. 나는 나으리를 그 지경에 이르시게 한 비오의 도움을 받기는 싫어요. 규중 아녀자가 길눈이 있을 리 없지만 우리끼리 더듬어 갑시다.”

김씨 부인의 말은 침착했다. 비오는 웅크리고 앉아 말이 없다.

동이 터 왔다. 어린것들은 아직 눈물 자국을 남긴 채 웅크리고 잠들어 있었지만 뜬눈으로 새운 두 여인은 밝아 오는 빛 속에서 새삼 기막힌 사정을 실감하지 않을 수 없었다.

하룻밤 사이에 김씨 부인은 핼쑥하게 핏기를 잃고 있었다. 눈자위가 약간 꺼져 콧날이 더 상큼하게 높다. 밤을 새웠건만 꺼풀이 얇은 눈은 푸르도록 맑다. 여윈 대로 이를 데 없이 아름다운 뺨과 턱에서부터 가녀린 목으로 흘러내리는 선의 절묘함, 애련한 고운 입술—절색이었다. 약간 흐트러진 머리카락이 처염하다. 위험한 것을 본 것 같은 느낌으로 유모는 흘러내린 장옷을 재빨리 머리 위까지 씌워준다. 그녀는 애달픈 마음으로,

“아씨, 아씨.”

뜻 없이 부르고 눈으로 고름을 가지고 갔다. 그는 진심으로 이 아름다운 상전 부인을 사랑하고 있었던 것이다. 넋을 잃고 있던 부인이 잠에서 깬 듯이

“여기가 어디지?”

하고 물었다.

유모도 새삼 정신이 들어 아래를 내려다보았다. 나무에 가려 아무것도 보이지 않았지만 골짜기에는 보랏빛 칡꽃이 흐드러 져 피고 짙은 푸른색 머루도 송이송이 달려 있다. 가을이 한창 이다. 홍주로의 길이 아닌 것은 분명하다.

"비오야!"

유모가 소리쳤다. 웅크린 채 졸고 있던 낙종이 눈을 떴다.

"머여?"

그는 눈을 치뜨며 물었다. 검은자위가 작고 흰자위가 많은 소위 삼백三白 눈이다. 눈 이외에는 별로 거슬러 보이는 구석 은 없다. 이마도 반듯하고 코도 알맞게 높고 입술 모양이 좋다. 중키에 걸맞는 살피듬으로 어디로 보아도 천격은 아니다.

"여기가 어디여?"

"낸들 워찌 알어."

"나리 마님께서 네눔이 질을 안다구 헙신 것, 이 귀루 들었 다. 늬 역부러 다른 질을 잡은 거 아녀?"

"그건 아녀."

"어쨌건 사람 사는 데로 내려가 아침 요기를 헙시게 허구 가 마 두 채만 꾸메야 쓰것어."

낙종은 대답을 않고 있다가 고개를 돌려 칵 가래침을 뱉었다. 유모는 그것을 피하지도 않고 다가가서 팔을 그 어깨에 얹었다.

"비오야, 늰 착한 눔이었어. 아씨는 워낙에 겔곡(결곡)한 분이라 저라시지만 저 모양 저 걸음으로는 홍주까정은 못 가시어. 저 어른은 너무 남의 눈에 띄신단 말여.”

낙종은 부시시 일어나 발끝에 걸리는 돌멩이를 멀리로 차 던졌다.

‘저 어른은 너무 남의 눈에 띄신단 말여.’

유모의 말이 머릿속을 빙빙 돈다. 정말 그렇다. 처음부터 그랬다. 아씨를 처음 본 것은 13년 전 봄이다. 양근에서는 으뜸으로 행세하는 권씨 댁 둘째집 무매독신無媒獨身 외아들이 장가를 들고, 그날은 신부례新婦禮날이었다.

그해 낙종은 신부와 동갑인 열네 살이었다. 부모의 얼굴을 모르는 고아의 몸이었으나 생래 영리한 그는 어깨너멋글도 익히기 시작하여 제법 의젓한 소년으로 자라고 있었다.

삼백 눈이 좀 눈에 거슬렸으나 맑은 피부와 날이 선 코와 귀여운 입모습으로 그는 인물 좋은 종 총각이었다. 행동거지도 천착스러운 데가 없어 숱이 많은 머리를 치렁치렁 땋은 것을 걷어 올려 수건을 맨 천한 차림새마저도 그리 천격스럽지는 않았다.

그는 숱한 동네 사람들과 다른 아랫사람들과 함께 동구 밖에서 신부 일행을 기다리고 있었다. 동구 밖은 한수漢水가 구비 흐르는 곳이라 앞이 탁 트이고 뒷산의 진달래는 꽃잔치를 벌이고 있는데 수양버들의 연두색 실가지는 실실이 풀어 늘어져 봄은 한창 무르녹고 있었다.

　번열한 집안인 만큼 대소가가 며칠 전부터 모여 수선수선한 가운데 동네 아낙네들은 숫제 검둥이마저 데리고, 온 식구가 잔치 댁에서 살았다.

　코흘리개 때부터 알고 있는 건넛집 꽃님이가 시집을 가도 잔치라면 구경거리가 된다. 하물며 명문가 외아들의 신부가 오는 날이다. 온 동네가 바쁜 봄갈이 일을 잠시 잊고 있는 것도 무리는 아니었다.

　그때만 해도 신부 댁은 낙향을 않고 한양에서 살았었다. 북악 밑 사직암에서 양근까지는 백이십 리의 상거다. 새벽에 발행을 한다 해도 신부가 탄 무거운 가마, 폐백幣帛과 예물을 챙긴 행리行李, 혼수와 신부 일행에 따르는 궤짝과 부담들, 행보로 뒤따르는 남녀 하인들―거창한 행차다. 이틀은 꼬박 걸릴 것이었다.

　그러나 신부 일행은 뜻밖에 일찍 도착했다. 공연히 흥분하고 있던 구경꾼들은 이날만은 평소는 비경秘境이 되어 있는 내당 안으로도 몰려들었다. 신부가 절색이라는 소문이 높아 한 눈이라도 그 모습을 보고 싶었던 것이다.

　대청에 바싹 대어진 가마에서 유모와 하님의 부축을 받아 신부는 시가의 청을 처음 밟았다. 온통 극채색 비단에 싸인 뒷모습이었으나 구경꾼들은 소문이 헛소문이 아니라는 것을 짐작할 수 있었다.

노독을 풀 사이도 없이 폐백이 드려지고 상호례相互禮로 집안 유아幼兒들까지 맞절을 한 후 신부는 현란한 모란대병을 등지고 큰상을 받았다.

낙종이 신부의 얼굴을 처음으로 본 것은 이때였다. 어린 신부는 형용할 수 없는 기품과 아름다움으로 고봉으로 꽃같이 아름답게 각색 생과와 조과造菓, 밤, 대추, 은행, 실백 등의 나무 열매, 전유어, 포, 면, 편 등이 괴어 올려진 기명들이 배열된 큰상을 앞에 하고 단정히 앉아 있었다.

폐백 전에 간단한 입매는 하고 있기도 했으나 설사 시장기가 심한 경우에도 신부는 이 아름다운 유식을 먹는 일은 없다. 얼마를 그렇게 앉아 있다가 상은 공들여 고여진 그대로 무너뜨리지 않고 큰 치룽으로 고스란히 옮겨져서 흐트리지 않도록 정성스럽게 새 사돈집으로 보내진다. 신부집에서는 이 큰상의 규모와 안목을 통하여 딸이 시댁에서 얼마만큼의 대우를 받았는가를 짐작하는 것이다.

어린 신부는 최대한의 대접을 받고 있었다. 무수한 모란꽃이 현란하게 피어 흐드러진 극채색의 병풍을 뒤로 꽃같이 아름답게 꾸며진 상 앞에 그 어린 나이에 믿어지지 않을 만큼 어른스럽게 다소곳이 그러면서 범할 수 없는 기품을 지니고 앉아 있는 모습을 보고 사람들은 찬사와 탄성을 아끼지 않았다.

"선녀가 하강을 한 게야."

"모란병의 모란꽃이 아이는구먼."

"허나 규중 부인이 그토록 아름다워서야. 미인박명이라지 않
아."

수군거림을 들으며 낙종은 자꾸만 목이 마르고 가슴이 답답
해 오는 것을 어찌할 수 없었다. 그로부터 십여 년, 그 느낌은
부인을 대할 때마다 조금도 퇴색지 않고 뜨거움을 더해 왔던
것이다.

'저 어른은 너무나 눈에 띄어.'

상처를 입은 한 마리의 검은 나비가 어지럽게 날듯이 유모의
말이 머릿속에서 펄럭거렸다. 그는 시무룩한 채 그녀의 팔을
뿌리치고 몇 걸음을 옮겼다. 유모는 뒤따라와 그의 팔을 다시
잡았다.

"비오야, 너 끝내 이러기여. 이 산속에서만이라도 나가게 하
여 주어."

"내가 안 할라카는 게 아녀. 나하굴랑 같이 못 가겠다고 하시
는 거 들었지 아녀."

"그람 나한테만이라도 질을 가르쳐 주어."

유모는 다시 매어달렸다. 둘은 모르는 사이에 낭떠러지에 와
있었다. 낙종이 성가신 듯

"왜 이려"

하며 유모의 손을 뿌리쳤을 때였다.

중심을 잃은 유모의 몸은 나뭇잎같이 어이없이 낭떠러지 밑으로 떨어져 갔다. 비명 소리도 들리지 않을 만큼 모든 것은 일순간에 일어났던 일이었다.

낙종에게도 너무나 뜻하지 않았던 일이었던 모양으로 그는 한참을 머엉하니 서 있다가 무릎을 꿇고 아래를 내려다보았다. 그러나 낭떠러지 밑은 칡넝쿨과 다래넝쿨이 얽히고 잡목이 우거져 있을 뿐 유모의 치맛자락도 보이지 않았다.

낙종은 고개를 젖혀 하늘을 쳐다보았다. 하늘은 파아랗게 펼쳐져 구름 한 점 없다. 갑자기 그는 웃기 시작했다.

"핫하하…… 핫하하……."

그것은 웃음소리가 아니고 울음소리였다. 고요한 산중에 그 소리는 메아리쳐 한참을 흉흉하게 울었다. 그 소리는 사람의 소리가 아니었다.

김씨 부인은 그 소리를 들었다. 무슨 짐승의 소린지 규중 깊이 세상을 모르는 그녀는 짐작조차 할 수 없었다. 부인은 세 딸을 품어 끌어안고 전신이 귀가 되었다. 흉한 소리는 다시는 들리지 않았다.

막달레나는 어디로 갔는지 좀처럼 돌아오지 않았다. 불안과 공포로 소리도 나오지 않아 그녀는 한참을 그러고만 있었다. 얼마를 떨고만 있다가 부인은 정신을 가다듬고 유모를 불렀다.

"막달레나, 막달레나."

갑자기 숲 속에서 낙종이 나타났다.

"그런 이름으로 부르시다니 정신이 안즉도 드시지 않으신 모양이시네유."

부인이 소스라쳐 딸들을 다시 품속에 끌어안았다.

"유모는 찾지 마시유. 할망구는 달아났시유."

"그럴 린 없다!"

부인이 단호하게 끊어 말했다.

"쬠일 지달려 보시유. 나보구두 같이 가자 히었으니께."

"이 무도한 놈 같으니! 또 무슨 흉악한 짓을 했느냐?"

"난 아씨를 구해 드릴라고 할망굴 따라가지 않았을 뿐이에유."

"싫다! 이 산속에서 죽을망정 네 손을 빌리기 싫다!"

부인은 딸들을 끌어안은 채 똑바로 낙종을 노려보았다. 고운 눈이 분노로 파아랗게 타고 있었다. 낙종은 가슴이 타오르는 것을 강하게 느꼈다. 그는 우악스럽게 부인의 손을 잡아당겨 쥐었다.

"그라지 마시구 절 따라 오세유. 질을 가리켜 드릴께유."

부인은 뱀에게나 감긴 것 같은 징그러움에 몸서리치며 비명을 질렀다.

"싫다! 길두 내가 찾겠다!"

낙종은 손아귀에다 힘을 점점 더 주고 있었다.

"내 말을 들으세유."

낙종은 씩씩거리며 부인을 끌고 가려 한다.

"어머니이! 어머니이!"

하면서 딸들이 울음을 터뜨렸다.

낙종은 무서운 얼굴로 눈을 부라리며 소리를 버럭 질렀다.

"울믄 혼내 줄 티여."

그는 이제 아주 딴사람이 되어 있었다. 불길 같은 입김을 내뿜으면서 얼굴은 백지장같이 창백하고 눈에는 검은자위가 거의 남아 있지 않았다. 그런 형상으로 부인을 숲 속으로 끌어들이려 한다.

김씨 부인은 필사적으로 저항했다. 연약한 여자의 어디서 그런 힘이 나오는지 두어 번은 억센 남자의 손아귀를 벗어날 수조차 있었다. 낙종은 악귀같이 날뛰며 저항하는 부인을 정신없이 때리기도 하고 발길질을 하기도 했다. 부인의 저고리가 찢기어지고 옥 같은 속살이 드러났다. 남자가 다시 덤벼들었을 때 부인은 용케 몸을 빼어 내고 풀뿌리를 잡고 기어서 바위 옆으로 몸을 피했다.

바위는 소위 흔들바위였다. 위태위태하게 걸려 있는 것을 그녀는 몰랐다. 남자가 달려와서 그 가녀린 팔을 잡아당겼을 때 부인은 전신의 힘을 다하여 그 손을 물어뜯었다. 남자가 놀라 손을 뺐을 때였다. 그 반동으로 몸이 떠밀려진 부인은 천 길 아래로 떨어져 갔다.

매아와 난아는 어머니 뒤를 몰래 따르고 있었다. 어머니의
사망은 어린 자매의 눈앞에서 펼쳐졌던 것이다. 어머니가 떨어
진 후 매아는 어머니가 떨어진 곳을 향하여 광란하듯 산길을
달려 내려갔다. 어머니를 구하려는 일심으로 나뭇가지에 걸려
할퀴고 찢기우며 울면서 달려 내려갔다. 그러나 어머니의 모습
은 아무리 산을 헤매어도 보이지 않고 뜻밖에 길이 나타나고
마을이 보였다.

"난아! 국아!"

그녀는 산 쪽을 쳐다보며 아우들의 이름을 부르고 울었다.

일곱 살 난 난아는 두 눈으로 어머니가 하얀 꽃잎처럼 하늘
하늘 떨어지는 것을 보았다. 그 모습은 하얀 나비 같기도 하고
반디 마을의 여름 밤하늘을 나는 반딧불 같기도 하고 언젠가
유모의 등에 업혀 본 떨어져 가고 있는 별 같기도 했다. 그녀는
눈을 크게 뜬 채 바위에 기대 앉아 머엉하니 넋을 잃고 있었다.
산길을 역시 어린 나비 한 마리가 달려 내려가고 있었지만 그
것이 누구인지는 알 수 없었다. 세 딸 중에 가장 영리했던 그녀
는 그 후 나비, 반딧불, 별이란 말 외에는 오랫동안 말을 하지
못했다. 어리기도 했지만 부모도 집도 자신의 성도 이름도 완
전히 잊어버렸다.

참극의 회오리가 지나간 직후 언덕 밑 모퉁이 산길을 지나는

일행이 있었다. 장옷을 쓴 몸집이 통통한 여인과 어레머리에 중동매를 질끈 맨 중년의 비녀婢女, 그리고 땋은 머리를 걷어 올려 수건을 눌러 맨 총각이다.

양장羊腸 같은 길이 구십구절九十九折이란 말 그대로 꼬불거렸다. 그 한 모퉁이를 돌았을 때다. 어디선가에서 어린아이의 울음소리가 들려왔다. 이 산중에 어린아이의 울음소리는 있을 수 없는 일이다. 어린 짐승이나 산새 소리이리라. 그들은 개의치 않고 걸음을 이어갔다. 그러나 다음 모퉁이에 이르렀을 때 울음소리는 좀더 또렷이 들렸다.

"애기 울음소리가 아녀?"

장옷의 여인이 귀를 기울였다.

"그시 애기 울음소리요잉?"

비녀가 받고 총각이,

"애기 울음소리가 분멩(분명)하지라우."

확신 있게 말했다.

"요상한 일이요잉. 이 산속에서 애기가 울고 있다니. 야, 마당아, 늬 쪼껜 수고히여야 쓰것다. 마님두 다리를 쉬시게 히여야 하시닝게 좀 살펴보고 오니라."

비녀는 아랫사람들 중에서는 힘을 가지고 있는 모양으로 총각은 이내 울음소리가 나는 쪽으로 숲을 헤쳐 갔다.

주인인 듯한 부인은 장옷을 약간 걷었다. 복스러운 얼굴이 나타났다.

"구월두 막 가구 있는디 안즉 쪼깨 덥재?"

"이 산질이 범상한 질이요. 게울(겨울)에도 이 질을 걸으믄 땀이 나지라우."

비녀는 부인의 얼굴 가까이서 손부채질을 하며,

"간밤엔 잠도 못 주무시고, 참말로 마님 정성은 아무도 따라 갈 사람이 없지라우."

"으은지. 안즉도 치성이 부족히어."

부인은 한숨을 쉬었다. 그녀는 임실任實의 좌수座首 부인이 었다. 천석천량千石錢糧의 토반으로 남 부러울 것 없는 신분이 었지만 한 가지 한이 삼십이 넘어도 일점 혈육이 없는 일이었다.

태기를 있게 한다는 약은 쓴 약, 신 약, 구린 약 다 써 보았 다. 구역질 나는 지렁이, 징그러운 지네까지도 먹어 보았다. 영하다는 무당 편수 굿도 하고 남편 몰래 요상한 것도 지녀 보 았다. 그러나 어느 것도 아무 효험을 주지는 못했다.

연무가 친정인 그녀는 오랜만에 근친을 온 김에 득남 점지로 이름이 나 있는 관촉사 칠성당에서 열흘 치성을 드리고 산을 내려가는 길이었다. 이번에도 허사겠지—지레 낙담을 하면서 도 혹여 이번에는 하는 기대도 없지는 않아 그녀는 줄곧 마음 을 삼가고 있는 터였다. 산길을 기는 왕개미마저도 밟을세라 조심을 하면서 연신 '관세음보살'을 외우고 있었다.

총각은 좀처럼 돌아오지 않았다. 아이 울음소리마저도 그쳐 있었다.

"애기가 울음을 그쳤는가 보지라우."

비녀는 말하고 귀를 기울였다.

"우리가 헛것을 들은 기이나 아닌지?"

부인이 말하자,

"분멩히 애기 소리는 애기 소리였지라우. 살캥이(살쾡이)도 사람 애기 소리로 운다 히어도 세 사람 기(귀)에 다 사람 소리로 들릴까비어."

비녀는 우겼다. 그때였다.

마당쇠가 두 손으로 소중하게 무엇인가를 받쳐 안고 다가오고 있었다. 미련한 얼굴에 웃음을 가득 담고 누런 이빨을 드러내고 있었다.

"마님, 마님, 칠성님이 애기를 점지하셨지라우. 보시시소. 부처 새끼보당도 새첩지라우. 선녀 새끼보당도 참하지라우."

어린것은 울음에 지쳐 잠들어 있었다. 눈물 자국은 남아 있었지만 평화롭고 아름다운 얼굴이었다. 어린것은 쌔근쌔근 숨을 내쉬다가 흑흑 느끼기도 했다.

부인의 가슴에 애처로움과 사랑스러움이 봇물 터지듯 밀려왔다. 그녀는 마당쇠로부터 애기를 받아 안고 보드라운 그 뺨에 자기 뺨을 갖다 대었다.

"칠성님이 참말 애기를 점지해 주신기여. 참말 죄 많은 나한
티 애기를 점지해 주신기여."

부인은 어느덧 흐느끼고 있었다.

이별의 아픔

1

약천藥泉은 초당에서 바른쪽으로 3, 40보 상거에 있다. 거처하는 동암東庵에서는 좁은 산길을 한참 올라가야 한다. 아침이 이른 다산은 아침마다 이 산길을 천천히 올라가 약천의 물에 양치하고 세수를 했다. 표주박으로 약이나 진배없는 달고 차고 맛있는 물을 마신다. 그리고 해돋이를 보는 것이다.

낙치落齒가 서글프고 중풍기가 온 한쪽 팔과 안경에 의지해야 하는 불편이 기막히지만 아침마다 약천의 물에 그는 소생을 느꼈다. 동백나무가 많은 산이어서, 아직 추위가 얼마큼 남아 있는 이른봄이 제철이기는 하나, 더러 일찍 피는 꽃과 오래도록 벌어지지 않고 있다가 늦피는 꽃도 있어, 산중에는 일 년 내내 몇 송이씩은 동백꽃이 보였다.

그날 아침에는 약천에 드리운 가지에 채 자라지 못한 채 핀 것 같은 가녀린 꽃이 빛깔만큼은 선명한 진홍으로 반쯤 꽃잎을 열고 있었다. 이런 날 아침은 언제나 소소한 기쁨을 느끼곤 했다. 오솔길 옆에 파아란 하늘 가루를 뿌려 놓은 것같이 달개비꽃이 피는 여름 아침이라든가, 풀잎 속에 숨어 있던 뱀딸기가 이슬에 젖은 빨간 열매를 드러낼 때라든가, 무심히 지나던 길에서 꽃 때를 놓친 차나무꽃 몇 술이 청아한 향기를 뿜으며 외롭게 피고 있는 모습을 볼 때라든가, 산비둘기가 흥얼거리듯 울 때 같은 때면 식어 버렸다고 생각했던 가슴이 머언 추억같이 아려 오는 것이었다.

그 숱한 시를 쓴 그는 자제들에게 시작詩作의 지도를 할 때는 언제나 두보杜甫, 한유韓愈, 소동파蘇東坡의 시를 모범 삼아야 한다고 가르쳤다. 두보의 시가 왕좌를 차지하고 있는 것은 시경에 있는 시 300편의 의미를 그대로 이어받고 있기 때문이라고 하며, 시경에 있는 모든 시는 충신, 효자, 열녀, 진실한 벗들의 간절하고 진실한 마음의 발로를 그 대상으로 하고 있다는 것을 강조했다.

다산에 있어 임금을 사랑하고 나라를 근심하는 내용이 아니면 그런 시는 시가 아니며, 시대를 아파하고 세속을 분개하지 않는 내용이 시가 될 수는 없는 것이며, 아름다움을 아름답다 하고 미운 것을 밉다 하며 선을 권장하고 악을 징계하는 그런 뜻이 담겨 있지 않은 내용의 시를 시라고 할 수는 없는 것이었

다. 머나먼 배소配所에서 마치 눈앞에 앉히고 가르치듯이 그는 소리를 높여

"—뜻이 세워져 있지 아니하고 학문은 설익고 삶의 대도를 아직 배우지 못하고 위정자를 도와 민중에게 혜택을 주려는 마음가짐을 지니지 못한 사람은 시를 지을 수가 없는 것이니 너희들도 그 점에 유념하기 바란다"
하며 꾸짖듯이 타이르기도 했다.

이어

"소동파의 시로 말하면 우리 삼부자(다산, 큰아들, 작은아들)의 재주로써 죽을 때까지 시에만 전념한다면 그 근처쯤 갈 수는 있겠지만 인생이 세상에서 할 일도 많은데 무엇 때문에 그 따위 짓이나 하고 있겠느냐?"
하여 사람을 어리둥절하게 하는 말도 하고

"시에 역사적 사실을 전혀 인용하지 아니하고 음풍영월吟風詠月이나 하고 장기나 두고 술 먹는 이야기를 주제로 하여 시를 짓는다면 이거야말로 벽지의 시골 산비탈에서 서너 집 모여 사는 촌 사람의 시에 지나지 않는다. 차후로 시를 지을 때는 역사적 사실을 인용하는 일에 주안점을 두도록 하라"
하며 오금도 박았다.

사실 그의 시는 대부분 시대를 아파하고 부조리를 분개하고 언제나 핍박받는 민중의 대변자로서 그 비참, 그 억울함, 그 가

난과 고달픔과 슬픔을 읊었다. 자제들에게 대한 이 가르침도 그의 신념에서 우러나온 것이었다.

　그러면서 그는 눈 속에 핀 한떨기 산다화山茶花꽃을 보면 그 붉은빛이 학두루미의 붉은 이마같이 느껴지고 고아한 두루미의 눈 같은 깃과 이마에 얹힌 붉은 점이 눈앞에 떠올라 싸늘하고 따박한 잎에 싸인 그 꽃이 한결 더 기특하기만 했다. 하여 그는 붓을 드는 것이었다.

　　　山茶接葉 冷童童

　　　雪裡花開 鶴頂紅

　　　산다나무 잎사귀 싸늘하고 따박한데

　　　눈 속에 핀 꽃이 학 이마처럼 붉구나

　장기에서 서럽고 외로운 귀양살이 시작하던 해의 늦은 봄, 그는 아무도 없는 오솔길에서 타고 있는 불꽃을 보았다. 가까이가 보니 누가 버리고 간 것인지 해류화海榴花 한 포기가 버려진 채 피고 있었다. 그는 그것을 칩거하고 있는 초라한 오막 창 밑에 심었던 것이다. 그래도 그 오두막집 장독간에는 맨드라미, 봉선화가 소박하게 피어 유락流落의 죄인을 위로도 해 주었다. 사람에게 버림받은 사람을 꽃이 위로해 주었던 것이다.

野人花草醬甖邊

不過鷄冠與鳳仙

無用海榴朱似火

晚春移在客窓前

시골집 장독가에

피어 있는 꽃이라곤

고작해야 맨드라미

봉선화뿐이로고

버려진 해류화海榴花가

불꽃같이 붉길래

늦은 봄날 옮겨다가

객창客窓 밑에 심었다네

宋載邵 역

　뜨는 달, 지나는 바람을 완상할 겨를은 없었지만 감회感懷는
남 유달리 깊을 수밖에 없었다. 남에 앞선 풍부한 감성과 섬세
함으로 연지 파고 비폭飛瀑 떨어지게 하고 꽃 가꾸고 차향에 취
하며, 그는 자각은 하지 않았으나 기실 풍류 속에 살았다. 다만
그의 풍류는 그 자신이 조성한 주변 환경이고 창안과 노고이며

생활이었다.

　무진戊辰년부터 다산의 건강은 기울어 가고 있었다. 3년 전인 이 해부터 그는 자제들에게 보내는 편지에도 곧잘 여유병옹與猶病翁이란 말을 썼다. 여유는 그의 당호堂號이다.

　여유란 조심조심 산다는 뜻이고 또 그가 그 자찬 묘지명에서 '堂號曰與猶取冬涉　畏隣之義也'라고 말하고 있듯이 겨우살이에 추위를 두려워하는 이웃을 거두고자 하는 뜻도 있는 것이다.

　무진년이라면 다산의 나이 겨우 사십팔 세 때다. 옹翁 칭을 할 나이도, 받을 나이도 아니다. 그러나 그는 신경통이 심하고 한쪽 몸에 중풍기가 와 있었다. 이 해 그는 몇 번이고 자리 보전을 해야 할 정도로 병이 잦았다. 아파아파하면서 그는 봄이 가기 전에 『예전상복상禮箋喪服商』을 완성하고 가을에는 『시경강의詩經講義』를 수정하여 완성시키고 말았다. 학문에의 열정과 집념은 그를 초인간으로 만들고 있었다. 그것은 업業이라는 말로밖에 표현할 수 없는 처절한 고행이었다.

　그래도 그때는 아암이 살아 있었다.

　때로는 진지하게, 때로는 뇌락磊落하게, 더러는 장난스럽게, 따끔하게 종횡으로 놀면서 언제나 살뜰하고 자상도 하며 마음속으로부터 따르고 사랑하던 아암의 그 즐거웠던 '훼방'이 아암을 잃은 후에야 얼마나 그의 심신의 긴장을 풀어 주었던가를 새삼 깨닫는 다산이었다. 하여 다산은 이 며칠을 약천에도 행보하지 않고 있었던 것이다.

그는 가볍게 한숨을 쉬고 보드라운 물을 한 움큼 쥐고 얼굴에 뿌렸다. 세수를 마치고 몸을 일으키자 새하얀 무명 수건이 가만히 옆에서 들이밀어졌다. 눈같이 희게 삶아 빨아, 다듬잇방망이로 얼마 두들겨 녹신하게 만든 수건이다. 수건은 아무의 손도 빌리지 않고 저절로 나타난 듯이 다산의 손에 쥐어져 있었다. 다산은 곁을 돌아보지도 않았다. 극히 자연스럽게 그 수건으로 얼굴을 닦고 무심히 수건을 떨어뜨렸다. 그러나 수건은 떨어지지 않고 녹아 없어진 것처럼 사라지고 어느덧 시중 드는 여인의 손에 옮겨져 있었다.

입 안의 혀 같다는 말이 있다. 허나 자기 혀라고 이렇게 움직여 줄까. 여인은 모시는 사람의 뜻을 언어가 형성되기 전에 알아듣고 받들고 있는 것 같은 느낌을 주었다.

다산은 고개를 돌려 오랜만에 아침 바다에 눈을 던졌다. 해돋이의 장관은 사라진 후였다. 그는 여느 때보다 늦게 잠이 깨었던 것이다. 간밤에는 여러 가지 회포로 잠을 설치고 사경四更 가까이 되어서야 간신히 눈을 붙였던 것 같다. 깰 때까지 괴로운 꿈을 꾼 것 같은데 모두 잊어버렸다.

무슨 꿈을 꾸었던가 왠지 궁금했다. 어깨에 견비통이 오는 것을 지그시 참으며 그는 시선을 거두고 초당 쪽으로 발길을 옮기려 했다. 그때였다. 오솔길의 모퉁이를 도는 지점에 한 그루 서 있는 노송이 눈에 들어오고, 순간 가렸던 막이 거두어지듯 새벽녘의 꿈이 또렷이 되살아났다.

꿈속의 나무도 소나무였는지는 확실치 않다. 그만한 높이의 나무였다. 계절은 여름이었던 것 같다. 나무 모양이 아름답고 잎에 윤이 흘러 녹색이 유난히 곱다. 훤칠하고 정정하고 싱그러운 나무였다.

근자에 와서 다산은 색다른 꿈을 가끔 꾸었다. 전연 사건이 없는 꿈이다. 어딘지 모르는 곳에서 그는 언제나 혼자였다. 그를 에워싸고 네 계절이 펼쳐져 있는 것이다. 왼쪽에는 봄이 한창이다. 진달래, 개나리, 유채꽃, 복사꽃, 온통 극채색이다. 고개를 돌리면 무성한 숲이 보인다. 짙푸른 여름빛이다. 이윽고 짙어 가는 가을이 현란한 단풍의 세계를 펼치고 있고 조금도 부자연스러움 없이 백색의 겨울이 이어져 있는 것이다. 모두가 선명한 색채를 가지고 있다. 그는 꿈속에서 위안을 느꼈다. 그러나 명의란 말을 들을 수도 있을 만큼 의학 지식도 깊은 그는 그런 꿈이 길하지 못하다는 것을 알고 있다. 그는 마음으로 쓸쓸하게 뇌었다.

'기혈이 쇠한 거야.'

싱싱하고 정정한 한 그루 나무는 이때도 묻어날 듯 파아란 쪽빛 하늘을 등지고 훤칠하게 서 있었다. 그러나 근자에 자주 꾸는 꿈과는 달리 이때는 사건이 일어났던 것이다.

갑자기 천둥이 울리고 번개가 번쩍거리고 그 나무는 섬광에 싸인 채 마구 흔들리기 시작했다. 저도 모르는 사이에 그는 눈을 감았다. 눈을 떴을 때는 천둥도 그치고 번개도 멈춰 있었다. 다만 눈앞의 그 아름다운 나무의 굵은 가지 하나가 꺾이어 순식간에 누렇게 변색되어 가고 있는 것이다.

끔찍한 생각이 들어 그는 등을 돌렸다. 발끝에 눈을 떨군 채 몇 발 옮기다 무심히 고개를 드는 순간, 그는 소리를 지를 뻔했다.

눈앞에 바싹 그 나무가 서 있는 것이다. 변색된 꺾인 가지로 모양이 흉해진 그 나무는 그의 앞을 막고 서 있었다. 저도 모르는 사이에 다산은 한 발자국 뒤로 물러섰다. 눈앞에서 그 나무의 잎이란 잎이 모조리 혀 모양으로 변하고 그 무수한 혀들이 일제히 그를 향하여 비웃듯 날름거렸던 것이다.

땀에 젖어 잠이 깨고, 깨는 순간에 꾸었던 꿈을 모조리 잊은 것은 그의 강한 이성이 무의식중에서도 꿈의 황당함을 부인한 까닭이리라.

다산은 애써 소나무에는 눈길을 주지 않고 빠른 걸음으로 초당에 당도하여 옆문을 열고 방으로 들어갔다. 그는 기척을 내고 싶지가 않았다. 누군가가 연지를 향한 툇마루에 앉아 두런거리고 있었던 것이다.

방에 들어서자 밖의 말소리가 또렷이 들렸다.

"그래서요?"

그들은 진작부터 무슨 이야긴가를 하고 있었던 것이 분명했다. 하상의 음성은 다음을 재촉하고 있었다.

"그래서."

종심의 음성이 들렸다. 그는 뜸을 들였다가

"하두 시끄러워서 선생님께서 비방을 허신 거라구."

"비방을?"

"선생님은 못허시는 것이 없으시지. 부적 한 장을 쓰신 거지요."

"부적을요?"

"아주 신묘한 부적을 쓰셔서 연못에 넣으신 거예요."

"그랬더니?"

"그때부터 개구리란 놈들이, 그렇게 시끄럽게 떠들던 개구리란 놈들이 싹 오지를 않는 거야. 와두 감히 울지는 못하는 거라구요."

"신기하군요."

하상이 감탄을 한다. 조신하고 얌전한 종심이 전에 없이 신나하면서,

"선생님은 금수 미물의 말까지 아신다구요. 정말이야."

"정말 대단하시지요."

"대단하시구말구."

"하하……."

"하하……."

두 소년은 맑게 밝게 웃었다. 십구 세와 십칠 세, 비슷한 나이인 까닭인지 음성이 비슷했던지 두 사람의 웃음소리는 한 사람의 것같이 들렸다. 후일 한 사람은 비장을 극한 피맺힌 호교문護敎文 상재상서上宰相書를 관에 바치고 장렬하게 순교하고, 한 사람은 깊이 귀의歸依한 불심을 다하여 대동선교고大東禪敎考의 발문을 쓴 신앙의 사람이다. 믿는 대상은 달랐지만 둘은 그 믿는 바와 순수함과 성실성으로 공통되어 있었다. 그러므로 두 사람의 밝은 웃음소리는 한 사람의 것으로 들렸던 것이리라.

방 안에서 다산은 쓴웃음이 입가에 번져 오는 것을 어찌할 수 없었다.

하도 개구리들이 극성을 부려 장난 삼아 상형체象形體로 기문奇文 한 장 써서 못에 던져 짜증을 풀었던 것이다. 주육朱肉으로 쓴 것이 비방스럽게 보였던 모양이다. 어쨌건 기이하게도 그 후부터 개구리의 극성은 끊은 듯이 멎었으나, 그렇다고 설마 하니 개구리가 기문의 뜻을 알고 삼가게 되었을까. 속임수를 쓴 것 같아 근질근질했다.

밖에서 여인의 낮은 음성이 들렸다.

"선상님, 조반을—."

말끝은 입 안에서 맺는다.

"생각 없어, 국물 같은 거나 있으면—."

밖에서는 대꾸가 없다가

"너무 오래 곡기를 안 하셨지라우. 게장을 쪼매 당것는디 입맛부쳐 보시—."

역시 입 안에서 말끝을 맺는다. 그제서야 생각이 나서,

"하상은 아침 어쨌나? 그애 대접부터 해. 일찍 떠나야 되니까."

"선상님 드신 후에 자시겠다꼬—."

"온 지금이 언젠데."

저도 모르게 음성을 높였다가,

"번거롭게 할 것 없이 겸상으로 이리 차려 와요."

"점상(겸상)으로라우?"

여인은 놀라 자리를 뜨지 못하는 모양이다.

"숙질 겸상은 망발이 아냐."

또 쓴웃음이 번졌다. 귀양살이 죄인이 법도대로 살았던가. 그는 부드러운 음성으로 채근했다.

"그냥 밥 한 그릇 수저 한 매 더 놓으면 되는 거야."

아침상은 곧 들어왔다. 놋수저 뚜껑 없는 사발 밥이었으나 하상은 난생 처음 그런 음식을 먹었다. 윤이 흐르는 밥에는 동부가 섞여 있었고 알맞게 된장을 걸러 끓인 토장국에는 배추시래기와 콩나물, 그리고 여인이 개펄에서 주워 온 모시조개가

건더기로 들어 있었다. 참깨를 통째로 볶아 넣은 감칠맛 나는 지김치는 입 안에서 녹았다. 거기다가 저절로 밥이 넘어가는 젓갈! 석화젓과 아가미젓과 게장은 짜장 밥도둑이라 할 수밖에 없었다. 호남 여인답게 음식 솜씨가 뛰어난 여인은 민첩도 하고 살뜰도 하였다. 민망스러울 정도로 농군밥처럼 고배로 담은 하상의 밥그릇에도 정이 흘렀다.

어려운 숙부와 송구한 겸상을 하면서 하상은 젊고 건강한 식욕을 억제하느라고 땀을 흘렸다.

다산은 맛깔스럽고 감칠맛 나는 게장에 잃었던 식욕이 돌아오는 것을 느꼈다. 아암이 죽은 후 처음으로 드는 밥은 그렇게도 맛이 있었다. 그는 그 끔찍한 산골散骨 때의 그 눈같이 희던 밥을 이제 떠올리지 않았다.

구수한 숭늉을 입 안을 헹구듯이 마시며 그는 다른 생각을 하고 있었다. 바로 며칠 전에 마재에 있는 아들들에게 띄워 보낸 훈계가 메아리처럼 되돌아오고 있었다. 그 글월에서 그는 아들들에게 '근勤'과 '검儉'을 가르쳤었다. 그는 항상 그렇듯이 실학자답게 이 두 가지의 미덕에 대하여도 실천에 옮길 수 있게 구체적으로 꼼꼼하게 가르쳤던 것이다.

근(부지런함)이 무엇인가를 가르친 후 검(검소함)을 가르치는 대목에서 그는 조식粗食을 강조했었다.

'음식이란 생명만 연장시키면 되는 것이다. 아무리 맛있는

생선이라도 입술 안으로만 들어가면 이미 더러운 물건이 되어 버린다.'

자기 손으로 쓴 글월이 되돌아오자 다산은 또 쓴웃음이 번지는 것을 어찌할 수 없었다.

'나는 기혈이 진해 가는 늙은 몸이 아닌가.'

가만히 마음으로 뇌어 보았으나 꺼림칙하다. 표녀와의 인연도 그녀의 음식 솜씨에서 비롯된 것이 아니었던가.

아직 동문 밖 주가에 있을 때다. 단단한 기골을 타고났었으나 겨우 사십을 넘은 나이에 그는 벌써 왼팔에 중풍기가 오고 병이 잦았다. 실의와 지나친 노작勞作과 비위생적 환경과 변변치 않은 식사 까닭이었으리라. 그러면서 그는 하루도 빼지 않고 책을 읽고 글을 썼다. 읽을거리가 없어지면 백 리 길을 무릅쓰고 해남의 외가인 윤씨가로 갔다. 그날도 그는 반겨 주지 않는 외가에서 책을 빌려 왔었다. 강진에서 데리고 간 표서방에게 바지게 가득히 책을 실려 돌아오다가 고석을 지나 어느 주막에 들어 요기를 하는데, 입덧 난 여인 모양 김치 냄새가 싫었다. 이윽고 오한이 나기 시작했다.

그는 이를 악물고 참으며 길을 재촉했다. 걷고 있는 길이 부웅 떠올랐다 푹 꺼졌다 하고, 자꾸만 물구나무를 서고 있는 것 같은 느낌이 들었다. 발이 헛디뎌지는 것을 무서운 의지력으로 조종하며 그래도 어둡기 전에 강진에 당도하였다.

그러나 그는 거처하고 있는 협실에 들어갈 수는 없었다. 삽짝 앞에서 비틀거리다가 그 자리에 쓰러져 버렸던 것이다. 놀란 주모와 표서방이 황급히 안아 일으킨 몸은 불덩이같이 타고 있었다.

이튿날에야 열이 내렸다. 겨우 정신을 차리려 하는데 다음 날 또 고열로 의식이 몽롱해졌다. 계속하여 높은 열은 하루거리로 그를 괴롭혔다. 분명 학질이었다. 그때만 해도 학질은 기력과의 투쟁이라고 믿어져 있었다. 학질을 고치는 것은 약이 아니고 이겨 낼 수 있는 기력과 의지였다. 소박하고 무지한 사람들은 직날(열이 오르는 날)에도 눕거나 쉬지를 않았다. 다섯 직쯤 견뎌 내면 학질은 낫는다고 믿고 있었다. 주모는 기운을 돋워 주기 위하여 측백열매도 달여 주고 갈분으로 미음도 쑤어 주었다.

그러면서,

"아이고 짠해라. 초진(학질)을 앓는디 눕어만 있으믄 쓰요. 이게(이겨) 내야지 쓰재."

잦아들듯 누워 있는 다산을 안타까워했다. 학질이라면 쓸개 껍질 가루가 약으로 되어 있어, 표서방은 쓸개를 구해 와서 껍질을 벗겨 말려 가루를 내 주었다.

다섯 직을 떨고 앓고 나도 학질은 떨어지지 않았다. 오히려 다음 날부터는 날마다 오후면 몇 차례씩 떨어야 했다. 이른바 기학이었다.

"보소. 눕어만 있으닝께 초진이 센 거라요. 에렵게 됐소잉."

늙은 주모는 못마땅해 했다.

다산은 눈을 감은 채 힘없이 웃었다. 누워라도 있었기 망정이지 그 높은 열을 심장이 어떻게 감당할 수 있었겠는가? 입이 삐뚤어질 만큼 쓴 쓸개 껍질 가루는 학질을 고치지는 못하더라도 구미는 놓치지 않게 할 법도 한데 다산은 거의 곡기를 끊고 있었다.

열에 시달리며 먹지를 못하는 그는 급속도로 쇠약해 갔다. 그러던 어느 날 며칠째 주가에 머물면서 구완을 하고 있던 표서방이 대접에 죽 한 그릇을 담아 들어왔다.

"벨식(별식)이닝게 쪼께 들어 보시지라우."

고소한 냄새가 코를 스친다. 다산은 한 손을 집고 일어나 앉았다.

"수고하네. 고마우이."

"호박씨죽이지라우. 몇 수깔이라도 떠 보시시소. 기운을 채려야 쓰지 않는가비어."

"호박씨죽?"

다산은 표서방의 얼굴을 건너다보았다. 그는 아직껏 호박씨로 쑤는 죽이 있다는 말을 들은 적이 없었다.

"예, 참 꼬시요. 들어 보시오."

표서방은 놋숟갈로 죽을 저어 떠서 조심스럽게 다산의 입에 넣어 주는 것이었다.

처음 먹어 보는 맛이었다. 죽은 고소하고 담백하고 매끄러웠다.

"참 별미로군."

표서방은 얼굴을 주름투성이로 만들며 이 없는 입으로 웃고,

"여식이 음슥 솜씨가 쪼깨 있지라우. 승지 영감마님 드린다꼬 호박씨를 한 개 한 개 깠지라우. 고것을 살짝 볶는디 꼬신 내음이 쓸 만했어라우."

그날부터 다산은 조금씩 입맛을 붙였다. 표서방은 날마다 음식을 날라 왔다. 재료는 별것이 아니었으나 그가 갖다 주는 음식은 언제나 맛깔스럽고 간이 맞고 감칠맛이 났다. 찹쌀풀을 쑤어 양념한 것을 켜켜로 발라 도톰하게 만들어 말린 김자반과 역시 가루로 되직하게 쑨 풀을 섞어 버얼겋게 버무린 정구지(부추김치)로 그의 식욕은 완전히 되살아났다. 학질도 모르는 사이에 떨어졌는지 오후가 되어도 오한이 나지 않고 열도 오르지 않게 되었다.

"거보시소. 인삼 녹용보다 식보가 제일이지라우."

늙은 주모는 자기가 구완한 것도 아닌데 으스댔다.

그 후부터 다산은 표서방 딸이 담근 김치가 아니면 밥을 먹을 수가 없었다. 보리 곱삶밥이라도 그녀가 만든 젓갈이나 김치가 있으면 꿀같이 달았다.

표서방 딸은 스물두 살의 청상이었다. 열세 살 때 보릿고개가 웬수라 나이 많은 가난한 사내에게 던져지다시피 출가를 시켜 몇 년은 그럭저럭 지냈는데, 삼 년을 채워야 스물이 되는 나이에 과부가 된 것이다. 열일곱 애처로운 나이였다.

　찢어지게 가난한 친정은 먹는 입 하나라도 덜어야 할 형편이라 어느 아전집에서 드난살이를 했다. 사또 앞에서는 죽는 시늉을 하지만, 사또란 나팔 불고 육각 잡혀 요란한 행차를 해도 잠시 잠깐 머물다 가는 길손, 닳고 닳은 아전은 세습 평생직이니만큼 고을을 한손에 움켜잡고 농락이 심했다. 사또라 하지만 어수룩한 서울 양반, 자칫 아전의 손에서 노는 경우가 많았다. 교활하고 뻔뻔스럽고 잔인한 아전은 세금 징렴徵斂의 명분을 내세워 유세를 부렸다. 기민飢民이라고 눈꼽만큼도 사정을 보아 주는 일은 없었다.

　어쩌다 아전의 행패를 새어 들은 사또가 모처럼 백성의 괴로움을 풀어 주려고 관가에 불러들여 물어도, 아전에게 허리가 부러지도록 맞았으면서 백성은 자기 실수로 허리를 삐었다고 우기고 벼룩의 간 같은 양식이랑 소까지 다 빼앗겨도 백성들은 졌던 빚을 갚은 것이라고 거짓말을 했다. 사또는 떠나고 나면 그만인데 자손 대대까지 고장에서 관속 노릇할 그들을 건드릴 수는 없지 않은가. 그런 만큼 흉년이 들어 많이 먹으면 부황이 나는 명아주잎조차 말라 백성들은 얼굴이 누렇게 떠도 아전집 살림은 윤이 흘렀다.

눈썰미가 뛰어난 표녀는 그런 집에서 드난을 사는 동안 음식 만드는 것을 배웠다. 입 사치가 대단한 호남 아전집 음식이 귀양살이 20년 가까운 세월에 그들의 행패를 보고 들으며 가장 미워했던 다산의 건강 회복에 도움이 되고 그의 입에 맞는 음식이 되었던 것이다.

곱살하게 생긴 표녀에 주인이 음심을 품은 것은 오히려 당연하였으나, 그 처의 투기는 너무나 지나쳐 견디지 못한 그녀는 붙어 살기 민망한 친정으로 돌아갔는데, 표서방네도 근자에는 입에 거미줄 칠 지경은 아니었다. 다산의 일깨움으로 식구 모두가 황무지를 일구고 메밀 수수 한 포기라도 더 심어 가꾸었다. 닭 치고 돼지 기르고 논두렁 밑을 뒤져 논게, 우렁도 잡았다. 고깃배 마련할 밑천이 없더라도 바닷가 사람들은 낚시 드리우면 소증素症을 모를 만큼 생선도 먹을 수 있었다. 돈 안 들이며 표녀는 끼니마다 식구들의 입을 즐겁게 하였다.

그녀의 눈에 뜨이는 것은 무엇이든지 먹을 것이 되었다. 여북해야 호박씨가 다 기막힌 별미가 되었을까. 콩잎도 깻잎도 그녀는 보드라운 때를 놓치지 않고 따서 된장에 박아 밑반찬을 만들었다. 돌 밑의 돗나물, 애쑥, 냉이, 질경이, 씀바귀, 달래, 비름, 모두가 건건이가 되었다. 논에서 건져 오는 논게도 우렁도 구미를 돋우는 젓갈감이었다. 개펄에서 파내는 조개, 바위에서 따 오는 굴은 말해서 무엇하랴. 아직 애티가 가시지 않은 나이에 그녀는 여인을 포기하고 음식 만드는 데만 골몰했다.

표녀가 강진 주가의 부엌일을 맡게 된 것은 다산이 몸을 추스르기 시작할 무렵부터였다. 척분이 되는 늙은 주모가 나이에 겨운 장사를 하면서 진작부터 마음에 두고 있던 말을 다산을 빙자하여 꺼냈던 것이다.

"고로콤 좋은 솜씨 싸서 개 줄랑가. 서울 양반도 받들고 아짐(아주머니)도 거들어라잉."

그때부터 표녀는 주막에 와서 부엌일을 맡게 되었다. 주막 술국맛이 기차다는 소문이 돌았다. 회복기에 든 다산은 어처구니없게도 삼시 밥 때가 기다려졌다. 저녁이면 거른 일이 없는 반주는 물론, 어쩌다 마시는 낮술도 즐거웠다. 술맛도 안주맛도 뛰어났던 것이다. 평소 주장하는 바와 달리 그는 어느덧 미식가가 되어 있었다.

예부터 수도자는 초근목피로 간신히 목숨만 이었고, 먹기는 먹되 불을 쓰지 않고 생식生食을 했다 한다. 어느 선비는 어느 때 아내가 미식을 대접하였더니 한 입 먹자 놀라 모든 음식에 재를 뿌린 후에야 얼마를 먹고 크게 아내를 꾸짖었다는 말도 있다.

다산의 가치관도 이들과 크게 다르지는 않았다. 입은 화문禍門이 될 수도 있기에 뱉는 말을 삼가는 동시에 넣는 음식도 검소한 조식으로 사치를 삼가야 하는 것이다. 입이 한 번 사치를 알면 오욕五慾이 동시에 동하여 자칫 인격의 기강이 무너진다.

허나 다산은 의학의 조예가 너무나 깊다. 사람은 생체가 바탕이며 생체는 인격이 앞선다는 것을 안다.

다산이 일생을 바친 학문의 근간이 된 것은 수기치인修己治人이다. 그는 수기치인이야말로 요堯, 순舜, 공자孔子의 도일 뿐 아니라 스스로 주장하고 있는 목민지도牧民之道도 수기치인의 인간학人間學임을 밝히고 있다. 이를 그는 '수사학洙泗學'이라고 불렀다.

수사학이란 다산이 처음 말한 것이 아니다. 후세의 훈고주석학訓詁註釋學에 물들지 않은 순수한 공자학을 의미하며, 따라서 이를 원시유교原始儒敎 또는 고학古學이라고 이르기도 한다. 그는 상고적尚古的인 수사학에로 회귀하면서 참신한 현대 사조와도 호흡을 통할 수 있는 측면을 많이 갖추었었다.

움직일 수 없는 유일신적인 상제사상上帝思想의 높이와 깊이, 시정신詩精神의 새로운 방향, 실천궁행實踐躬行의 실학자로서의 굳은 윤리 사상 등등, 깊고 높은 고차高次의 세계에 놀면서 그는 신외무물身外無物이란 얼마큼 이기적이고 저속한 느낌을 주기는 하나 움직일 수 없는 진실을 부인할 수도 없었다.

외로운 유배 생활에서 가난한 민중 속에 묻혀 살면서 그들의 비참을 목도하는 동시에 우매한 그들로부터 그는 많은 것을 배우기도 했다.

집주인인 노파는 오래도 살았거니와 여염에서 늙은 여인이 아니어서 세지世智도 깊고 견해도 넓었다.

어느 여름 저녁 별 하늘 아래 평상에 앉아 한담을 나누던 중 아버지와 어머니의 차이가 화제에 올랐다. 사람은 부모로 인하여 생을 받고 그 양육의 과정에서는 어머니가 더 많이 수고를 하는데, 옛 성인들이 아버지를 더 높이게 법칙을 세운 까닭이 무엇일까 하는 데서 의견이 엇갈렸다.

다산이 말하기를, 어머니의 은혜도 깊기는 하지만 하늘의 으뜸인 탄생되게 하는 근본의 은혜가 더 중요한 탓일 것이라 하니 노파는 서슴없이 그의 말을 부인했다.

늙은 주모는 자기 의견은 다르다면서 나무와 풀을 예를 들어 말하는 것이었다. 아버지는 나무와 풀의 종자이며 어머니는 토양이다. 종자가 땅에 떨어지면 부드러운 흙의 자양분이 그것을 길러 내게 된다. 그러니 그 흙의 공로는 대단히 크다. 그러나 밤의 종자는 밤나무 되고 벼의 종자는 벼가 된다. 그 몸 전체가 성장하는 것은 모두 땅기운의 힘을 입는 것이지만 끝내 가서는 나무나 풀의 종류는 본래의 씨를 따라서 나뉘게 되니, 옛 성인들이 그렇게 법칙 지어 놓았을 것이다.

노파의 이 말에 다산은 감탄했다. 그는 이제껏 그렇게 서슴없이 자기 의견을 시원스럽게 명확하게 말하는 사람을 보지 못했다. 슬슬 돌려 말하지 않으면 수다스럽게 지식을 은근히 자랑하며 오히려 초점을 흐려 놓거나 아니면 어려워서 숫제 말을 못하지 않으면 가시 돋친 악의로 반대를 위한 반대를 하였었다. 그는 무지한 민중이 사물의 핵심을 포착하는 정확성과 지혜에 새삼 놀라움을 금치 못했다. 흑산도에서 귀양살이를 하고 있는 그리운 둘째형 약전에게 보내는 글월에도 그는 이 사연을 적지 않을 수가 없었다.

저는 이러한 말을 듣고 문득 황연히 깨달은 바가 있었고 송구스럽게 공경하는 마음이 일어나게 되었습니다. 온 세상에 지극히 정밀하고 지극히 오묘한 진리를 이러한 술, 밥이나 파는 노파가 알아차릴 수 있게 해 줄 줄이야 누가 알기나 했었겠습니까? 기특하고 기특한 일이기도 합니다.

朴錫武 역

비슷한 느낌을 그는 표녀의 음식 솜씨에서도 갖게 되었다. 간소하고 험한 악식惡食은 정신을 살찌우는 것이고 사치를 물리치고 검儉을 실천하는 것이라고 일반이 믿어 왔듯이 글월을 통하여 자제들을 가르치고 있기는 했으나 표녀의 생활 태도를 보면 머리를 슬쩍 스치는 것이 없지도 않았다. 표녀가 끼마다 정성껏 마련해 주는 맛있는 음식은 늙은 주모의 말대로 '인삼 녹용 못지않은 식보食補'가 되어 그의 건강은 완전히 회복되지 않았던가. 고치는 게 명의名醫요, 들으면 선약仙藥이란 말이 들어맞은 것이다.

흔히 조식은 검儉을 실천하기 위한 것이라 하지만 표녀가 장만하는 맛깔스러운 음식이야말로 '검'에서 이루어진 것이 많았다. 극빈 속에서 자란 그녀는 아끼고 싶어도 아낄 것이 없는 처지에서 살기 위한 지혜를 터득한 것인지도 모른다. 그녀는 염분鹽分마저도 바다에서 보충시켰다.

아무리 초라해도 술집은 먹는 장사집이다. 쓰레기도 많이 나오고 버릴 것도 많이 나온다. 알뜰한 표녀는 검의 극을 살았다. 누구나가 버리게 마련인 갈치 내장도 그녀의 손을 거치면, 한번 맛본 사람이면 잊을 리 없는 젓갈이 되었다. 돼지 뜨물에도 넣을 수 없는 생선 지느러미라든가 굵은 가시도 채반에 널어 말려 튀기면 훌륭한 진미의 안주가 되는 것이었다. 며칠 걸러 담는 김치의 맛도 기막혔지만 그녀는 김치거리의 뜬잎 하나 버리지 않았다. 짚으로 엮어 그늘에서 말려 그것이 소문난 술국의 건더기가 되었다. 따라서 그녀가 마련하는 음식은 검과 근勤, 그리고 무용無用한 것을 유용하게 이용하는 재간이 합친 것이었다.

다산은 고향인 마재를 떠올렸다. 여름이면 배추, 무 구경을 못하고 김장 때 짜게 절여 둔 짠 무김치가 주된 건건이 행세를

했었다. 실학자답게 열매 나무, 채소 가꾸기에 힘쓰게도 했지
만 결국 남에게 시키는 일이었다. 검소한 밥상은 근과 검의 결
핍과 정성과 슬기의 모자람이 아니었던가.

그는 아들들에게 보내는 편지 끝머리에 귓속말처럼 적지 않
고서는 배길 수가 없었다.

> 큰 흉년이 들어 백성 중에 굶어 죽는 사람들이 많아져 이들 중
> 하늘을 원망하는 사람도 있는데 내가 보는 관점으로는 굶어 죽
> 는 사람은 거의가 게으른 사람이 많더구나. 하늘은 게으른 사
> 람을 싫어하는 거여서 코를 베어서라도 죽이는 거다.

물론 이것은 가난의 근본 원인은 당시의 제도와 오리汚吏들
의 가렴주구에 있다고 준열하게 통박한 그의 주장과는 어긋나
는 말이었다.

표녀는 먹새에만 정성을 쓴 것이 아니다. 동문 밖 주막집에
는 언제나 물이 담긴 물자배기가 둘 있었다. 두 개 모두에 막대
기를 걸쳐 놓은 것은 같으나 시루를 얹어 어두운 곳에 둔 것에
서는 콩나물을 기르고 삼베 보자기를 덮어 놓은 것에서는 뽕나
무를 태운 재를 받쳐 걸러 잿물을 만들었다. 그녀는 그 잿물로
다산의 옷가지를 눈같이 빨았다.

그렇게 얼마를 지나는 동안 그들은 물이 물에 섞여지듯 자연

스럽게 맺어졌다. 표녀 나이 스물두 살, 큰아들 학연과 동갑이었다. 이듬해 아암의 주선으로 다산이 고성사 보은산방으로 옮기게 되어도 표녀는 주막에서 부엌일을 하였다. 여인이 가기에는 죄스러운 절이었기 때문이리라. 그러나 그녀는 여전히 다산의 음식과 의복 수발을 정성껏 들었다. 그들이 함께 지내게 된 것은 다산이 귤동에 자리를 잡은 후부터였다. 한 방에서 거처한 것이 아니고 동암 뒤 빈터가 명당임을 풍수에 밝은 다산이 일러 주어 주인 윤씨가 지은 집 한 칸에서 그녀는 조용히 기거하였다.

이듬해에는 딸아이가 태어났다. 돌이 지난 손자 대림大林의 조부되는 몸이 부끄럽게 늦게 얻은 측은한 딸이었다.

2

다산은 하상을 갈대밭까지 배웅하였다. 그는 그 자리에 선 채 조카의 뒷모습이 모퉁이를 돌 때까지 서 있었다. 다섯 살 난 딸 홍님이 앙증맞게 따라왔다가 두어 발자국 뒤에서 걸음을 멈추었다. 고개를 갸웃하고 아버지의 눈길이 간 곳을 바라보다가 뿌리를 내린 듯 서 있는 아버지를 올려다본다. 어린 눈에도 그의 표정은 여느 때와 다르다. 또렷이 쌍꺼풀진 큰 눈이 동그래졌다. 아버지가 그 길게 찢어진 큰 눈을 몇 번이고 껌벅거렸던 것이다. 처음 보는 일이라 어린 마음에도 언짢은 생각이 들었던지 그녀는 조심조심 아버지의 손을 만졌다. 그런 일은 좀처럼 없는 일이다. 언제나 어렵고 무서운 아버지다. 엄마가 곁에 가서 괴롭혀 드려서는 안 된다고 단속을 하여 부르기 전에는 곁에 간 일도 없다. 그런데다가 아버지는 좀처럼 그녀를 부르지를 않았다. 아버지가 홍님이란 이름을 잘 부르지 않듯이 그녀도 그를 '아버지'라고 부르지 않았다. 엄마가 그러듯 '선상님'이라고 부른다. 그러면 아버지의 얼굴에는 측은해 하는 빛이 떠오르는 것이었다.

하여 지금같이 그녀가 아버지의 몸에 손을 댄 일은 없다. 처음 만져 보는 아버지의 손은 크고 손가락에는 붓못이 박혀 있다. 그녀는 붓못이 박힌 그 손가락을 쥐어 보았다. 손가락은 쬐끄만 손아귀에 가득 찼다. 쥔 손에 힘을 주었다. 그러자 정신이 돌아온 듯 아버지는

"오, 홍님이로구나. 잘 있었니?"

하고 어린 딸을 안아 올렸다.

홍님은 금세 울음을 터뜨릴 것같이 겁에 질린다.

"어마아, 어마아."

비명처럼 엄마를 불렀다. 몸을 비비대고 빠져나가려는 아이를 다산은 꼼짝 못하게 힘을 주어 품어 안았다. 작은 몸은 슬프

도록 가녀렸으나 몽실하고 따뜻하다. 다산의 가슴에 애틋함이 절절히 솟아났다. 악을 쓰고 저항하던 아이는 단념하듯 조용해지더니 갑자기 미친 듯이 아버지의 목을 끌어안고 느껴 울면서 죽어도 놓치지 않겠다는 듯이 가는 두 팔로 조여대는 것이었다.

마을 아이들하고도 잘 사귀지 않는 홍님은 엄마가 얼씬도 못하게 하는 아버지 거처를 엄마 몰래 곧잘 맴돌았었다. 어느 날 아침이었다. 표녀가 소리를 죽이며 아이를 나무라고 있는 것이 들렸다.

"이 철없는 것아, 우찌 어마 말을 못 알아듣는당가. 선상님은 너무나 훌륭한 분이여. 그러닝께로 늬가 남의 눈에 짤랑거리믄 쓰것냐?"

다산은 가슴이 찌잉해 오는 것을 어찌할 수 없었다. 표녀의 마음이 측은하고 애절하고 죄스러웠다. 유배인이 배소에서 여인을 가까이 하는 것은 예삿일이다. 불편하고 외로운 생활은 여인의 손을 필요로 한다. 어쨌건 남자와 여자, 유배지에서는 잠영대가簪纓大家의 낙윤落胤들이 얼마든지 있게 마련이었다. 그런데 이 여인은 자기에게 티끌만 한 험도 없게 하기 위하여 치부恥部 같은 아이를 남의 눈에서 가리려 하고 있는 것이다.

그러면서 그녀는 아이를 너무나 예쁘게 가꾸었다. 아직 어린 아이의 살쩍까지 곱게 밀어 아직은 숱이 넉넉지 못한 머리로 반듯반듯 바둑판으로 종종 머리를 땋고 머리끝마다를 빨간 끈으로 묶었다. 꼭두서니 물을 들인 다홍치마에 색동저고리 입은 모습은 앙증맞고 귀엽고 한촌에서 그런 아이는 요사스럽게 보이기조차 했다.

어쩌다 다산은 홍님이를 찾았다.

"요즘은 통 보이지 않는데 웬일이지?"

그러면 표녀는 목뒤까지 붉어지며 말없이 눈을 내리까는 것이었다.

하루는 인형 같은 홍님이를 길가에서 보고 안아 데리고 온 일이 있다. 아이는 언제나와 같이 곱게 가꾸어져 있었다. 명절날처럼 차리고 있는 모습을 보면서 다산은 언젠가도 그런 동녀를 보았던 생각이 나는 것이었다. 그렇다. 그리운 마재의 단옷날이었다. 그 애도 지금의 홍님이 또래였지. 섶 아래가 겨우 한 치밖에 되지 않는 깜찍한 연두 회장저고리에 진분홍 치마를 잘잘 끌게 입고 창포 냄새가 향기로운 머리에는 창포잎을 꽂고 있었다.

얼굴에는 분도 바르고 연지도 찍고, 그리고 앞이마에서 똑바로 탄 가르마에는 정수리까지 분실을 놓아 청결하고 단정하게 보였던 생각이 난다. 어린것이 절 연습을 한다고 귀엽게 재롱을 부렸었는데 녹신녹신한 몸이 어쩌면 고렇게도 깜찍하게 단정하게 곱게 법도에 맞게 절을 했을까. 정말 나비같이 날아가듯 절을 했었지. 윤씨가에 출가를 시켰지만 유락의 아비는 화관 족두리 원삼 입은 모습도 보지 못했었다.

　출가는 했다 해도 아직 이십 전의 어린 몸, 아비의 죄의 여파에 시달리지나 않는지. 그는 뜨거워 오는 눈시울을 느끼며 입 속으로 그리움을 읊고 있었다.

　　－憶幼女－

　　幼女端陽日　新粧洗玉膚

　　裾裁紅苧布　髻揷綠菖蒲

　　習拜徵端妙　傳觴示悅愉

　　如今懸艾夕　誰弄掌中珠

　어린 딸 단옷날에

　새 단장하고

　붉은 모시 말라서 치마 해 입고

　머리엔 푸른 창포 꽂고 있었지

　절하는 연습에 단정함 엿보이고

　술잔을 올리면서 기쁜 표정 지었는데

　오늘 같은 현애석(단옷날) 저녁에

　그 누가 있어

손 안의 구슬을

어루만져 줄 것인가

눈시울도 가슴도 뜨거워 와서 그는 눈을 감았다. 운명도 세상도 자기에게는 모질게만 대하는 것 같았다.

십오 세에 장가들어 아들 여섯 딸 셋, 생산은 푸짐하게 했지만 딸 하나 아들 셋, 눈앞에서 참척慘慽을 당해야 했다. 한 아이만은 생후 열흘을 못 넘겨 얼굴조차 기억에 없지만 세 아이는 모두 재롱이 한창이던 세 살에 아프게 보냈던 것이다. 구곡간장이 녹는 심정은 사람의 말만 가지고는 표현할 길이 없다.

겨우겨우 아들 삼형제, 고명딸 보전하였는데 유배 왔던 이듬해 겨울 그는 또 막내 농아農兒의 죽음을 전해 들었다.

재롱둥이 세 살짜리 막내아들을 마지막 본 것은 기약 없는 귀양길을 떠나던 날이었다. 모질었던 추위도 가셔 가더니 삼월이 이틀밖에 안 남았는데 이날은 가랑비가 뿌리고 산바람도 불어와 스산하였다. 이틀 전에는 셋째형이 참수되고 배교하여 겨우 건진 부끄러운 목숨이 유배를 가는데 한강을 건너 얼마를 가니 한 무리의 사람들이 통곡을 터뜨리며 달려오는 것이었다. 두 아들이 섞인 집안의 부녀들이었다.

학연, 학유 두 아들이 젖은 땅에 엎드려 절하고 통곡을 했다.

숙모, 당숙모, 고모, 형수들이 그를 에워싸고 목놓아 운다. 하인들도 주먹으로 굵은 눈물을 씻고 있다. 다산은 감은 눈을 뜨지 않았다.

"여보게, 영감 떠나시는데 뭘 하구 있나. 어서 놓아 얼굴두 뵈어 드리구."

큰형수의 음성이었다. 다산은 눈을 떴다. 모든 사람이 자기를 에워싸고 있는데 단 한 사람만이 아이를 안고 홀로 떨어져서 있다. 장옷으로 얼굴을 가리고 있으나 아내가 분명하다. 어머니 품의 귀여운 농아는 변할 대로 변한 모습의 아비를 못 알아보다가 이상한 그 모습의 사람이 아버지인 것을 알자 두 손을 팔딱거리며 반가워하고 그쪽으로 달려가려고 몸부림쳤다. 송곳으로 후빈들 그처럼 아팠을까. 뜨거운 불덩이가 목까지 북받쳐 올라오는 것을 그는 강작强作으로 참았다.

아이들이 권하고 친척 여인들이 나무라다시피 해도 아내는 끝내 그의 곁에 오지도 않고 통곡도 하지 않았다. 막내만은 학연에게 건네어 아버지의 품에 안기게 했다.

그러나 그는 보았다. 어디서 얻었는지 사가士家의 부녀는 쓰지 않는 장옷을 서투르게 쓴 어깨가 눈에 보이도록 떨리고 반쯤 보인 얼굴을 덮은 그 가슴 아픈 잡티를─그리고 여인의 시름과 슬픔은 얼굴에 잡티로 나타나는 것을 그는 알고 있었다.

사가의 법도와 범절이 무서워 상부喪夫한 미망인이 울지 못하듯 그녀도 그럴 수밖에 없었으리라. 다산은 오히려 호송관과 하인들을 채근하여 길을 서둘렀던 것이다.

들과 내를 건너면서 그는 비로소 눈물을 흘렸다. 한스런 이별의 그 마을은 사평沙坪이라고 부른다던가. "顔色雖壯厲 中心寧獨殊(안색은 꿋꿋하고 늠름하지만 마음속은 차라리 더하였다네)." 다산은 이별의 아픔을 솔직하게 울며 읊었다.

그때가 마지막이었다. 가엾은 농아! 영이별인 줄 너는 그때 벌써 알았나 보다. 그렇게도 떨어지지 않으려고 몸부림쳤었지.

세살문이 조심스럽게 열렸다. 얼굴빛이 달라져 있던 표녀의 얼굴이 방 안에 앉아 있는 홍남이를 보자 금세 밝아지며 혼잣말처럼 뇌인다.

"여게 있는 것도 어마는 모르고—."

아이가 없어진 줄 알고 찾았던 것이 분명했다. 표녀는 송구해 했다.

"제송하지라우. 잠시 살피지 못했어라우."

"내가 안고 들어왔다."

다산이 말했으나 표녀는 어린것에게

"선상님한테 절 올리고 나가재"

하고 채근을 했다.

어린것은 순순히 일어나 아버지 앞에 바로 서더니 손바닥이 보이도록 양손을 벌리고 절을 하면서 어색한 경사로

"선상님, 펜히 게십시요"
하는 것이었다.

다산은 측은한 모녀를 붙들지는 않았다. 제자들이 강을 받으러 올 시간이기도 했다. 그러나 곱게 단장하면서 양손을 쩍 벌린 촌스러운 절을 하던 어린 딸의 애련한 모습과 그 어미의 송구해 하던 얼굴은 가슴에서 지워지지 않았다.

아량이 없고 덕이 부족하다고 생각해 왔던 마재의 떳떳한 아내는 법도法度라는 질곡을 차라리 의지로 하여 그 기막힌 이별에서 쏟아져 내려오는 피눈물을 삼킬 수도 있었겠지만 법도 없이 자란 이 한촌의 여인은 무엇 때문에 그다지도 자기를 희생하며 삼가는 것인가. 무지에선가, 두려움 때문인가? 천성을 그렇게 타고난 것인가, 아니면 사랑하는 까닭인가?

그러나 '上者天也 下者民也(위에는 하늘이 있고 아래로는 민이 있을 뿐이다)' '其人之爲士 爲庶天所不問(하늘은 사람이 사대부士大夫인가 아닌가를 묻지 않는다)'라고 하면서 강렬하게 인간의 평등을 주장하고 적서嫡庶의 차별을 극력 반대하면서 본실의 몸에서 낳지 않았다 하여 애처로운 딸이 '선상님'이라고 부르는 것을 그는 고쳐 주려 하지 않았다.

아암의 초종과 그 후의 허탈로 며칠을 강을 쉰 다산은 오랜만에 경상 앞에 앉았다. 경상 위는 언제나와 같이 청결하게 치워져 있었다. 곁에 놓은 연상硯床을 당겨 연적을 집었다. 연적에도 언제나와 같이 물이 들어 있다.

다산은 미소했다. 스승이 어떠한 상태에 있어도 자기 소임에 정성을 다하는 종심이 기특했다. 그런 일들은 모두 그가 맡아 하는 일이었던 것이다.

가을의 약한 햇살이 연상 가까이까지 뻗어 있다. 여름 동안 물러갔던 햇살이다. 그 햇살 속에 못 보던 것이 눈에 띄었다. 다산은 그것을 주워 올렸다. 그것은 하상이 두고 간 안경집이었다.

까만 공단에 수를 놓고 가장자리를 자주실로 샀뜬 안경집이다. 안경을 넣을 수 있도록 한쪽을 열리게 했는데 안감이 자주색이다. 허리에 찰 수 있게 굵게 끈을 꼬아 갈라 놓은 아가리 양쪽에 달았다. 끈도 자주색이다. 명주실에 물을 일부러 들인 모양이었다. 수가 없더라도 그것만으로 점잖으면서 화사하고 아름다웠으리라.

그런데 수가 좀 색다르다. 처녀들이 놓은 수라면 대개가 베갯모, 수저집, 귀주머니, 염낭 주머니, 색보 끈 마구리, 수 방석 따위고, 매, 난, 국, 죽, 사군자에 십장생, 아홉 마리 새끼를 거느린 원앙, 그리고 나비가 노니는 모란꽃 등이 도안이 된다.

안경집 수는 너무나 다르다. 여지껏 보지 못한 도안이다. 바탕도 대개의 경우 홍인데 까망이고, 수는 도안도 놓은 방법도 특수하다. 도안은 복잡한 당초에 여러 송이의 잔 해당화꽃이

기이하게 엉킨 것이다. 꽃이라면 빨강 노랑 남빛이게 마련인데 자주를 기조로 하여 회색 흰색, 그리고 까만색도 섞였다. 섬세하고 호화로우면서 말할 수 없는 기품을 지녔다.

'열다섯 살이라 했겠다. 흠, 보통 솜씨가 아냐.'

다산은 감탄했다. 열다섯밖에 되지 않은 소녀가 이렇게 격조 높은 수를 놓을 수 있을까, 들여다보고 있다가 그는 전에도 그런 도안을 보았던 것 같은 생각이 났다.

'어디서 보았을까?'

기억을 더듬다가 섬뜩해졌다. 그것은 언젠가 주문모 신부가 읽고 있던 라전어 기도서의 겉장에 새겨졌던 것과 흡사했던 것이다. 그러나 그는 그 안경집을 버리지 않았다. 돋보기를 넣어 허리끈에 달았다.

열다섯이면 신유년 그해에는 다섯 살이었을 것이었다. 집안에 무슨 일이 일어났는지 그저 어리둥절만 하고 있었으리라. 어쨌건 친삼촌이면서 질녀의 모습이 전연 생각나지 않는다는 것은 부끄러운 일이다.

'내가 너무 무심했었다.'

다산은 안경집을 만지작거리다가 입속에서 뇌었다. 순간 이때껏 한 번도 생각이 미친 일이 없었던 상념이 머리에 떠오르는 것을 느꼈다.

'나는 몹쓸 아우다!'

새삼 아연하여 그는 벌떡 일어났다. 정말로 큰 충격이었다. 그는 일어섰던 그 자리에 선 채 움직일 수가 없었다.

　　언제나 항상 우애友愛를 강조해 온 그는 자신의 우애의 깊음을 의심한 일이 한 번도 없었다. 사실 큰형, 특히 둘째형 약전에 대한 그의 우애는 너무나 극진했다. 자존도 이만저만이 아닌 그였으나 선중씨先仲氏는 진심으로 존경하고 사랑하여 "나의 덕과 학문은 선중씨를 도저히 따라갈 수가 없다" 하기도 하고 하루는 정조가 형제를 탑전에 앉히고 "아우는 재才에 있어 형에 승勝할지 모르나 덕德에 있어 크게 뒤진다"고 했다는 말을 겸허하게 남기고 있다.

　　그가 흑산도에서 자기보다 더 외로운 유배 생활을 하고 있는 둘째형에게 보낸 편지는 가슴을 치는 절절함으로 점철되어 있다. 그 깊고 높은 학문과 경륜을 가지고도 그는 형 앞에 꿇어앉아 가르침을 받는 겸허를 끝내 지녔었다. 자신도 타인도 그의 우애를 어찌 의심하였으랴.

　　그러나 셋째형 약종에 대한 태도에는 너무나 석연치 않은 점이 많다. 자찬 묘지명이야 그의 자서전이지만 정헌貞軒 이가환을 비롯하여 그는 헤아릴 수 없을 만큼 많은 묘지명을 썼었다. 심지어는 열일곱에 요절한 조카, 약전의 아들 학초學樵와 자기보다 앞서간 며느리의 묘지명까지 쓴 다산이다. 그러면서 약종을 위하여는 묘지명은 고사하고 단 한마디의 언급이 없다. 왜

였을까? 성격의 차 때문이었을까? 왠지 싫고 맞지 않아서였을까? 경쟁의식 때문이었을까? 아니면 사교도로 참수당한 자와 연루되기를 꺼려서였을까?

어느 것이 이유가 되었다 하더라도 자나깨나 가난하고 힘없는 불쌍한 민중의 형제로서 그들을 위해 무엇을 해야 하나 하고 심혈을 쏟았던 사람이 취할 태도가 아니다.

지금 다산은 거기에 생각이 미친 것이다. 그토록 무심하고 무정한 숙부에게 보였던 하상의 그 순수하고 절절한 애모의 정과 티끌만 한 원한도 보이지 않고 복종하고 따르려 했던 기특함, 그리고 안부 한 번 전한 일이 없는 냉담한 숙부를 위하여 한 올의 수실, 한 땀의 바늘 놀림에도 정성을 다했을 조카딸의 모습이 떠올라 눈시울이 뜨거워 오는 것이었다.

한참을 한자리에 못박힌 듯 서 있던 다산은 허물어지듯 그 자리에 앉았다. 언제나 너무 깊이 너무 많이 생각하는 버릇으로 그는 생각에 잠겼다.

그는 종래의 윤리 원칙인 삼강오륜을 부정한 사람이다. 삼강, 즉 충忠, 효孝, 열烈은 어디까지나 수직종속垂直從屬의 윤리다. 당시의 지배층 유자儒者들은 그 지배 체제 유지만을 위하여 무조건의 충효 관념을 주장했으나 이에 대치하여 다산은 효孝, 제悌, 자慈를 윤리의 근간으로 하고자 했다. 효하면 충도 하는 것이다. 그가 새로이 주장한 것은 제悌 개념이다. 제야말로 인간이 지닌 인간이기 위한 수평水平 윤리 개념이며 인간관계의 원활한 화해를 위한 사회적 결속의 원리라고 그는 주장했던 것이다. 자는 목민자牧民慈로서 애민愛民의 정신을 말한다.

그는 이 새로운 윤리 개념을 일찍부터 세웠다. 정사년 질시와 모함 속에서 시달리던 다산은 정조의 깊은 배려로 곡산군수로 임명되어 2년 가까이 고을을 다스린 일이 있다. 삼십육 세의 장년이었다.

2년 전인 을묘년에 역시 임금의 배려로 금정 찰방으로 좌천되었을 때도 목제木齊 이삼환李森煥을 모셔다가 근린 명문 자제들을 모아 온양 석암사石巖寺에서 함께 공부를 했었다. 이때는 공청도(公淸道=지금의 충청도) 지방에 많은 천주교도들을 교화하여 유교로 도로 이끌어 들이려는 의도가 있었지만 그는 어디까지나 학자였다.

곡산 재임 중 평소의 소신대로 정성을 다하여 목민에 힘쓰는 한편 그는 곡산의 향교 유생들을 지도도 하였다. 이때 그는 특히 효제孝悌의 실천 요강을 그다운 실천 논리로 명쾌하게 분석하여 부모에 대한 효도와 형제 간에 우애를 강조했다. 이때의 유시 내용은 그의 『여유당 전서』 잡문雜文편에 수록되어 있다.

이미 십여 년의 세월이 흐른 뒤였지만 다산은 그때의 자기가 쓴 글을 회상하고 있었다.

그의 무서운 기억력은 그의 머리 안에서 그 글의 세부까지도 누락시키지 않고 있었다.

　　형제란 나와 부모를 함께하고 있으니 이 또한 나일 뿐이다. 형
　　은 나보다 먼저 나온 사람이고 아우는 나보다 뒤에 나온 사람
　　이다. 얼굴 모습이나 치아가 다소 약간 다르지만 참으로 구분
　　하여 두 사람으로 여기고는 서로 우애하지 않는다면 이것은
　　내가 나를 멀리함이다. 어찌 미혹한 짓이 아니랴.
　　나무 한 그루가 여기에 있다고 하자. 가지 하나는 번성하게 자
　　라서 꽃이 무성하게 되었지만 다른 가지 하나는 시들은 듯 말
　　라빠져 고목이 되었다면 안타깝게 탄식하며 애석하게 여기지
　　않을 사람이 없을 것이다.

　다산은 자존自尊의 사람이다. 자찬 묘지명의 글 뒤에서는 숨
겨진 자만自慢의 소리조차 엿들을 수가 있다. 그러나 지금 홀로
외로운 초옥에서 그는 자괴自愧에 잠긴다. 실로 새벽녘의 그 악
몽은 그의 자괴가 자아낸 독백獨白이 아니었던가.
　밖에서 인기척이 났다.
　"선생님."
　종심이었다. 그는 하상을 읍까지 배웅하고 돌아왔던 것이다.
　"그래 하상은 잘 떠났느냐?"
　다산이 물었다. 종심이 쾌활하게

"지금쯤은 아마 사십 리쯤은 길을 줄였을 것입니다."

다산은 일어서서 세살 쌍닫이문 한쪽을 열었다. 갈매기 바람이 얼굴을 차게 스친다. 가을은 이제 깊을 대로 깊었다. 그래도 종심의 얼굴은 홍조되어 있고 싱그럽다.

"다리가 긴 데다가 어찌나 빨리 걷는지 전 줄곧 뛰어야 했습니다."

"공연히 배웅을 시켰구나."

"아니올시다. 정말 즐거웠습니다. 참 좋은 친구예요. 헤어지는 것이 서로 아쉬웠어요."

사랑하는 제자가 천한 차림의 조카를 그렇게 말하는 것이 싫지 않았다. 그러나 이제 학문의 틀이 잡혀 가는 이 제자에게 일자무식이라던 하상은 무슨 말을 하였을까. 타고난 품위와 의연함으로 망발은 하지 않았겠지만 어딘가 찜찜하다. 그러면서도 다산은 그를 슬하에 두고 가르칠 마음은 없었다.

"수고했다. 가 쉬어라."

"네."

공손히 대답하면서 종심은 머뭇거렸다. 오늘도 강을 쉴 것인가 알고 싶은 눈치다.

"미시未時부터 시작하겠다."

짧게 말하고 다산은 문을 닫았다.

그 무렵 하상은 종심의 말대로 그 빠른 걸음으로 나주를 지나고 있었다. 넓은 나주벌은 휘언히 보이면서 가도 가도 끝이 없었다. 남국의 가을은 길어 거둬들인 볏단이 논두렁, 논바닥 할 것 없이 대견스럽게 쌓인 곳이 있는가 하면 아직 추수가 끝나지 않은 데도 있고 파, 갓, 배추, 무 등의 가을 채소의 녹색이 싱그럽다.

춥도 덥도 않은 좋은 계절을 하상은 흐뭇한 마음으로 걸었다. 축지법을 쓰나 할 정도로 빠른 걸음이었지만 날아야 하는 처지였다. 프란치스꼬님은 권진사님을 만나셨을까. 권진사님은 약조를 지키셨을까. 작정했던 일은 모두 순조롭게 되어 가고 있을까.

굴동을 떠난 후 잠시도 다리를 쉬지 않고 걸으며 그의 손은 가끔 저고리 깃을 눌러 본다. 거칠은 무명의 저고리 깃은 안깃 때문에 빳빳하기 마련이지만 그의 손이 느끼는 그 빳빳한 질감은 든든하고 흐뭇하기만 하다.

'넷째아버진 역시 깊은 분이셔.'

마음으로 뇌이고 눈 안이 뜨거워지는 것이었다.

아침상이 나간 후 하상은 숙부에게 착잡한 인사를 올렸었다. 냉엄한 것 같으면서 어쩔 수 없이 혈육의 정을 억제하지 못했던 숙부가 그는 고마웠다. 그러나 소임을 못하고 돌아가야 하는 아쉬움이 마음을 어둡게 한다.

공손히 절을 하고 고개를 드는데 숙부가 무엇인가를 백지에 싸서 그의 앞에 밀어 주었던 것이다.

"조심해 가거라. 약소하나 노자에 쓰도록 해라. 한양길은 머느니라."

말을 끊었다가 덧붙였다.

"아예 연행燕行길에 보텔 생각을 해선 못쓴다. 그만큼 넉넉허지두 못해."

눈물이 나오려는 것을 간신히 참고 그는 그 백지에 싼 것을 두 손으로 받들고 머리 높이까지 올렸던 것이다. 다산은 아무 말 없이 한참을 앉아 있다가 결심한 듯 손을 품속에 넣어 무엇인가를 꺼냈다. 두 치 남짓한 너비로 몇 겹을 꺾어 접은 종이였다. 하상의 얼굴은 확 달았다. 지난밤 삼경이 지나 일어나 어둠 속에서 조심스럽게 안깃을 따고 꺼내 숙부의 머리맡에 놓은 로마 교황께 보내는 교우들의 편지초였던 것이다.

천주학은 애초 당대의 쟁쟁한 학자들에 의해 받아들여진 것이었으나 모진 교난으로 학덕 높은 신자들은 장렬하게 순교하지 않으면 유배당하여 이제 편지 한 장 자신 있게 쓸 수 있는 사람이 드물었다. 하물며 이 편지는 높으신 교화황敎化皇님의 마음을 움직일 수 있게 써야 하는 것이다. 김 프란치스꼬, 권계인, 이여진 등은 이마를 맞대고 있는 대로의 지식과 재간을 모아 정성껏 두 장의 서한을 작성했다. 한 장은 북경에 있는 주교에게 보내는 것이고 다른 한 장은 로마 교황에게 직접 보내는 것이었다.

쓰기는 했으나 자신이 없다. 궁리 끝에 그들은 의견의 일치를 보았다. 다산에게 간청해 보자! 그는 몇 차례나 배교를 했지만 결코 진심에서 그랬던 것은 아닐 것이다. 그는 아직도 교우일 것이다. 생존해 있는 유일의 대학자인 그에게 매어달려 보자!

그러나 그는 냉랭하고 무정했다. 하상은 절망적인 요행을 바라며 부질없을지도 모르는 일을 했던 것이다.

잠든 줄 알았던 다산이 일어나 등잔에 불을 당긴 것은 하상이 극도의 긴장으로 지칠 대로 지쳐 오히려 혼혼하게 잠에 빠져 들어가고 있을 무렵이었다.

소피라도 보러 가나 했는데 그는 머리맡의 서간을 집어 경상 위에 펴 놓았다. 하상은 잠이 한꺼번에 달아났다. 꼼짝도 않고 잠든 시늉을 하고 있는데 다산이 조용히 먹을 갈기 시작했다. 이윽고 종이 위를 달리는 붓의 소리가 들렸다. 하상의 가슴은 터질 것만 같았다.

새벽에야 잠깐 눈을 붙였지만 하상은 언제나처럼 몸이 개운했다. 그는 짧은 시간에도 깊은 잠을 자고 피로를 풀 수 있는 비상한 체력과 건강을 지니고 있었다. 눈이 뜨이자 그는 조심스럽게 일어나 머리맡을 살폈다. 그러나 숙부의 머리맡에도 자기 머리맡에도 경상 위에도 찾는 것은 보이지 않았다.

하상은 숙부 쪽으로 눈길을 던졌다. 숙부는 깊은 잠에 빠져 있었다. 가위가 누르는지 간간이 괴로운 소리로 신음을 한다. 하상은 가만히 문을 열고 밖으로 나갔다. 어려운 어른을 한 방에서 모시고 자는 조심에서 오는 긴장은 풀렸으나 새벽까지 계속되었던 그 숨막혔던 긴장에서는 아직 풀려나지 못하고 있었다.

어디에선가 표녀가 나타나 조용히 눈짓을 했다. 따라가 본데가 약천이었다. 그는 양치하고 세수하고 물을 발라 손으로 머리를 쓸어 올렸다. 훤언한 얼굴은 그것만으로도 잘 자란 배추를 씻어 놓은 것같이 신선했다.

"선생님 기침하셨나요?"

음성부터 들리고 나무 그늘에서 종심이 나타났다. 아침부터 단정하게 의관을 갖추고 있다. 아직 주무시고 계신다고 하니까

"아직도 깨끗하지 못하신 모양이죠"

하고 근심스럽게 눈썹을 모은다.

아암의 죽음 이래 줄곧 정신을 못 차리고 있는 스승이 그는 안타깝다. 가볍게 한숨을 쉬고 고개를 옆으로 돌렸다.

다산이 일어난 것을 둘은 모르고 있었다. 젊은 두 사람은 이내 친해졌다. 얌전하고 조신한 종심도 열아홉 나이답게 소년으로 돌아가 있었다. 그는 스승이 너무나 자랑스럽다. 그런 사람을 스승으로 모실 수 있는 것이 너무나 영광스럽고 기쁘다. 그

는 스승 자랑을 하면서 잠깐 하상이 스승의 친조카라는 것을 잊었다. 사실 혈육인 하상보다 그는 더 스승의 사랑을 받고 있었고 그의 여러 가지 면모를 알고 있었다.

"이 초당 자리는 옛날엔 호굴虎窟이었다네. 허지만 선생님의 비력臂力이 얼마나 비상하신가. 금수두 영웅호걸은 알아보거든. 더구나 호랑이는 신령스러운 짐승이 아닌가. 선생님이 여기 자리를 잡으신 후론 호환虎患이 없어졌다네."

"그건 나도 알구 있어요. 언젠가 마재 넷째 댁에 도둑이 들었대. 넷째아버지는 얼마나 곧은 분이셔. 도둑이 괘씸하셨지. 사랑문을 활짝 여시구 지팽이루 문지방을 두들기시며 호령호령하셨대요. 넷째아버지 지팽이는 쇠루 만든 것으로 예사 사람은 들지두 못하는 거라오. 그게 휘어졌다는 거야. 그런데 아랫사람이 번갈아 그 지팽이를 바루 허려 해두 끄떡두 않았다는 거예요. 결국 당신이 펴셨는데 조금두 어려워하시지 않으시더라나. 석이 할아범이 그 자리에 있었대요."

두 소년은 다 어깨가 으쓱해지는 것이었다. 종심이 갑자기
"쉿, 선생님이 기침하셨는가 보네"
하고 방 앞으로 가서 방 안 기척을 살폈다.

다산은 이미 곁문으로 나간 뒤였다.

종심이 방으로 들어갔다. 하상이 뒤를 따랐다. 종심은 세살 쌍닫이문 두 짝을 모두 열어젖혔다. 그리고 익숙한 솜씨로 금

침을 개어 얹고 툇마루 기둥에 걸려 있던 비를 가지고 들어와 방바닥을 쓸었다. 탁자 대신 쓰고 있는 손궤짝 위를 닦고 경상을 훔치다 곁의 연상을 보더니

"아, 선생님께선 지난밤에 일을 하신 거야. 붓이 이렇게—."

그래서 더 늦게 일어나신 모양이라고 종심은 말했으나 하상은 가슴이 덜컥 내려앉았다. 꿈 같게만 느껴지는 간밤의 일은 모두 현실이었던 것이다.

명문의 귀한 자제의 몸으로 도포 입고 옥색 술띠 가슴에 곱게 매고 갓 쓴 채 정성껏 스승의 거실을 청소하고 있는 종심의 모습에 감탄하면서 하상의 가슴은 기쁨으로 벅찼다. 넷째아버지께선 내 소원을 들어주신 것이다!

그러나 다산은 시종 아무 일도 없었던 것처럼 덤덤하고 얼마큼 냉엄하기조차 했다. 하직 인사를 하는 순간까지도 그는 아무 내색이 없었던 것이다.

그는 어쩌면 끝내 주저하고 있었던 것인지 모른다. 하상은 배웅하기로 한 종심이 잠깐 자리를 비웠을 때 그는 비로소 그 서간을 품에서 꺼내었다. 그리고 덤덤히 말했다.

"이런 망칙한 것을 함부로 두어서 쓰겠느냐?"

이어 놀랍게도 그는 하상의 저고리를 벗게 하고 손수 깃 속에 그것을 꿰매 넣어 주었던 것이다.

그는 첫날 백사십 리를 걸었다. 괴나리봇짐에는 하루분의 먹

을 것이 들어 있었다. 표녀가 짠지로 속을 박고 싸 준 주먹밥이다. 하상은 먹으면서 걷기도 했다.

　이튿날 저녁 무렵, 그는 무현 근처를 지나고 있었다. 해 안으로 전주에 당도하고 싶었으나 비가 뿌리기 시작했다. 빗줄기는 점점 굵어 갔다. 간밤에는 별을 이고 잤으나 비를 맞고 잘 수는 없었다. 그는 하는 수 없이 어떤 초라한 주막에 들어갔다. 돌담에 아예 문이 없는 주막에는 뜻밖에 길손이 많았다. 모두 비를 피하는 사람들이리라. 그는 봉놋방에 들어가 봇짐을 진 채 벽에 기대 앉았다. 하루 백사십 리의 강행은 역시 조금은 겨웠다. 몸이 살살 녹는 것 같다. 먹는 것보다 쉬고 싶었는데 갑자기 밖이 떠들썩해졌다. 누군가가 악을 쓴다. 남자 소리도 들리고 여자 소리도 들린다. 그는 저도 모르게 일어나 밖을 내다보았다.

무가巫家의 딸

1

구질구질한 비바람에 쓸려 모아진 것처럼 주막은 세월과 때기름으로 까맣게 길이 든 술청도 봉놋방도 부엌도 헛간까지도 사람으로 차 있었다. 그러나 소란은 짜증스러운 비 까닭에 뜻하지 않게 모였던 사람들 속에서 일어났던 것은 아니다. 난데없이 모여든 손님을 맞아 들떠 허둥대던 주모의 비명에서 일은 비롯되었던 것이다.

"점쇠야, 점쇠야아, 점쇠 거깄냐?"

찢어지는 소리에 한쪽 가랑이를 무릎 밑까지 걷어 올린 떠꺼머리가 헛간에서 나왔다. 술청 앞까지 와서야

"야아"

하고 얼빠진 대답을 한다.

주모는 발끈하고

"또 낮잠 자고 있었재. 정지(부엌) 뒷문은 워쩔라고 열어 놨당가."

"내는 열지 않았어라우."

"그라문 뉘가 열었당가. 도둑깨냉이(고양이)가 안주를 다 묵었시니 손님 안주는 머 갖고 히어? 일이 요상하게 뎃당개. 워쩌면 쓴당가."

초라한 주막이다. 도둑고양이가 쓸어 가지 않아도 별것도 없었겠지만 모처럼의 손님을 맞으면서 제대로 장사도 못하게 되어 주모는 펄펄 뛰고 싶은 심정이었으리라.

"이 원수야. 싸게 솥에 불이나 넣어라. 모두 찬비를 맞았시니 뜨끈뜨끈한 국밥이라도 끓여 디리야 쓰것다."

주막에는 손대기도 없다. 미련한 점쇠는 겨우 산에서 나뭇짐이나 해 오고 아궁이에 불을 지펴 주는 것이 고작일 것 같았다. 사십을 바라보는 나이의 주모는 분도 바르고 멧산자로 눈썹도 다듬고 얹은 머리끝에는 다홍 댕기도 물려 음기淫氣가 남아 지저분한 느낌을 주었다. 남자만 보면 생기가 나는 그런 여자인 것 같았다. 부산하게 열었다고 야단을 친 부엌 뒷문을 더 넓게 열고 뒤꼍으로 나가다가 또 찢어지는 소리를 질렀다.

"오매, 이 도둑깨냉이 보드라고. 도둑깨냉이 잡았소오!"

아궁이 앞에 쭈그리고 앉았던 점쇠가 좀전과는 달리 잽싸게 일어나 뒤꼍으로 뛰어나갔다. 부엌문 앞에 서 있던 사내가 둘 그 뒤를 따랐다.

주모가 악을 쓰고 있었다.

"요 지집아야. 워쩌자고 남으 장시도 모더게 안주를 몽땅 뚱쳐 묵는당가. 도둑질하는 년은 손이 꼬부라지는 것도 몰랐당가. 관가에 가문 뚱쳐 묵은 입은 윤디(인두)로 지질 거여."

'도둑깨냉이'는 여덟 살쯤 되어 보이는 거지 계집아이였다. 쑥대 같은 머리가 비에 젖어 형상이 말이 아니다. 얼굴은 언제 씻었는지 때투성이이고 어디를 헤매고 왔는지 옷은 갈가리 찢어져 군데군데 살이 드러나 보였다. 부엌 뒷문 기둥에 기대 앉아 계집아이는 훔쳐 온 북어조림과 삶은 달걀을 아귀같이 먹고 있었던 것이다.

차마 볼 수 없는 몰골이었으나 장사를 설치게 된 주모는 사정이 없었다. 앙상한 팔을 나꿨다가 밀어젖혔다 하며 악을 악을 썼다. 아이는 아무 저항도 하지 않고 떠밀렸다 잡아당겨졌다 하며 그럴 때마다 나둥그러졌다가 다시 잡아 일으켜지곤 하는 것이었다.

"아아가 아인가벼. 그리 모질게 달구지는 말어."

부엌 앞에 서 있던 사내가 보다 못해 한마디했다.

"배가 고팠던 모양인디 불쌍하구만."

같이 따라 나왔던 사내도 덧붙였다.

주모의 광란은 이때부터 시작되었다. 두 사내의 책하는 말이 머리에 와서 그녀는 전후를 잃었다. 막된 여자다. 어린것에게 못할 소리까지 해 가며 행패를 부려 몇 사람이 뜯어말려야만 했다.

소란한 소리에 끌려 뒤꼍에 간 하상은 저도 모르게 엉뚱한 말을 하고 있었다.

"아니, 너 숙현이 아냐? 니가 웬일이냐? 이게 무슨 꼴이냐?"

그는 계집아이 곁으로 달려가서 몸으로 주모의 손찌검을 막았다.

"아주머니, 얘가 무슨 실수를 했습니까? 무슨 잘못을 했는지는 몰라도 용서해 주십시오. 이 아이는 제 누이예요. 지가 장사차 잠깐 한양을 떠났는데 아마 철없는 것이 오래비 뒤를 따른 모양입니다. 작년에 어머니를 잃구부턴 한시두 오래비 곁을 떠나려 하지 않는군요."

"이녁 장시허는 동안 내 장시는 망쳤다닝게."

"무슨 말씀을 그렇게―."

"글씨 이 지집아가 도둑질을 하지 않았는가벼."

"도둑질을요?"

주모도 이제 얼마큼 이성을 되찾고 있었다. 안주 얼마 가지고 떠든 것이 계면쩍기도 했다. 그러면서 그녀는 안주값을 하상으로부터 챙겨 받았던 것이다.

비는 좀처럼 멎지 않았다. 추녀 끝에서 노래기 냄새가 나는 간장 같은 물이 쉴 새 없이 떨어져 흙 위에 작은 구멍들을 팠다. 싸리담을 두른 뒤꼍에는 장독대가 있고 감나무 한 그루가 서 있었다. 가지가 휘도록 감이 달려 있다. 거센 비바람에도 빨 간 감은 매달려 있었으나 잎은 모조리 떨어져 질척질척한 땅에 지저분하게 널려 있었다. 그 속에 웅크리고 앉아 있는 어린것 은 쓰레기 속에 버려진 누더기같이 보였다.

하상은 계집아이를 안아 올렸다.

"원, 이게 무슨 꼴이람. 이모님 댁에서 기다리구 있으랬지 않았어? 오래 걸리지두 않을 텐데 고집두."

계집아이는 아무 말도 하지 않았다. 소리도 내지 않고 두 줄 기 굵은 눈물이 볼을 타 흘러내리고 있었다. 가녀린 몸은 얼음 같이 찼다. 알 수 없는 애정이 하상의 가슴을 조여 왔다.

"가엾어라. 공연한 고생을 시켰구나. 어쨌건 다행이야. 혹시 만나지 못했더라면 큰일 날 뻔했지 뭐냐."

모우冒雨도 불사해야 할 처지에 하상은 다음 날도 떠나지를 못했다. 가을비답지 않게 비 끝이 질긴 까닭도 있었지만 그날 밤 부터 계집아이가 몸이 불덩어리가 되어 앓기 시작했던 것이다.

누이라고 했으니 버리고 떠날 수도 없었다. 하상은 밑창이 빠진 것처럼 빗줄기를 쏟고 있는 하늘을 쳐다보고 한숨을 쉬고 쌕쌕거리며 숨을 몰아 쉬고 있는 계집아이를 보고는 고개를 가 로저었다.

"고상이 많소잉. 허지만 아까 댕겨 간 의원은 약을 잘 쓰닝게 매암 폭 노시오."

막된 계집이었으나 주모는 인정도 있었다. 조 미음도 끓여다 주고 옷도 한 벌 마련해 주었다. 그녀는 어린것의 얼굴을 들여다보며

"애기가 참 새첩소. 이 나이에 이런 인물은 처음 본당게. 월 궁선녀 같소잉"

하고 감탄하는 것이었다.

사실 얼굴을 씻기고 새옷을 입혔을 때 하상은 놀라지 않을 수 없었다. 계집아이는 선녀같이 아름다웠던 것이다.

종시 말이 없었으나 어린것의 거조에는 기품이 흘렀다.

'뉘 댁 따님일까? 범상한 집 딸은 아닐 거야.'

잠들고 있는지 정신을 잃고 있는지 눈을 감고 누워 있는 어린것의 예쁜 얼굴을 안타깝게 들여다보며 하상은 몇 번이고 입 속에서 뇌었던 것이다. 갈가리 찢겨 있었지만 그녀가 입고 있던 옷은 귀한 비단이었다.

"이 걸뱅이 지집아 옷 좀 보소잉. 이건 대국 비단이랑게. 내가 젊었을 때 우리 서방님이 사다 준 일이 있어 알고 있지라우. 도리불수라 카던가."

"어머니가 입으시던 것을 뜯어 고쳐 입혔지요."

걸뱅이(거지)란 말에 씁쓸히 웃으면서 하상이 말하자 주모는

"이녁집은 비단 장시요?"

하며 눈을 반짝거리는 것이었다.

　아이는 장사치의 딸 같지는 않았다. 단아하고 범절이 몸에 배어 있었다.

　'필시 무슨 곡절이 있을 거야.'

　경황 중에서도 은근히 궁금해지는 것이었다. 마음에 걸리는 일은 또 하나 있었다. 더러운 몸을 씻기려 했을 때 그녀는 필사적으로 속바지를 벗으려 하지 않았다. 너무 더러워서 그러는가 보다고 짐작했던 것이었으나 벗은 옷을 보니 바지에는 허리께에 작은 주머니가 붙어 있었던 것이다. 필시 무엇인가 소중한 것을 지니고 있음에 틀림이 없었다. 무엇이었는지는 이내 판명되었다. 어린것은 왼쪽 손을 주먹 쥔 채 푸는 일이 없어 오그랑손인 줄만 알았었는데 그것이 아니었던 것이다.

　그녀는 혼미 상태에서도 주먹을 펴지 않았다. 여북해야 주모가 언짢아 하였을까.

　"인물이 아깝소잉. 꽃송이 같은 얼굴이믄 무신 소용이 있당가. 빙신(병신)이재 머."

　하상은 어정쩡하게 웃을 수밖에 없었다.

　밤이 깊었을 때 어슴푸레한 등잔불 아래서 어린것의 왼 주먹이 느슨해진 것을 하상은 보았다. 불같이 타고 있는, 가슴 아프도록 작은 손을 폈을 때 술이 달린 개름한 작은 돌 하나가 방바닥에 떨어졌다. 그것은 아름다운 녹색의 돌이었다. 가난 속에서 자란 하상이 처음 보는 아름다움이었다. 불빛에 비춰 보니 그것은 자연적인 돌멩이가 아니고 목이 길고 가는 작은 병이었다. 그것이 비취 호리병 노리개인 것을 하상은 몰랐다. 지체 있고 형세 넉넉한 집안의 부녀들이 같은 모양의 호리병 세 개를 고운 매듭술로 얽어 삼작이라 일컬으며 앞가슴에 차는 사치를 그는 본 일이 없었다. 다만 어린 나이에 어려운 상황 속에서도 지니고 있는 범할 수 없는 기품의 근원을 엿본 것 같은 느낌이 드는 것이었다.

쓰러지면 아무 데서나 건강한 깊은 잠에 빠져 들어가는 하상이었으나, 이날 밤 그는 잠을 이룰 수 없었다. 날짜는 달음박질을 하고 있었다. 구월이 다 가고 있었다. 뜻하지 않은 조당阻攩이 앞으로도 자꾸 들 것만 같았다.

그는 난처할 때면 언제나 하는 버릇대로 뒤통수에 손을 갖다 댔다. 그러나 묘안은 떠오르지 않았다. 안타까운 마음으로 계집아이 쪽으로 눈길을 돌렸다. 이제 계집아이는 왼손을 완전히 펴고 있었다. 하상은 무릎걸음으로 계집아이 옆으로 다가가서 비취 호리병을 손아귀에 넣고 손가락을 하나하나 접어 주었다. 그러나 얼마 가지 않아 주먹은 펴지고 노리개는 방바닥에 떨어지는 것이었다.

그런 일이 몇 번 되풀이된 뒤에 하상은 어린것이 입고 있는 바지의 끈을 꿰맨 실을 얼마큼 땄다. 이윽고 호리병을 끈 안에 넣고 떨어지지 않게 매듭을 지었다. 그제서야 잠이 쏟아져 왔다.

이날 초라한 주막에는 밤을 지새고 가려는 사람이 제법 있었다. 봉놋방에는 하상과 계집아이 외에 정체를 알 수 없는 사내가 셋에, 남의 집 하인 같은 장년이 하나, 사람만으로도 포개자야 할 판인데 그들에게는 짐이 있었다.

장고, 북, 피리, 젓대, 소고小鼓, 쇠(꽹과리) 등이 더러는 흰 보에 싸이기도 하고 더러는 노출된 채 머리맡에 쌓였다. 툇마루도 없는 봉놋방인데 밖은 구질구질한 비다. 어쩔 수 없는 노릇이었으나 어지럽고 어수선하다. 사람의 몸내와 입김으로 숨이 막힐 것 같으면서 방은 얼음장이다. 게다가 가난한 주막, 이부자리가 넉넉할 리 없다.

장년의 사내가 벌떡 일어나 문을 소리 내어 열었다.

"점쇠야, 소금 볶을라냐. 군불 좀 넣어야 쓰것다."

이름까지 부르는 것을 보면 그는 이 집의 단골이 분명했다. 점쇠는 서너 번 부른 후에야 비로소 어슬렁 나타났다.

"머지라우?"

잔뜩 부르튼 어투다.

"군불 좀 넣거라."

"넣었지라우."

"이눔으 자슥이. 시방이 어느 땐디 냉방에 처넣는다냐. 첫추

위에 동티 난단 말도 못 들었냐?"

"아궁이에 물이 차서라우. 불이 붙지 않지라우. 아취—."

점쇠는 깜짝 놀란 만큼 큰 재채기를 하고 소매 끝으로 콧물을 닦았다.

"이 미련아. 가서 잠이나 자거라."

사내는 어이없어 하며 문을 닫고 목을 어깨 속에 묻는다.

"오늘 밤은 소금 볶고 내얄(내일)은 고뿔 앓고 모레는 신대〔神竹〕잡고—."

"좀 조용히 못히어."

목자目眥에 살기가 낀 사내가 낮은 소리로 꾸짖었다. 기분 나쁠 정도로 낮고 녹이 슨 것 같은 음성이다. 큰 소리도 아닌데 위협을 느끼게 한다.

"허지만 고뿔이나 들어 보랑게 젓대도 제대로 불지 모달끼여."

"이녁이 걱정할 일이랑가."

사내는 일어나 북과 장고를 싼 보를 끌렀다. 비를 맞지 않게 쌌던 모양이다. 북을 쌌던 것을 시종 말없이 졸고 있는 동행에게 안겨 주고 자기는 장고를 쌌던 보를 뒤집어쓰고 누웠다. 보를 뒤집어쓴 채 기분이 나쁘도록 낮은 그 음성으로 그는 불쑥 말을 건네는 것이었다.

"이불은 저 애기 덮어 주소. 빙(병)이 심상치 않으닝게."

봉놋방에는 이불이 한 채밖에 없었다. 까만 물감을 들인 무명에 꼭두서니 물감을 들인 무명 깃을 단 이불이다. 솜이 뭉치고 잦아들어 무게는 천근이면서 납작해지고 오줌을 쌌을 리는 없는데 지린내가 났다. 그래도 이불이라곤 그것밖에 없어서 어쩌다 자고 가는 손이 많을 때면 끔찍해 하면서도 머리만 따로 이불 밖으로 내놓고 몸은 이불 속에서 얽히기 일쑤였다.

하상은 어린것을 그렇게 재우기가 싫었다. 마음 같아서는 입은 옷 모두 벗어 아이를 싸 주고 싶었다. 냉방이라고 아우성들이지만 바닥에는 기직이 깔려 얼마큼 냉기를 막고 있었다. 어려서부터 천덕으로 자란 그는 알몸으로 얼음 위에 뒹굴어 자도 재채기 한 번 한 일이 없는 놀라운 육체의 소유자이기도 했다.

왠지 어딘가 오싹한 느낌을 주는, 무엇을 하는지 알 수 없는 사내였으나 하상은 그의 호의가 고마웠다.

"고맙습니다. 허지만 이 날씨에 얇은 홑이불 하나만 덮으시면 감기 드십니다."

사내는 다시는 입을 열지 않았다. 어릿광대 같은 하인풍의 사내가,

"걱정헐 건 없단게. 칠성님, 삼불제석三佛帝釋님, 산신님, 장군님이 모두 도와주시닝게 얼음 위에서도 뜨겁게 살 수 있는 사람들이여."

무슨 말인지 알 수 없어 하상은 눈을 크게 떴다.

"히히히…… 저 사람은 고인鼓人이여."

"고인?"

"단골네 서방이여."

"단골네?"

"단골네도 모르냐. 굿하는 아줌도 모른단 말가?"

"아 네, 네."

비로소 알아듣고 하상은 몸이 오싹해졌다. 그는 무당을 본 일이 없었다. 굿 구경도 한 일이 없었다. 무巫는 음란하고 요사하고 접신接神을 한다 하며 어리석은 백성을 현혹시키는 요특한 무리들이라고 들어 왔었다. 나라에서도 이들을 탄핵하고 성중에서는 거처도 하지 못하게 하고 있다지 않은가. 하물며 천주교도들의 눈으로 볼 때 그들은 마귀들과 잡거하고 있는 요물들이었다.

'어쩌다 무서운 굴 속에 들어왔구나.'

젊은 하상은 긴장하지 않을 수 없었다.

'이 아이가 이렇게 갑자기 앓게 된 것도 어쩌면 마귀의 장난일지 모른다.'

생각이 거기에 미치자 단순한 하상은 오히려 용기가 솟아오르는 것을 느꼈다.

그는 장한 순교자인 아버지와 누구보다도 신덕信德이 굳은 어머니의 아들로 열절한 신자였지만 글도 모르고 교리도 잘 모른다. 경문도 어머니가 기억을 더듬어 가르쳐 준 것 외에는 별로 아는 것이 없다. 한양에 올라와 다행히 교회 재건 운동에 적극적으로 나선 김 프란치스꼬, 권계인, 이여진 같은 사람들을 알게 되어 그는 급속도로 성장하고 있었으나 아는 것은 얼마 없고 눈이 뜨이기 시작하자 자신의 모자람이 더욱 실감되어 학문과 교리 공부를 뜨겁게 원하고 있었다.

지금도 다급한 마음으로 생각난 것은 역시 어머니가 가르쳐 준 기도문이었다.

"환난을 당하면 이 경문을 열절히 봉송해야 하느니라. 그리구 천신도문은 항상 마음에 새겨 도우심을 받잡도록 해야 한다."

어머니는 그가 한양으로 떠나는 날도 이렇게 일러 주었었다. 어머니를 생각하면 언제나 그렇듯이 마음이 뜨거워 오는 것을 느끼며 하상은 마음속으로 염경念經을 시작했다.

'예수 보세의 대 보모신 자랄 찬미하며 구하나니 주난 우리랄 불쌍히 보시고 우리랄 환난 중에 보우하여 주사 하여곰 심신이 평안하야 천주랄 공경하게 하소서.'

옆에서 사내가 또 말을 건넸다.

"말씨가 한양인 모양인디 우리 전라도에 왔으닝게 굿이나 귀경하고 가소. 머라싸도 굿은 우리 전라도 굿이 지일이여. 내얄 굿은 참말로 요상하게 큰 굿이랑게. 저게 안채에 주모랑 묵고 있는 단골은 전라도에서도 지일가는 단골네닝게로."

사내의 음성은 자꾸 커 가는 것만 같아 하상은 눈을 질끈 감고 마음으로 크게 성호를 그었다.

'천주여 우리랄 긍련히 넉이소서.

그리스도여 우리랄 긍련히 넉이소서.

천주여 우리랄 긍련히 넉이소서.

그리스도여 우리랄 드라소서.'

사내의 소리를 누르려 애쓰며 하상은 마음속으로 더욱 소리를 높여 외웠다.

'그리스도여 우리랄 드러 허락하소서.'

사내가 또 입을 열었다.

"애기는 좀 차도가 있당가. 참 내얄 굿에서 삼신할미한티 풀어 돌라 카소."

하상은 또 크게 성호를 놓았다. 그러자 마음이 평온해 왔다.

"자리가 바뀌믄 잠이 오지 않는단 말여."

중얼중얼하면서 누운 사내는 베개 대신 두 손을 모아 머리를 괴고 새우같이 몸을 꼬부렸다.

"치바서(추워서) 통 잠이 안 온당게."

그러다가 이를 갈기 시작했다. 잠이 든 모양이었다.

그가 잠든 후에도 하상은 눕지를 않고 있었다. 이불 선심을 썼으나 워낙 좁은 방이라 누울 자리가 없고 이를 가는 끔찍한 소리, 코 고는 소리, 입맛을 다시는 소리도 귀에 거슬렸으나 무엇보다도 뜻밖에 난처해진 처지 때문에 걱정이 태산 같았던 것이다.

한방에서 하룻밤을 지내게 된 사람들이 무당들이라는데도 이제 두려움을 느끼지 않았다. 단순하고 신심이 깊은 그는 염경의 효력과 기구의 받아들여짐을 믿어 의심치 않았다. 하여 계집아이가 목숨처럼 움켜쥐고 있던 비취 호리병 노리개를 바지끈 속에 간직해 주고 난 후, 그는 앉은 채 건강한 잠 속으로 빠져 들어갈 수가 있었던 것이다.

하상이 잠든 후에도 주모 방의 불은 꺼지지 않았다. 주모 방은 술청에서 곧장 들어가게 되어 있었다. 술청이라고는 하나 별도로 꾸민 것이 아니고 방 두 개 나란히 붙은 앞에 달린 마루를 넓힌 것뿐이다. 그러니까 안방도 옆방도 마루도 손님을 받을 수가 있게 되어 있다. 주모는 안방 앞 마루에 술항아리랑 술병, 사발, 대접에 안주 나부랭이를 벌여 놓고 자리를 잡고 앉아 술을 팔았다. 주모가 앉은 마루에 잇대어 평상이 놓여지고 급한 길을 가는 사람이나 주모와 수작질하는 패들은 대개 평상에서 국밥도 먹고 술도 마셨다.

밤이 깊었는데 외닫이 방문이 열리고 주모가 나와 부엌에 들어갔다. 벌컥벌컥 물켜는 소리가 들리더니 물 한 대접을 떠 들고 나와 방으로 들어갔다.

방에는 한물갔으나 아직도 처염한 아름다움을 지닌 여인과 서른이 될까말까한 아낙이 누워 있는 어린 계집아이 하나를 사이에 두고 앉아 있었다.

주모가 물 대접을 여인 앞에 갖다 놓으며

"물이라도 마셔야 살재. 온죙일 누버만 있어 쓰것냐. 이기 나흘째라지 않았는가벼?"

나이 많은 쪽 여인이 태연히 말했다.

"신병神病을 앓고 있는디 묵고 마시지 않는 것은 댕연(당연)히어."

주모는 절레절레 고개를 흔들고,

"신병은 단골네 이년이 앓고 있당게. 내얄은 큰굿을 히어야 하는디 정신 채리야 쓰지 앙캇냐?"

"정신을 채리라니 내가 머 잘못이나 히었어라? 모처럼 얻은 신딸 잘 키워서 진짜 짜장 무당 맹글어 놀란다."

"이년은 진짜 짜장 무당 아니랑가. 이년이 운제 남으 신딸되았간디 새삼스리 신딸 타령한당가. 짠하다 짠히어, 쯧쯧쯧."

"그러닝게 허는 소리 아닌가벼. 어매헌티 사설 배우고 고인집에 시집 와서 시어매헌티 굿 배아 굿해 주고 살아왔기는 히어두 굿하면서 신령神靈 실려 본 일 한 분도 없었당게. 그기 무신 굿이여. 놀이지, 놀이랑게."

"이 지집(계집)이 오늘 우찌 덴 기 아니여. 좌우간 내가 알 일은 아니닝게로 잠이나 자야 쓰것다. 내얄은 조반도 심이 들

거여."

주모는 방구석에 놓인 무쇠 장식 반닫이 위에 개어 싼 이부자리를 내려 깔고 던지듯이 몸을 눕혔다. 한 손을 이마 위에 얹고,

"이녁이나 이년이나 제(罪)가 많은 지집이여. 나이 사십이믄 매지근하다 하지 않는가벼. 메느리헌티 살림 매끼고 편안히 살 나이랑게. 그런디 이녁은 사설 빼느라 목청 쉬고, 띠고(뛰고) 날고 풀고 히어야 허니 삭신인들 쑤시지 않을가벼? 이년도 새벽부터 일어나서 서방도 자슥도 아닌 남으 대접 히어 가며 늙어 가는 신세 아니랑가. 수양딸이라도 하나 정히어 정지(부엌)일도 거들게 허고 의지도 삼고 히어야 쓰갔는디. 참말로 심들어 죽겠어라."

주모는 넋두리 끝을 맺기 전에 잠이 들고 마주 앉아 있던 여인도 졸다가 그 자리에 누워 새벽이 될 때까지 잠이 깨지 않았다.

단골네 만년이는 착 까부러져 눈을 감고 있는 어린 계집아이의 얼굴을 내려다보며 상념에 잠겼다.

만년이는 담양 옥리의 무가巫家에서 태어나 철들기 전부터 무巫인 어미로부터 무가巫歌를 배웠다. 고인鼓人인 아비는 큰 단골판을 가지고 있는 세습무世襲巫로 무巫인 어미와 함께 거의 날마다 굿당으로 돌아다녔다. 그러면서 어린 만년이를 굿에 데리고 간 일은 없었다.

일곱 살이 되자 어미가 사설을 가르치기 시작했다. 가르치는

어미도 배우는 딸도 글씨를 몰라 구전과 기억력으로 가르치고 배워야 했다. 모르는 말뿐이었으나 남 유달리 영리한 만년이는 어미가 가르치는 사설을 뜻도 모르면서 잘 외었다.

무계巫系 집안에서는 딸이 열 살이 되면 무가巫歌를 가르치기 시작하는 것이 통례였다. 만년이는 삼 년이나 일찍부터 공부를 시작했던 것이다.

어미는 이름난 무당이었으므로 무가도 많이 정확하게 보유하고 있었다. 그것을 전승하고 싶었던 까닭이었는지 그녀는 어린 딸을 엄격하게 닦달하고 열심히 교육시켰다. 아침마다 굿청에 나가기 전에 몇 가락을 가르치고 돌아와서 시험을 치듯이 외우게 하였다. 잘 외우지 못하는 날에는 매를 맞아야 했다.

어린 나이에 그것은 어려운 수업이었다. 문자로 된 것을 외우는 것이 아니어서 잘못 듣는 경우도 있고 가르치는 사람이 잘못 기억한 것을 고스란히 받아 원의原義에서 멀어진 것도 있었다.

어쨌건 열 살도 안 된 나이에 맑고 고우나 동녀童女의 아직 성숙되지 않은 음성으로 외우는 사설은 앙증스럽고 신기하며 슬프기조차 했다. 만년이는 열 살 전에 벌써 무가로 이름이 나 있었다.

오구굿의 첫거리 안당굿 같은 것은 굿청에서도 훌륭하게 감당할 수 있을 것만 같았다. 안당굿이란 내당內堂, 곧 안방이나 대청에서 최고 가신最高家神인 성주신과 조상신祖上神, 삼신에

게 먼저 굿을 고하는 제차祭次에 해당하는 굿이다. 가락은 평이
平易하나 제차에 맞는 공손하면서 사유를 잘 밝힌 격이 높은 사
설이다.

> 아황我皇 임금아
>
> 공심功心은 절(寺)이오 남산南山은 본本이로다.
>
> 조선은 국이오 팔만은 사두세교
>
> 세경 본도 한양 본도 서울이오
>
> 해동 조선 전라 좌도요
>
> 관은 대목안이 올습니다
>
> 해루 다녀서는 을사년 햇머리요
>
> 달루 다녀서는 칠월 상달이요
>
> 날성수는 초아흐렛날이 올습니다.
>
> 다른 고사 다른 축원이 아니오라
>
> 이 댁의 아무 살 먹은 자손이 아파서
>
> 정성을 드립니다아—

열 살도 안 된 아이는 신들린 사람처럼 물 흐르듯 사설도 가
락도 정확하여 막히는 구석이 없었다.

"큰 단골이 델 것이오잉."

"저런 단골이 굿하믄 영험도 클 것이여."

모두가 한마디씩 하는 것이었다.

단골이란 호남 지방에서 무巫를 일컫는 말이다. 호남의 무는 심한 신병을 앓는 강신자降神者를 내림굿〔降神祭〕을 통하여 치유시키는 동시에 그의 영통력靈通力을 세상에 알리고 무당으로 인정을 받게 하는 중북부中北部 지방의 무당과는 성무 과정成巫過程이나 성분, 내용과 성격이 다르다.

강신무降神巫의 경우 강신자는 격심한 신병神病을 앓는다. 백약이 무효할 때 무나 점사占師를 찾아 그것이 강신에 의한 신병이라는 것이 확실해지면 큰 무당을 초빙하여 하는 내림굿을 통하여 무당이 되고, 강신한 신을 '몸주'로 맞아들여 신단神壇에 봉안하는 것이다. '몸주' 신은 강신자의 영통력의 근원이 되고 내림굿을 해 준 큰 무당과는 신神어머니, 신딸, 신아들로 영적인 인연을 맺게 된다. 신어머니는 스승의 역할도 맡게 되어 신딸, 신아들들을 굿당으로 데리고 다니며 제의祭儀를 주재할 수 있는 기능을 학습시키는 것이다. 강신자는 어느 정도 제의 기능이 인정되면 간단한 제의를 맡아 하게 되고 얼마 후에 무로 독립하게 된다.

강신은 어느 특정 계급 출신만이 대상이 되는 것이 아니다. 귀천을 가리지 않는다. 따라서 강신무는 종적으로나 횡적으로나 조직적 유대가 없다. 어디까지나 무 개개인의 영통력과 기능으로 난립된 무질서 속에서 경쟁을 해야 되는 것이다.

세습무는 아주 다르다. 그들은 신병의 고통스러움도 강신의 신비로움도 몰아沒我의 황홀도 두렵고 뿌듯한 충격도 체험한 일이 없다. 따라서 영력靈力이 전연 없고 구체적인 신관神觀이 확립되어 있지 않아 몸주신도 신단도 없다.

호남 지방의 단골은 '단골판'이라는 일정한 관할 지역이 있고 단골은 '단골판' 안에 사는 주민인 신도들과 단일單一의 결합적 거래 관계를 맺으며, 이 '단골판'에 대한 무속상의 사제권이 제도화하여 혈통을 따라 대대로 세습되는 조직성을 가지고 있는 것이다. 그러므로 성무成巫는 인위적일 수밖에 없다. 강신무처럼 신과 무가 일원화一元化되어 신이 직접 무의 몸에 강신降神 또는 접신接神하여 무가 신격神格을 갖추게 되는 현상은 일어날 수 없고 무가 신을 향하여 대치된 위치에서 일방적인 가무歌舞로 정통굿을 주관하는 사제司祭가 되는 것이다.

무업巫業은 가업家業이어서 제의 기능은 뛰어나다. 강신무는 영력을 가지고 직접 신과 교통되지만 영력이 없는 세습무는 제의의 격식에 주력하게 되어 제의는 점차로 의례화하여 예술의 경지에 접근해 가는 것이다.

만년이는 무가의 딸로 그러한 분위기 속에서 자라 열네 살 되던 해에 임실에 단골판을 가진 명明가 성을 가진 같은 무계 집안에 시집을 갔다.

단골판 안에서는 무와 신도가 서로 '단골', '단골집'으로 부르며 단일적인 결합 관계로 맺어져 주민들은 무를 천시하면서도 정신적으로 의지했다. 그러므로 봄가을 두 차례 '도부'라고 불리는 무에게 주는 곡물을 아끼는 집은 없었다.

무는 주민들을 위하여 신에게 축원해 주고 잡귀를 쫓아 주고 천신을 우두머리로 한 상등신들을 비롯하여 인신, 지신, 삼신, 손님신에까지도 치성을 드려 주었다. 아이를 낳지 못해도, 남편이 오입을 해도, 병이 나도, 이사를 할 때도, 집을 지을 때도 주민들은 그들의 단골을 찾았다.

봄가을의 성황제, 당산제, 산신제, 용왕제 같은 공동제는 동네의 축제날이 되었다. 남녀노소가 모여 춤을 추며 그들은 쌓였던 근심 걱정이 술술 풀려 나가는 것을 느꼈다. 북, 장고, 피리, 징, 꽹과리 등 요란한 무악기는 사람들을 흥분시켜 한바탕 춤을 추고 나면 후련해진 가슴이 너그러워져 이웃과의 정리가 더욱 두터워지는 것이었다.

이렇게 마을 사람들의 마음을 하나로 합치게 하는 데 주동 역할을 하는 것은 단골이지만 그렇다고 어느 여염에서 단골집에 딸 주려 할까. 며느리를 데려오려 할까. 결국 단골은 단골끼리 아들딸 주고받고 사돈이 되는 것이다.

만년의 남편은 젓대를 잘 부는 고인이었다. 고인鼓人은 남무男巫를 말하는 것이고 굿당에서는 풍악을 맡는다. 굿을 주재하는 여무女巫 단골의 반주를 하는 것이다.

굿을 주재하는 것은 여무지만 딸에게는 무巫 권한 일체의 사
제권司祭權 상속이 되지 않는다. 사제권은 부계父系를 통해 수
직으로 계승되는 것이다. 그러면서 무의 기능 보유자로서 무제
의巫祭儀 주역을 맡는 것은 여무 단골이다. 무 기능은 사제권에
관계없이 고부계姑婦系로 학습을 통해 수직으로 계승되어 단골
무가의 계승은 이원적二元的 수직 구조를 갖는다. 그러므로 단
골 무가의 딸들은 출가 전 필수적으로 무가를 배워 시가에 가
서 굿을 할 준비를 갖추어야 하고 며느리를 맞은 시어머니는
곧바로 새 며느리를 굿당에 데리고 다니면서 굿을 시킨다. 이
리하여 무 기능은 고부계 수직으로 계승되는 것이다.

만년의 굿 솜씨는 타고난 것이었다. 용모도 몸매도 뛰어나
스물도 되기 전에 그녀는 큰 단골이 되었다.

그녀는 하루도 빼지 않고 굿당에서 살았다. 단골판의 지역
권한은 절대적인 것이어서 다른 단골판 안에서 굿을 하면 잔인
한 제재가 가해지는 것이었으나, 그녀는 곧잘 다른 단골판에서
도 굿을 했다. 신명나고 바쁜 세월 속에서 그녀는 무가 될 수밖
에 없었던 숙명적인 삶을 한스러워한 일이 없었다. 세월은 꿈
같이 살같이 흘러갔다.

어느 날 굿당에서 돌아와 보니 네댓 살 되어 보이는 아이가
마루에서 떡을 먹고 있었다. 날이 날마다 떡을 찌는 무가여서
구경꾼들에게 나누어 주어도 계면떡은 언제나 남았다. 동네 아

이들이 집안까지 들어와 떡을 먹는 것은 드문 일이 아니었다. 무심히 지나쳤는데 아이는 밤이 되어도 돌아가지 않았다.

이튿날 아침에는 조반상 머리에 그 아이가 앉았다.

"뉘집 도령이지라우?"

의아해 하는 그녀에게 시어머니가

"니 서방도 육십을 반 꺾었재?"

하는 것이었다.

만년은 아무 말도 하지 않았다. 굿당에 나갈 준비로 옷을 갈 아입다가 문득 젖가슴을 내려다보았다. 그것은 남편과 동갑인 서른다섯 살의 젖가슴이 아니었다. 비치듯이 흰 살의 젖봉우리 는 티 하나 금 하나 없었다. 아이를 잉태한 일도 빨려 본 일도 없는 부시도록 아름다운 젖가슴이었다. 그녀는 현기 같은 것을 느꼈다.

'나는 돌지집〔石女〕이여.'

그날 굿은 씨끔굿(씻김굿)이었다. 씨끔굿은 망인의 영혼을 낙지로 천도시켜 주는 굿인데 중병을 앓는 환자가 있을 경우에 도 저승에 들어가지 못한 조상 탓으로 생각하여 치병의 방법으 로 하는 굿이다. 오부자라고도 불리는 객주집 주인이 부족을 앓아 사경에 있는 외아들을 위하여 물자, 금전 아끼지 않고 하 는 큰굿이었다.

굿은 열두 거리로 안당석부터 시작되었다. 굿 장소는 부엌이다. 평상시 밥하는 솥에 밥을 해서 솥뚜껑을 열고 밥솥에 주걱을 꽂고 채菜, 삼색실과, 탕, 포, 술 한 잔이 차려진 부뚜막을 향하여 만년은 소복을 입고 아궁이 앞에 깔린 초석 위에 단정히 앉아 '웃머리' 사설을 구송했다.

산천초목 비금도수飛禽徒獸

일월성신 삼기시고

천황씨天皇氏는 열두 정적

이목덕以木德으로 왕王허시구

지황씨地皇氏는 열하 명적

이화덕以火德으로 왕허실 적

수인씨燧人氏는 수인찬숙하여

인간이거 수정 팔저금 마련헐 적

일월은 호방호저

해도낙서解圖洛書 헐어 내여

칼천씨와 제왕씨와 수인씨 조왕씨竈王氏는

선영先靈으로 축원 법과

성주여 비는 법과

제왕으 공 디리는 법은

차차지법次次之法은 이차지二次之로 마련허고─

만년의 웃머리 구송은 은근하고 절절하고 간절하고 정성스러웠다. 슬픈 구절은 하나도 없는데 눈물을 씻는 사람도 있었다.

　구송을 끝내고 만년은 소지燒紙를 올리고 축원을 한 후 이어 칠성풀이로 들어갔다.

　이날 만년의 사설과 춤은 입신入神의 경지를 보였다. 특히 여덟째 거리인 사설에서는 울지 않는 사람이 없었다.

　그러나 만년의 내부에서는 무엇인가가 달라져 가고 있었다. 아홉째 거리인 고풀이로 들어갔을 때였다. 방 안에 있는 망인 상亡人床을 뜰 한가운데로 옮겨 놓고 초석으로 말아 망인 형용을 만든 환자와 '석작'을 마루 끝에 내놓은 후 만년은 마루에서 무명필을 풀어 두 줄로 곱쳐서 각각 한 줄에 일곱 고가 되게 고를 매었다. 이것은 '곳베'라고 부르는데 이 곳베를 잎이 달린 채 베어 온 여덟 자가 넘는 생죽生竹 위쪽에 달아 놓고 춤과 도약을 하면서 고를 하나하나 풀어 가는 것이다.

　곳대라고 부르는 생죽은 상기둥 밑 토방에 벼 한 섬을 놓고 꽂아 세워져 있었다. 뜰에는 곳대보다 두어 자 더 높은 신간(神竿=대라고 부른다)도 서 있다. 세습무인 단골은 강신무처럼 몸으로 접신을 할 수는 없어 대를 세워 신의 강하로降下路를 마련해 준다. 강신무도 대를 쓰지만 단골같이 높은 것을 쓰지는 않는 것이다.

　고를 매어 가다가 만년은 무심히 뜰에 눈길을 주었다. 있을 수 없는 일이었지만 무가 굿을 하다가 한눈을 판 것이다. 그것은 순간의 일이었다. 누구도 눈치챌 시간의 일은 아니었으나 만년의 눈에는 그때껏 모르고 지났던 일들이 한꺼번에 눈에 들어왔다.

신대—신을 청해 모신다는 그 대는 그저 길쭉한 장대일 뿐 아무런 신령스러움도 느껴지지 않았다. 잎이 달린 채 베어 온 생대 줄기는 아직 파랬으나 꼭대기에 달린 잎들은 시들어 초라하게 말라붙어 있었다. 무엇인가가 오랫동안 잘못 생각되어 온 것만 같았다. 그러면서 그녀는 능란하고 맵시 있게 신명나게 열네 개의 고를 뛰며 춤추며 하나하나 풀고 '씨끔' 거리에서는 '망인'을 덮은 쇠솥 뚜껑을 청수, 쑥물, 향물의 순서로 씻겼다. '길닦음'도 '중천맥이'도 실수 없이 극적으로 해 넘기고 깔끔하게 매듭을 지었다. 천부적인 무였던 것이다.

큰굿이어서 데리고 간 고인이 넷, 조무助巫가 둘, 짐꾼을 합하여 떠들썩한 일행이었다. 굿이 끝난 후면 으레 그렇듯 모두 술에 얼마큼 취해 그것이 그날따라 만년의 눈에는 불결하게 보였다.

무엇인가를 캐내어야 할 것 같은 심정이었다. 격심한 동작과 흥분 뒤에 오는 허탈에 초조가 얽혔다.

'신을 모신다는 년이 접신도 모르고. 무당 사당이라고 한 묶음으로 불려도 싼 거여.'

마음으로 뇌이며 속이 미식미식해 왔다.

'무당춤은 사당춤과는 달라야 히어. 암 그러지러. 낸 여지껏 무당이 아니였지러. 신령 한 번 받아 본 일이 있었당가? 신을 빗대야 단골집들을 쎅여 왔던 거여.'

피나는 노력으로 기능을 습득한 것이었으나 그것은 영력과는 별도의 것이었다.

일곱 살 때부터 익혀 온 무가의 어느 마디도 잘못 부른 일이 없었다. 사설과 거리의 내용에 따라 때로는 간절하게 공손하게 때로는 절절하게 구슬프게 필요할 때는 가락을 빠르게도 느리게도 부르고 노한 소리로 위엄을 갖추기도 했다. 그러면 사람들은 "기차는 굿이요잉. 요상하게 맴을 흔든다닝게" 하며 감동의 눈물을 흘렸다. 감동의 원천이 되면서 그 감동을 그녀 자신은 가져 본 일이 없었던 것이다. 오구굿에서는 무가 망자가 되어 곧잘 생전의 한, 사후의 당부 같은 것을 울며 넋두리하는데 만년의 넋두리는 폐부를 찌르는 것이 있었다. 굵은 눈물이 뺨을 타고 흘러내려 유가족이 아닌 사람들까지도 통곡할 때가 많았다.

그러나 지금 만년은 깨닫고 있었다. 자기가 행한 그런 모든 무의 제의가 모두 능란한 연기였었다는 것을. 뛰어난 기능에 보내는 사람들의 찬사에 어느덧 오해져 신을 모실 곳을 잃어버렸다는 것을. 제의祭儀 같은 신성하고 엄숙한 행사가 확립된 신관神觀도 없이 인위적으로 성무한 사람들의 손에 맡겨져 생활의 수단으로 직업적으로 다루어지고 있는 것부터가 틀림없이 존재하고 있을 신에 대한 독신 행위인 것만 같았다.

무가에 태어나 무의 세계에서만 살아온 그녀는 무들이 받드는 모든 신들의 존재를 회의해 본 일은 없다. 그러한 신성한 존재를 받들고 있는 자기의 모습을 진지하게 응시하기 시작한 것이다.

큰 단골 만년의 무에 대한 가치관은 변함이 없었다. 그녀는 애오라지 신들의 눈으로 보아도 험이 없는 큰 단골이고 싶었던 것이다.

그녀는 꼭 한 번 한양 구경을 간 일이 있었다. 전임 사또의 실내室內 부인은 삼월과 시월에 관가 터주에 고사를 지냈는데 그럴 때마다 은근히 그녀를 불렀었다. 굿을 할 처지는 아니어서 만년은 항상 소복을 입고 김이 오르는 떡을 시루째 소반에 올려놓고 떡 위에 십자로 칼집을 낸 후 그 칼을 가운데 꽂고는 그 앞에 꿇어앉아 두 손바닥을 비비며 축원을 했다.

이태를 그렇게 지내다가 사또는 내직으로 영전이 되어 한양으로 돌아갔다. 자상한 실내 부인은 만년이가 축원해 준 덕이라고 고마워하며 꼭 한번 한양에 와 달라고 신신당부를 했던 것이다.

초록은 동색이고 송충이는 솔잎을 먹고 산다고 한양에 가도 만년이의 관심은 무에 있었다. 그녀는 호남에는 없는 강신무(무당)와 내림굿을 구경하고 싶었다. 마침 내림굿을 하는 데가 있다 하여 그녀는 자하문 밖에 있는 무촌巫村으로 올라갔다. 큰 무당이라고 하는 무당의 가무는 그저 그랬지만 내림굿에는 적지 않은 감명을 받았었다.

특히 강신자가 강신한 신을 통곡하며 받아들이고 비로소 말문이 열려 공수를 주는 장면을 목격하면서 야릇한 감동에 사로잡혔던 것이다.

"워낙에 심한 신병에 시달렸거던요."

안내를 해 준 실내 부인의 상직이가 상기된 얼굴로 말했다. 내림굿을 받은 강신자는 그의 육촌이라는 것이었다.

"신병이 고로콤 게롭지라우?"

만년이가 묻자 상직이는,

"그야 죽을 만큼 괴롭답니다. 안 써 본 약이 없었지요. 누가 신병을 앓고 있는 것을 알았겠어요? 집안에서는 망칙—그녀는 당황하여 말을 고쳐 했다—없던 일이라 어쩔 줄을 몰랐지요. 이제 어쩔 수 없이 걔는 무당이 되었습지요. 내림굿을 받아도 무당질을 하지 않으면 그 신병이 또 도진다지 뭡니까."

"우리는 모르는 일이요만 참말로 요상한 일이지라우."

"동지사 따라 연경 갔던 장사치가 그러는데 대국보다 더 먼 데 있는 나라에도 무당이 있다나 봐요. 거기 무당의 신병은 그야말로 무시무시하답니다. 산 사람의 육신을 갈기갈기 찢고 **뼈**를 마디마디 동강냈다 도루 맞춰 놓는대요. ─아, 정말 그러는 것은 아니지만 당자 눈에만은 그것이 실지로 행해진다는 것이죠."

상직이는 말을 끊었다가

"무당이 되는 것은 그렇게 어려운 일인 모양이죠. 그야 신을 접하게 되는데 쉽게 될 수야 없지요"

하는 것이었다. 이 말은 만년의 머릿속에 깊이 꽂혔다.

시앗을 본 후부터 만년의 굿 솜씨는 더욱 무르익어 갔다. 그러면서 그는 항상 안개 속을 헤매고 있는 느낌이 들고 까닭 없이 미안한 생각도 드는 것이었다.

'무당이 되는 것은 그렇게 어려운 일인 모양이죠. 그야 신을 접하게 되는데 쉽게 될 수야 없지요' 하던 상직이의 말이 자주 떠오르기도 했다.

'낸 너무 십게 단골이 뎃지러. 냄은 고로콤 고통을 겪고 무당이 덴다는디.'

감동이 극해 통곡 통곡하면서 내린 신을 맞던 내림굿의 강신자 얼굴이 아른거렸다.

그러던 어느 날, 바로 나흘 전의 일이다. 부엌일을 맡아 하고 있는 정례어매가 심상치 않은 얼굴로 뛰어 들어왔다.

"아줌씨, 요상한 기 장독 앞에 쓰러져 있어라우."

그녀는 얼굴빛도 제 색이 아니었다.

"요상?"

"야아, 쪼깬 지집안디 죽어 있어라우."

"참말로 죽었다냐?"

"야아, 참말로 죽었지라우."

그러나 아이는 죽은 것이 아니고 앓고 있었던 것이다. 일곱 살쯤 되었을까? 어디서 왔는지 몰골이 말이 아니었다. 꽁꽁 얼어 있는 것을 안아 방으로 옮겼다. 때투성이의 얼굴이었으나 얼마 후에 뜬 눈이 만년이를 사로잡았다. 푸르도록 맑은 흰자위를 몰아내듯 고운 까만자위가 컸다.

아이는 크게 뜬 눈으로 만년이를 응시하며 무슨 까닭인지 보일락말락 웃었다. 이윽고 '나비'라고 또렷이 말했던 것이다. 순간 만년은 몸이 오싹해지는 것을 어찌할 수 없었다.

아이는 다시 눈을 감고 다시는 입을 열지 않았다.

알 수 없는 애정의 충격으로 만년은 아이 옆을 떠날 수가 없었다. 깨끗이 씻겨진 아이는 어린 대로 드물게 보는 아름다움을 가지고 있었던 것이다.

"참말로 사람 같지는 않소잉. 기(귀) 빠지고 요로콤 새처븐 애기는 처음 보지러."

정례어매도 자주 방에 들어와서 잠들어 있는 아이의 얼굴을 자꾸만 들여다보는 것이었다.

만년이 그 아이를 왜 신병을 앓고 있다고 생각했는지는 알 수 없는 일이었다. 난데없는 출현과 믿어지지 않는 미모와 입가에 감돌았던 보일락말락한 미소, 그리고 무엇보다도 그녀가 던진 단 한마디 '나비'란 말이 만년의 머릿속에 어떤 허구虛構를 구축했는지도 모른다. 어쨌건 만년은 그날부터 흥분 상태에 있었다. 그녀는 민망한 정도로 어린것에 빠져 들어갔다. 아직 추스르지도 못한 아이를 떼어 놓기 싫어 그녀는 아이를 품에 안고 굿당으로 가고 있었다. 그러다가 비를 만난 것이다.

"단골네야, 정신 좀 채려야 쓰것다. 잘못하다간 애기 놓치게 데여. 허지만 이녁 맴 알 것도 같지러."

주모는 고개를 젓고 한숨을 쉬는 것이었다.

2

장통방長通坊 골목길은 좁고 꼬불거렸다. 큰 개천에 면한 곳에는 그럴싸한 기와집이 늘어서 있지만 반촌班村은 아니다. 그러나 배오개 장이 가까워 중바닥〔中人階級〕의 돈 많은 물주들이 큼직큼직한 집들을 짓고 산다. 큰 갓은 쓰지 못하지만 남촌의 가난에 찌든 양반 같은 살림은 아니다. 만사가 풍성풍성하고 기름이 흐른다. 의식족이지 예절이라고 웬만한 양반보다 범절이 높다. 지밀至密에도 손이 닿는 집도 있다. 궁녀는 중인 집에서 들어가기 때문이리라. 양반보다 의복이나 음식 사치가 심하다. 풍류도 안다. 근자에 와서는 학문에 눈을 돌린 자도 드물지 않게 되었다. 청국 무역에도 손을 뻗쳐 서책을 쉽게 입수할 수도 있는 것이다.

수표교와 장교長橋가 눈앞에 있어 정월 열나흘이면 답교踏橋의 흥청거림도 집 안에서 볼 수 있다. 그리 맑은 물은 아니지만 한양 한복판에서 앞이 탁 트인 집을 차지하고 세시의 정경에도 젖고 살 수 있는 부촌이다.

그러나 그런 집을 몇 채 지나고 나면 불결한 골목이 꼬불거리게 된다. 납작한 초가집 사이의 좁은 길은 조심해 걷지 않으면 자칫 똥도 밟는다. 몇 해를 이지 못한 지붕에서는 노래기가 우글거리고 행인의 머리 위에 떨어질 때도 있다.

미로같이 꼬불거리는 그 길을 몇 모퉁이 돈 으슥한 곳에 처박혀 있는 것 같은 초라한 집에 몇 사람의 사내들이 모여 있었다.

구조가 약간 특이한 집으로 대문이랄 것도 없는 문을 열고 들어가면 바로 툇마루가 달린 방 하나와 흙바닥이 우글퉁 부글퉁한 궁기가 잘 흐르는 부엌이 코를 막는데 방과 부엌 뒤에 방이 또 둘 있다. 그 방 뒤는 바로 뒷골목이 되어 있고 그쪽으로도 문이 나 있다. 양쪽으로 문이 있는 것이다.

뒷방은 길고 좁다. 천장에는 주렁주렁 약재 주머니들이 매달려 있고 벽장 밑에는 칸이 많은 약장도 있다. 지지리도 가난한 골목에 걸맞는 초라한 약국이다.

약국을 찾는 사람은 물론 뒷골목으로 난 문으로 출입을 한다.

"주부님 기세요?"

하는 소리가 들리면 창 구실을 겸한 외닫이 문을 열어 환자를 맞는 것이다.

부엌에 이어 있는 방은 미닫이 하나로 약방과 이어져 있다. 부엌 쪽으로 몸을 반으로 접어야 드나들 만한 문이 있을 뿐 들창 하나 없는 캄캄한 방이다.

사내들은 그 방에 모여 있었다. 미닫이를 닫고 등잔불을 켰다. 밖에서 보면 약국 방은 불이 꺼져 있는 것이다.

신유년의 대박해 이래 교우들은 언제 포졸들의 습격을 받을지 모르는 처지에 있었다. 무슨 궁리를 해서라도 그들의 손아귀를 벗어나야 했다.

많은 사람들이 집과 세간을 버리고 깊은 산중에 숨어 화전을 일구고 살았다. 어느덧 교우촌이 형성되는 곳도 있어 모여 살면서 옹기를 굽고 팔아서 가련한 목숨을 이어가고 있었다.

그러던 중 지방에서의 박해는 산발적으로 있었으나 그 회오리도 차차 가라앉아 얼마큼의 평온이 돌아오자 교회의 재건을 위하여 목숨을 거는 교우들이 나타나기 시작했다.

지금 이 숨이 막힐 것 같은 좁고 답답한 방에 그 사람들이 모여 있다.

이여진李如眞 요한, 김형식 프란치스꼬, 순교자 홍낙민洪樂敏의 아들 홍우송, 순교자 권철신權哲身의 조카 권기인 요한, 그리고 약국 주인 장수현 루가이다.

그들은 서찰 한 장을 가운데 두고 이마를 모으고 앉아 있었다.

"역시 정 요한 선생은 신앙을 버리신 게 아니셨어."

속삭이듯 낮은 소리로 말하고 홍우송이 눈시울을 눌렀다.

"그 어른이 어떤 분이신가. 그런 부끄러운 무서운 죄를 범하실 분인가."

권기인 요한이 역시 속삭이듯 소리를 죽이며 말했다.

벽 하나 뒤는 좁은 골목길이라 해도 행길이다. 그들은 입김으로만 말을 주고받아야 했다.

"어쨌건 그대로 보냈으면 망신할 뻔했네. 우린 참 미숙하단 말야."

이여진 요한도 다른 사람들처럼 입김같이 낮은 소리로 말했다.

하상의 저고리 깃 속에서 꺼낸 서찰은 두 통이었다. 한 통은 북경 주교에게 보내는 것이고 다른 한 통은 직접 로마의 교화황敎化皇에게 보내는 애절한 서한이었다.

다산은 두 통의 이 애절한 사연을 고치지는 않았다. 처음부터 글자 하나 고쳐 줄 생각은 없었던 것이 사실이다. 하상을 만나 잠시 흔들렸던 마음이, 셋째형 약종에 대한 짙은 의식과 거북함 같기도 하고 뉘우침 같기도 하고 죄스러움 같기도 한

착잡한 심정이 흉물兇物같이만 느껴졌던 그 서찰을 읽어 보게
했던 것이다.

서찰은 각각 창호지 반 장에 세필로 쓰여 있었다. 문장도 글
씨도 서툴고 자의字義가 합당치 않은 오자가 많았다. 쓴웃음을
머금으며 읽어 가다가 다산은 어느덧 마음이 서찰로 끌려 들어
가는 것을 어찌할 수 없었다.

교회의 재건을 위하여 일어선 새로운 지도자들의 학식이 문
제가 아니었다. 미숙하나마 그 사연은 진지하고 열절하고 솔직
하게 하고자 하는 말을 다 하고 있었다. 그 애절한 구구절절은
가슴을 치고 남음이 있었다. 다산은 저도 모르는 사이에 붓을
들어 오자와 자의가 합당치 않은 글자만을 고쳤다. 문장은 고
쳐 주기 싫어서가 아니고 미숙한 그대로 고칠 필요가 없다고
생각했던 것이다. 약간의 악의를 가지고 본다면 사연에는 전연
손을 대지 않음으로써 생각하면 끔찍하게 어마어마한 이 거사
와는 아무 관련이 없다고 스스로를 안도시키기 위하여 몸을 빼
려 했던 것일지도 모른다.

그것은 자하산인紫霞山人의 이름으로 대동선교고大東禪教考
와 대둔지大芚誌의 편찬에 무겁게 참례하면서 소위 대둔사 제
덕諸德 속에서 그 이름을 빼게 하여 완호玩虎, 아암兒庵, 수룡
袖龍, 초의草衣, 기어騎魚, 호의縞衣 등으로 육덕六德을 일컫게
했던 태도와 상통하는 것이라 할 수 있었다. 서서西書를 읽었다

는 것을 꼬투리 잡혀 겪어야 했던 그 괴로움, 모함과 핍박과 고통과 위난에 질려 있었던 그는 그때도 그런 느낌을 짙게 주었었다. 억불抑佛의 시대에 불서佛書 편찬에 참례했다는 것은 또 새로운 환난을 초래하게 할지도 모르는 일이었던 것이다.

그때나 이번에나 다산의 심정과 태도에는 크게 다른 것이 없었다. 학문과 경세經世와 목민牧民—즉, 수기치인修己治人에 대한 깊숙한 탁마琢磨 이외에는 그는 이제 아무것에도 관여하고 싶지 않았다. 유락流落 십 년을 살면서 그는 아직도 자신도 현세도 던지지를 못하고 있었는지 모른다.

그래도 그의 정정은 새로운 교회 지도자들에게 큰 용기를 주었다. 그가 아직도 신앙을 버리지 않고 있다는 것을 확신하고 그들은 백만의 원군을 얻은 것만큼이나 든든해 하며 기뻐했다.

그들 중에서는 가장 글씨를 잘 쓴다는 권기인 요한이 목욕재계하고 숨겨 가기 쉽도록 명주에다 세필로 정성껏 청서한 서한은 마부로 동지사 행차에 따라간 이여진에 의하여 북경 남당南堂 성직자들에게 전달되었다.

그 동안 북경의 교회 사정도 많이 달라져 있었다. 1805년 아데오다또라는 신부가 산둥성의 지도를 로마로 보내려다가 중국 관헌에 발각되어 잡혀 중국인 천주교 신자 13명과 함께 유배되고 이때부터 교회에 대한 박해가 심해졌다. 박해는 박해령을 내린 가경제嘉慶帝가 죽을 때까지 계속되었다. 선교사들은 숨어야 했고 북경의 선교사들도 학문적 활동 이외는 교우들과의 접촉이 금지되었다. 가경제의 천주교에 대한 적의는 컸으므로 그의 치세 기간에는 내내 혹독한 박해가 계속되었던 것이다.

조선 교회와 관계가 깊었던 고베아 주교는 이미 1808년 여름에 별세하고 여러 해 전에 수자 사라이봐 요아킴 주교가 '띠빠사' 명의名儀 주교主敎로 성성成聖되어 북경의 보좌補佐 주교主敎로 임명되었으나 1805년 이래의 박해로 인하여 북경에 들어갈 허가를 얻을 수가 없었다.

그는 고베아 주교의 별세로 북경 주교가 되었으면서도 자기 주교좌主敎座가 있는 북경에 영영 들어가지 못하고 1818년 초에 마카오에서 별세하였다.

한편 북경에서 전교하던 포르투갈 사람 라자리스트 회원 뻬레스 주교는 고베아 주교에게서 남경 주교로 성성되었는데, 이분도 역시 박해 때문에 남경 주교좌로 끝내 가지 못하고 그대로 북경에 남아 있을 수밖에 없어 거기서 주교 직무를 수행하였다.

수자 사라이봐 주교 별세 후의 북경 교구는 총대리 라자리스트 회원 리베이로 신부가 1826년에 사망하기까지 계속 관리하였고, 그의 사후 일 년 후부터 뻬레스 주교가 교황청으로부터 그 주교좌의 관할권을 위임받았었다.

그러므로 이때의 교황께 올리는 조선 교우들의 서한은 리베이로 신부에게 전해지고 북경의 선교사들에 의해 마카오에 있는 수자 사라이봐 주교에게 보내졌던 것이다.

수자 사라이봐 북경 주교는 두 명의 중국인 통역의 도움을 얻어 두 통의 서한을 모두 포르투갈어로 옮긴 다음 교황청으로 보냈다.

이 서한들은 1814년 8월 리스본에 도착하였고, 이어 포교성 성布教聖省에 전달되었다. 포교성성 고문서고古文書庫에는 북경 주교에게 보낸 서한의 한문 원본은 보이지 않고 포르투갈 역문이 남아 있다. 이 서한은 그 후 이탈리아어와 프랑스어로도 번역되었다.

서양 선교사가 한 사람도 발을 들여놓은 일조차 없는 멀고 먼 알려지지 않은 나라에서 스스로 성교를 받아들이고 신앙을 증거하기 위하여 그처럼 많은 사람들이 장렬하게 죽어 갔다는 사실을 안 교황청의 감동은 컸다.

그리스도의 현세의 대리자인 그 높은 분에게 직접 호소를 한 용기는 아마도 그리스도가 직접 주신 것에 틀림이 없었다. 그들의 신앙은 너무나 뜨거웠고 간절했고 순결했다. 그들의 겸허함과 순진성, 고통과 위난과 그 박해를 겪고도 조금도 손상되지 않은 신앙을 피로 쓴 것 같은 이 서한은 지금도 읽는 이로 하여금 옷깃을 여미게 하며 눈시울을 뜨겁게 한다.

이 기막힌 편지를 교황은 유폐지인 파리 근교에 있는 퐁텐블

로에서 받았다. 교황은 가장 멀리 떨어져 있고 가장 버림받고
있는 그의 자녀들이 보내는 이 애절한 눈물겨운 호소문을 읽으
며 이들을 도와줄 수 없는 처지에 있음을 생각할 때에 가슴이
갈기갈기 찢어질 것만 같았다.

이때 교황청과 프랑스는 교황령(성 베드로 영지) 문제로 극도
로 대립하고 있었다. 교황 비오 7세는 양보하지 않았다. 그러
자 나폴레옹 황제는 그를 퐁텐블로성에 감금해 버렸던 것이다.
'성 베드로 영지'는 몰수된 상황이었고 프랑스 성직자의 성소
聖召가 겨우 다시 시작되어 단두대와 감옥과 귀양으로 생긴 많
은 공백이 채워질 날은 아직도 아득했다.

거의 이르는 곳마다 수도회들이 전멸되었고 신앙 전파의 구
속 사업은 아직 시작되지 않았으며 드문드문 선교사의 성소가
좀 있는 것이 고작이었다. 한마디로 전 세계에서 성교회가 프
랑스 혁명의 무서운 여파를 겪는 중이었으며 그 존재까지도 위
협을 당하는 듯하였다.

예수 그리스도의 대리자는 그저 기도나 드리고 하나님께 호
소하는 길밖에 다른 방법이 없었으며, 십자가에 못박히사 버림
을 받으신 예수의 성심聖心을 향하여 옥중에서 탄식을 보낼 수
밖에 없었다.

수모를 당하는 자의 기도는 하늘에 사무친다고 성경에는 적
혀 있다. 불행에 찍혀 눌린 자, 정의를 위하여 박해를 받는 자

의 기도는 더욱 그러한 것이다.

그리스도의 대리자는 이 말씀을 믿고 불행에 찍혀 눌리면서 진리를 위하여 박해를 당하고 있는 이들 가련한 교우들을 위하여 끊임없이 기구를 드렸던 것이다.

이 서한들은 너무나 길어 전부 옮길 수는 없으나 성직자의 도움 없이 세워져 커진 그들의 교회가 그 무서운 대박해를 겪고도 무너지지 않고 외부의 조력 없이도 성령聖靈의 직접적인 감화感化라고밖에 말할 수 없는 용기와 각오로 재건에 헌신하려 하는 열의와 뜨거운 신앙에는 옷깃을 여미게 하는 것이 있다. 또 성직자 없이 자생하다시피 한 교회의 신자들이 전혀 이질적인 이 교리를 상당히 깊이 이해하고 무척이나 생소하고 어색했을 성교 예절에도 어느 정도 익어 있는데 놀라지 않을 수 없다. 지나온 박해의 세월의 아픔, 짧으면서 너무나 많은 피를 흘려야 했던 장하고도 아픈 교회의 역사와 현재의 어려운 사정 등이 차분히 서술되어 있는데 군더더기가 없는 만큼 호소력이 큰 것이다.

"프란치스꼬와 조선의 다른 교우들은 땅에 엎디어 가슴을 치며, 지극히 높으시고 지극히 위대하신 온 성교회의 으뜸께 이 글월을 올리나이다"라고 시작된 사연은 단도직입적으로 그들의 소원을 아뢰고 이어 조선 교회의 생성과 특색을 적고 있다.

지극히 간절하고 열절한 마음으로 성하께 간구하오니 저희들을 불쌍히 여기시어 성하의 마음에 가득 찬 자비의 빙거를 보여 주시며 할 수 있는 대로 빨리 구속의 은혜를 내려주옵소서. 저희들은 조그만 나라에 사는 신자로 처음에는 책으로, 10년 후에는 강론과 칠성사七聖事에 참여함으로써 거룩한 교리를 받는 행복을 얻었나이다. 7년 뒤에는 박해가 일어나 저희들에게 왔던 선교사는 많은 교우들과 함께 사형을 당했으며 다른 교우들은 모두 근심과 겁에 억눌리어 차츰 흩어지고 있나이다. 교우들은 한데 모여 수계守誡를 하지 못하고 숨어 지내나이다. 저희들에게는 오직 지극히 크신 천주의 자비와 성하의 크신 동정밖에는 바랄 것이 없게 되었사오니 지체 없이 저희를 도와주시고 구원하여 주심을 바라나이다. 오직 이것만이 저희들이 울부짖어 비는 바입니다. 10년 전부터 저희들은 간난신고에 눌려 있사오며 늙고 병들어 죽는 것이 많아 그 수를 헤아릴 수 없사옵고 살아남아 있는 자들은 어느 때에나 거룩한 교육을 받을 수 있게 될지 모르나이다. 교우들은 이 은혜를 마치 목이 타는 자가 물을 갈망하듯 하오며, 그 은혜를 마치 가뭄에 비를 빌 듯하나이다. 그러하오나 하늘은 너무 높아 붙잡을 수 없사오며, 바다는 너무 넓고 구원을 청하러 건너갈 만한 다리도 없나이다. 저희들이 성서에서 읽은 것이 있사온데, 성교는 온 세계에 선교되었사오며, 오직 저희 동방 나라에만 선교사에 의하지 않고 다만 책으로 전하여졌나이다. 그러하온데도 선교사가 오기 전후에 여러 백 명의 순교자들이 천주를 위하여 목숨을 바쳤사오며, 지금 있는 신입 교우의 수효도 일만 명이 넘나이다.

그러므로 저희들은 지금 지극한 두려움과 진실한 통회로 가슴을 치며 일찍이 지상에 강생降生하사 십자가에 못박혀 죽으시고, 의인義人들보다 오히려 죄인들을 더 걱정해 주시는 크신 천주와 또한 천주를 대리하시고 모든 사람을 보살피시며 진실로 죄인들을 구해 주시는 성하께 지극히 겸손되이 비옵나이다. 저희들은 구속救贖되어 암흑을 빠져나왔나이다. 그러하오나 세속은 저희 육신을 괴롭히옵고 죄악과 악의惡意는 저희 영혼을 압박하나이다.

보통으로는 영혼이 육신을 다스리고 육신이 영혼을 도와주며, 이 서로의 관계는 자연적인 것이옵니다.

이러한 바른 이해와 순수한 믿음에 교황은 진실로 감동했던 것이다.

천주실의 天主實義

1

그 서찰을 어른들이 감격에 떨면서 되읽고 있는 동안 윗목에 꿇어앉아 있던 하상은 형용할 수 없는 외로움과 부끄러움에 사무쳐 참담한 마음에 잠겨 가고 있었다. 그 서찰을 몸에 지니고 다니면서 어느 글씨 한 자 읽을 수 없는 자신의 무식이 새삼 한심스러웠다.

사촌매부 황사영은 열여섯에 소과에 장원으로 뽑혀 진사가 되었다고 들었다. 학덕으로 이름 높은 가문에 태어나면서 일자무식이라니 사람이라고 할 수도 없을 것 같다.

무슨 일이 있어도 우선 공부를 해야겠다. 그리고 이처럼 어른들이 노심하고 있는 탁덕이란 분을 꼭 모셔 와야겠다. 무엇보다도 교리를 배워 훌륭하신 아버님의 아들답게 살고 싶다.

그는 지그시 아랫입술을 물었다. 어두운 등잔불 아래 소년의 눈은 반짝반짝 빛났다. 일생을 성직자 영임과 교회 재건에 몸바친 그의 인생은 시작되고 있었다.

그러나 그에게는 시급히 해결해야 할 걱정거리가 있었다. 무현 근처의 주막에서 자기도 모르는 사이에 말려 들어가 버린 거지 계집아이의 일이다.

밤새 고열에 시달리던 아이는 이튿날 아침부터 회복이 되고 점심에는 국밥도 먹었다. 누이라 했던 만큼 버리고 갈 수는 없어 하상은 그녀를 업고 떠났던 것이다.

아이는 백지장같이 가벼워 키가 큰 하상 등에 붙은 매미 같았다. 걷는 데는 별 지장이 없었으나 첫번째 마을이 보였을 때 그는 계집아이를 등에서 내렸다.

"난 갈 길이 급한 사람이야. 널 데리구 갈 순 없단 말야. 여기 돈이 있으니 집을 찾아갈 때까지 떡이나 엿이나 사 먹어 응?"

계집아이는 한마디도 말을 하지 않았다. 울지도 않았다. 맑고 고운 눈으로 하상을 올려 볼 뿐이었다. 가슴 한구석이 찌잉해 오는 눈빛이었다. 그래도 그는 계집아이를 내려놓고 걷기 시작했다.

얼마를 갔는지 모른다. 어느 모퉁이에서 그는 무심히 뒤를 돌아보았다. 순간 그는 놀라 발길을 멈추었다. 걸어온 길은 곧은 길이고, 시야가 트여 있었다. 그 길을 쪼그만 덩어리가 굴러오고 있는 것이다. 그 거지 계집아이였다. 하상은 못 볼 것이나 본 것처럼 저도 모르는 사이에 눈을 질끈 감고 있었다.

'프란치스꼬님이 기다리고 계시다!'

번개같이 자신의 처지가 머리를 스쳐 그는 마음을 독하게 먹기로 했다. 발길을 옮기려 하는데 계집아이가 쓰러지는 것이 보였다. 쓰러진 계집아이는 다시 일어나지 못했다.

하상은 하는 수 없이 계집아이가 쓰러진 곳으로 되돌아갈 수밖에 없었다. 아이는 정말 숨이 멎은 얼굴을 하고 있었다. 가슴만이 물결처럼 오르내렸다. 죽어 가고 있는 것이 분명했다. 울상이 되어 하상은 아이를 안고 마을 쪽으로 발을 옮겼다.

계집아이는 마을에 들어가기 전에 정신을 차렸다. 이윽고 자기가 하상의 품에 안겨 있는 것을 알자 서럽게 서럽게 울었다. 그는 도저히 어린것을 버리고 갈 수가 없었다.

벙어리인 줄 알았던 계집아이는 전주를 지나면서 말을 하기 시작했다. 잠시 다리를 쉴 겸 어느 야산에 아이를 내려놓고 하상이

"너희 집은 어디지?"

하고 물었을 때였다.

계집아이는 고운 경사로

"옹진이에요"

하고 대답했던 것이다.

"옹진? 여긴 전라돈데 너 혼자서 이렇게 먼 데까지 왔니?"

"전라도? 전 홍주루 가구 있었어요."

"홍주?"

"네, 외가댁에요."

"너 혼자서?"

"네."

"넌 길을 잘못 잡은 거야. 홍주는 충청돈데 넌 남쪽으로 내려온 거야. 충청도는 북쪽이거든."

계집아이는 눈을 내리깔았다. 하상은 일찍이 그토록 절망에 잠긴 어두운 얼굴을 본 일이 없었다.

"그런데 왜 너 혼자서 그 먼 길을 가니?"

계집아이는 대답을 하지 않았다. 굵은 눈물이 소리 없이 뺨을 타고 흘렀다.

"무슨 사정이 있나 보구나. 넌 뉘 댁 따님이지? 아버지 이름은 뭐래시니?"

계집아이는 여전히 말이 없다가 얼마 후에 결심한 듯,

"전 권씨 댁 여식입니다. 가친家親 함자는 호浩자字 신身자字 시구요."

하상은 눈을 크게 뜬 채 언뜻은 말이 나오지 않았다.

무식하게 '아버지 이름'이라고 한 데 대하여 어린것이 '가친 함자'니 '호자 신자'니 법도를 차려 말한 것에 대한 겸연쩍음 까닭만은 아니었다.

"그럼 넌, 넌 권진사님 따님?"

하상은 몇 번이나 더듬으며 소리를 높였다.

"그럼 오빠는 저희 아버지를……."

천인 차림의 하상을 계집아이 매아는 서슴없이 '오빠'라고 불렀다.

"난 권진사님을 뵈오러 옹진까지 간 거야."

"우리 아버지를?"

"옹진 주막에서 얼마를 기다렸다구. 그런데 진사님 댁에선 아무 기별두 없었어. 네 모양을 보니 큰일이 있었던 것 같은데 무슨 일이 있었지?"

매아는 아무 대답도 하지 못했다. 며칠 사이에 철이 다 들은 어린것은 무엇 때문에 환난을 당했던가를 알고 있었다. 아무에 게나 통사정을 해도 좋은 사연은 아니었던 것이다. 그 계집아이 는 시들기 시작한 잔디 위에 몸을 던지고 흐느껴 울기만 했다.

하상은 잠시 길이 자꾸만 지연되는 데 대한 초조함과 곤혹을 잊었다. 젓가락같이 여윈 손이 잔디를 뜯으며 몸부림치는 모습 이 너무나 애처로워 눈시울이 뜨거워 오는 것이었다.

매아의 울음은 좀처럼 멎지 않았다. 얼마를 그러고 있는 동 안 문득 하상의 머리를 스치는 것이 있었다.

"아가. 나두 교우야. 난 바오로야. 너희 댁에 무슨 일이 있었 니? 말해 봐."

매아는 고개를 들었다. 눈물이 고인 눈으로 하상의 얼굴을 응시하다가 소리를 내어 다시 울기 시작했다.

하상이 안아 일으키자 그의 가슴에 얼굴을 묻고 또 울었다.

"왜? 포졸들이 덮쳤었니? 부모님이 모두 끌려가시구?"

매아는 고개를 가로저었다.

"그럼 너만 이 모양이 되었다는 거야?"

매아는 또 고개를 가로저었다.

"찬찬히 말해 봐. 나도 직실을 알아야 해."

얼마를 지난 후에야 매아는 흐느끼며

"아버지께선 끌려가시구, 어머니께선……."

그녀는 또 울기 시작했다.

"어머니께선 낭떠러지에……."

하상은 혀를 찼다.

"난 갈 길이 바쁜 사람이랬지 않아? 울구만 있으면 난 가 버릴 테야."

매아는 하상의 가슴을 파고들면서

"어머니께선 낭떠러지에 떨어지셨어요. 아무리 찾아도 보이지 않았어요. 동생들두 아무리 찾아도 못 찾구요."

아이의 말은 두서가 없어 하상은 더 이상 지체할 수가 없었다.

"헐 수 없구나. 가면서 듣기루 하자. 자, 등에 업혀라."

하상은 다시 매아를 업고 걷기 시작했다. 두고 가 버리겠다

는 말에 매이는 겁을 먹고 하상이 묻는 말에 찬찬히 대답을 하
게 되었다.

　그녀는 이제 울지 않았다. 어린 눈으로 보고 당한 일들을 말
하고 난 뒤,

　"이제 동생들을 찾아야겠어요. 우선 외삼촌을 뵙구 찾기루
해야겠습니다. 죄송합니다만 절 홍주까지만 데려다 주세요."

　하상은 기가 막혔다.

　"그럴 순 없어. 난 갈 길이 바빠."

　"그럼 절 내려 주세요. 저 혼자라두 찾아가야 합니다."

　"정말 미치겠군. 홍주 어디란 말이냐?"

　"홍주예요."

　"홍주두 넓단 말야. 읍내야, 더 시굴이야?"

　"모릅니다. 홍주 김씨 댁이에요."

　"외삼촌 어른 이름은?"

　"모릅니다. 홍주 아저씨……."

　"기가 맥혀 죽겠네. 이름두 동네두 모르구 어떻게 찾아가."

　"그러구 동생들을……."

　"구름 잡기지 어디 있는지두 모르면서 어떻게 찾는단 말야."

　"저흰 신표가 있어요. 어머니께서 집을 빠져나오실 때 호리
병 삼작을 하나씩 바지 주머니에 넣어 주셨어요. 똑같은 겁니
다. 혹여 흩어져두 신표로 삼으라 하셨습니다."

"동생들은 몇 살인데?"

"지가 젤 맏이루 아홉 살입니다. 다음이 일곱 살, 끝이 다섯 살이에요. 이름은 사군자를 따서 지가 매아, 다음이 난아, 끝이 국아예요. 우리 난아 국아……"

매아는 하상의 등에 얼굴을 묻고 소리를 죽여 울었다.

점점 난처해진 하상은 울상이 되어 있었다. 권진사의 딸이라는 것을 안 이상, 더구나 군란으로 고아가 되다시피 한 어린것을 버리고 갈 수는 없었다.

'프란치스꼬님이 뭐래실까.'

정말 울고 싶었지만 일단 아이를 한양까지 데리고 가서 어른들하고 의논할 수밖에 없다. 그는 통통 부어 등의 매아가 현기를 느낄 정도로 걸음을 빨리했다. 시종 시무룩해 말도 잘하지 않았지만 그래도 매아 삼자매의 본명(本名=敎名)이 마리아, 세실리아, 율리엣다라는 것을 알았다. 프란치스꼬가 기다리고 있는 주막이 가까워 오자 그는 불쑥 말했다.

"주보(主保=守護, 성인을 말함)이신 성모 어머님께 열심히 기구하는 거야, 마리아."

그 마리아를 하상은 사직동 이판서 댁 정경부인 상직으로 있는 막달라 아주머니에게 맡기고 있었다. 주막에서 기다림에 지쳐 있었던 김 프란치스꼬도 권진사의 딸을 버리고 가랄 수는 없다 하였으나 몇 해 전에 아내를 잃은 그는 마리아를 맡을 형편은 못 되었다. 뭇사람이 드나드는 주막에도 둘 수 없어 내처 업고 한양까지 왔으나 대박해 이래 대개의 교우들은 가난에 쪼들리고 굶주림에 시달리고 있었다. 남의 집 종살이를 하고 있을망정 그래도 막달라 아주머니는 정경부인의 신임도 두텁고 행랑에 잠시 둘 수도 있는 데다가 과부나 동정녀들이 모여 사는 집에도 자주 드나들고 있었다. 그 동정녀들에게 마리아를 맡겨 보자는 것이었다.

하상은 날이 새는 대로 사직동 이판서 댁에 가야 했다. 어느덧 정이 들어 친누이만큼이나 마음이 가는 마리아를 데리고 막달라 아주머니를 따라 낙산 밑에 있다는 그 집에 가기로 되어 있었다. '소문은 듣고 있지만 그녀들이 마리아를 맡아 줄까. 군란으로 고아가 된 불쌍한 아이들이 어찌 마리아뿐이겠는가. 맡아 주지 않는다면 어쩐다? 어쨌든 떼를 써서라도 마리아를 그들에게 맡기고 나는 공부를 해야 한다. 가르쳐 주는 분이 있다면 그 집 드난을 살더라도, 헛간에서 뒹굴잠을 자더라도 해낼 테다!' 그는 두 무릎 위에 하나씩 눌러 얹고 있는 두 주먹을 부르르 떨었다.

이튿날 하상은 마리아를 데리고 막달라 아주머니를 따라 동정녀들이 산다는 낙산 밑 그 집으로 갔다. 마리아는 이날따라 너무나 예뻤다. 정갈하게 민빗으로 엎어 땋은 귓머리를 뒤에서 한데 모아 세 갈래로 나누어 역시 민빗질하여 착착 엎어 땋은 머리는 숱이 많고 길어 허리 아래까지 내려와 있었다. 막달라

아주머니는 그 머리끝에 다홍 제비댕기를 물려 주고

"어쩌면 이렇게도 고운 머리가 있을까"

하고 찬탄했던 것이다.

　마리아는 이판서 댁 행랑에서 이틀 밤을 지내는 동안 그 집 아랫사람들에게 뜻밖의 고임을 받았다. 그녀는 막달라 아주머니의 먼 친척 조카뻘 되는 사람의 딸로 고아가 된 것으로 되어 있었다. 그 아버지는 하천下賤이 아니고 양민良民이었는데 몇 해 전에 아내를 잃고 외로이 딸만 데리고 살다가 지난 추석날 저녁밥 먹은 것이 관격이 되어 급사한 것으로 꾸며 대었다.

　대갓집 하인들은 얼마큼 엉큼도 하고 엉뚱도 하고 교활한 데도 있었지만 인정도 많고 수다스럽고 수선스러운 대신 의협심도 있어 매아의 처지에 진심으로 동정하고 어느 자손 없는 집 수양딸로 가게 되었다는 그녀를 위하여 있는 대로의 힘을 써 주었다.

　침모는 헤어진 대방마님 이불 안에 꼭두서니 물을 들여 성한 데만 골라 이어서 치마를 만들고 모아 두었던 비단 헝겊 조각으로 까치저고리를 지어 입혔다. 삼팔 이불 안은 명주인 만큼 꼭두서니 물감이 곱게 먹었고 대갓댁의 헝겊 조각들은 모두 값비싼 주단들이다. 저고리는 일부러 알록달록 지은 것처럼 품이 높았다.

　절세가인이었던 어머니 김씨 부인을 찍어 낸 것처럼 닮은 매아는 오이씨 같은 버선발마저 앙증스럽고 예뻤다. 하상은 신기하고 대견하여 자꾸만 그녀를 내려다보며 싱글벙글하고 있었다.

낙산 밑의 그 집은 대군방大君坊 근처에 있었다. 조촐한 문을 열고 들어섰을 때 하상은 그 정갈함에 놀랐다.

마당은 제법 넓었다. 행랑채는 없고 널찍한 마당 둘레와 가운데는 화단인 모양으로 잎이 떨어진 관목과 모란나무가 보이고 초화를 뽑아낸 듯한 자리에는 흙이 정갈스럽게 고루어져 있었다. 대추나무인 듯한 키 큰 나무 밑에 장독대가 있는데, 크고 작은 독들이 기름을 바른 듯 반짝거렸다.

문을 열어 준 중년의 여인을 따라 들어간 방도 역시 놀랍도록 깨끗했다. 무거운 놋장식이 달린 감나무판 삼층장이 윗목에 놓여 있고 그 옆에 있는 무쇠장식 꽤 큰 반닫이 위에 개어 얹은 이불을 덮은 이불보가 드물게 고왔다. 예쁘게 오목조목 맞춰 이은 조각보였던 것이다.

'ㄱ'자로 꺾이는 집 마구리에 달린 작은 미닫이에 대어 문갑이 있고 사군자가 붙은 다락문 밑에 자주에 남선을 두른 보료가 놓여 있었다. 검소하나 격이 높은 방이었다.

방에는 아무도 없었으나 그들이 윗목에 앉기도 전에 삼십을 갓 넘어 보이는 깨끗한 여인이 들어왔다. 막달라 아주머니가 잽싸게 일어서므로 하상도 매아도 따라 일어섰다. 여인이 반색을 하고

"막달라 아주머니, 오랜만입니다. 그런데 오늘은 웬일루?"

하며 따라 온 두 사람을 의아한 듯이 훑어보았다.

"데레사님, 실은 오늘은 데레사님께 특별히 소청이 있어 왔습니다."

"소청?"

"네. 이 애기 일루."

막달라 아주머니는 매아 쪽으로 얼굴을 돌리고 말했다.

"마리아 애기, 인사 드려요."

마리아는 일어서서 곱게 날아가듯이 절을 했다. 데레사는

"어쩜 저렇게두 예쁘고 도저할까. 뉘 댁 따님이에요?"

하고 감탄해 마지않는 것이었다.

사실 마리아의 태도는 너무나 도저하고 단아하여 자신의 내력과 딱한 사정이 누누이 설명되는 동안 단정한 앉음새를 한 번도 흩트리지 않았다. 사정을 다 듣고 난 데레사는

"아직도 그런 일이 있군요. 허기야 우리도 언제 당할지 모를 일이지만 우선은 조용하니 함께 있기루 하지요"

하는 것이었다.

마리아는 이 집에서도 귀여움을 받았다. 드문 미모와 어린 나이에 단아한 행신 범절도 놀랍거니와 그녀는 그 나이에는 믿어지지 않을 만큼 필적이 뛰어났다. 얼마 가지 않아 그녀는 데레사의 일을 돕게 되고 데레사는 그녀를 지극히 아끼고 사랑하게 되었다.

마리아가 그 집에 몸을 의탁한 지 사흘째 되는 새벽이었다. 첫서리가 내리던 날이어서 새벽녘 방 기운이 몹시 찼다. 남쪽에서만 자란 마리아는 잔기침을 하다가 어슴푸레 잠이 깨었다. 몽롱한 눈에 방 안 모습이 어렸다. 날이 새기는 아직도 멀었는데 불빛이 보인다. 불빛은 경상 옆에 켜져 있고 그 앞에 데레사가 단정히 앉아 무엇인가를 열심히 쓰고 있었다.

마리아는 눈을 크게 떴다가 몇 번 세게 깜빡거리고 다시 크게 떴다. 잠은 완전히 달아나고 데레사의 모습이 또렷하게 떠올랐다. 데레사는 머리카락 한 올 흐트러지지 않은 단정한 모습이었다. 한쪽으로만 불빛을 받은 얼굴은 진지하고 엄숙하여 신비스럽기조차 했다. 마리아는 저도 모르는 사이에 일어나 앉아 있었다.

하는 일에 골몰하고 있었던 데레사는 어린것이 일어나 앉아 자기 쪽을 응시하고 있는 것도 몰랐다. 폭이 좁은 두루마리를 왼손에 받쳐 들은 우아한 자세로 물 흐르듯 붓을 옮기다가 간간이 손을 멈추고 경상 위를 내려다보고는 다시 붓을 움직이곤 하는 것이었다. 그녀는 무엇인가를 열심히 베끼고 있었던 것이다.

필사筆寫는 꽤 오래전에 시작되었던 모양으로 궁체宮體의 아름다운 필적이 적힌 두루마리는 방바닥에 소복이 서려 있었다.

곁눈 한 번 주지 않고 써 내려가던 데레사가 붓을 놓았다. 먹이 다한 것이다. 그녀는 손을 뻗어 연적硯滴을 집었다. 벼루에

부었으나 연적의 물도 다한 모양으로 물은 한 방울도 떨어지지
않았다.

가만히 지켜보고만 있던 마리아는 이때 조용히 일어섰다. 말
없이 경상 앞에 꿇어앉아 연적을 집어 들었다. 마치 오래전부
터 그렇게 시중을 들어 왔던 것처럼 연적을 든 채 그녀는 방을
나가 물을 채워 돌아와서 벼루에 붓고 먹을 갈기 시작했다.

뜻밖의 일에 데레사는 말을 못하고 있다가 어린것이 먹물을
연지硯池에 가득히 갈아 모으고 먹을 놓자 그녀를 와락 끌어안
았다. 맑은 눈에 눈물이 고여 있었다. 그녀는 마리아를 으스러
지도록 껴안고 그저

"오, 마리아, 마리아"
할 뿐이었다.

다음 날부터 마리아는 데레사를 따라 언제나 자정이 지난 후
일어났다. 얼음 같은 물에 양치하고 세수하고 그들은 불을 밝
힌 경상 앞에 앉았다.

마리아가 하는 일은 먹물 갈기와 붓 씻기, 그리고 두루마리
를 같은 간격으로 접어 금을 내는 일이었다. 데레사는 그 칸에
글씨를 썼다. 두루마리가 글씨로 채워지면 금을 내어 놓은 데
를 가위로 잘라 접었다. 팔배지를 홍두깨에 입혀 다듬은 간지
簡紙로 겉장을 붙이고 데레사는 거기다가 정성 들여 '텬주실의
天主實義'라고 적기도 하고 어떤 책 겉장에는 '공과工課'라고 적

기도 했다. 그녀는 그렇게 정성을 다하여 교리책과 기도서를
필사하고 있었던 것이다.

유달리 추운 밤이었다. 초저녁부터 몸이 찌뿌듯하던 데레사
는 몸을 뒤채다가 늦게야 잠이 들었다. 눈을 떴을 때는 자정이
훨씬 넘어 있었다. 어찔한 머리로 자리에서 일어나 앉으려는데
경상 옆에 단정히 앉아 있는 마리아의 모습이 눈에 들어왔다.

경상 위에는 같은 간격으로 접어 금을 낸 두루마리와 벼루,
먹, 붓 등이 정연히 놓여 있고 연지에는 새로 갈은 먹물이 가득
차 있었다. 윗목에는 놋대야에 세수물이 담겨 있고 그 옆에는
대접에 양치물, 정갈한 종지에는 양치 소금도 담겨 있었다. 밤
마다 데레사를 위한 시중이었다. 자기 소임을 다한 어린것은
경상 옆에 앉아 책을 매고 남은 허드레 종이에 무엇인가를 쓰
고 있었다.

데레사가 일어난 기척을 알자 마리아는 황급히 쓰던 것을 구
겨 쥐고 일어났다. 그 모습이 귀여워 데레사의 입가에는 저도
모르는 사이에 미소가 번졌다.

"오, 글씨 공부를 하고 있었구나. 그럼, 빨리 잘 쓰게 되어
날 도와주어야지. 어디 좀 보자꾸나."

그녀는 손을 내밀었다. 마리아는 한 발자국 물러서며 고개를
저었다.

"괜찮아. 첫술에 배부르더냐. 처음엔 다 서툰 거야."

그래도 마리아는 그 종이쪽지를 건네지 않았다. 데레사는 경상 밑의 종이 위에 놓인 붓을 보았다.

"아니, 그 붓으로 썼었니? 그것으론 왕희지王羲之두 별수 없단 말야."

데레사는 가볍게 웃었다. 그 붓은 아주 무지러져서 며칠 전에 버리게 했던 것이었다. 찌뿌듯하던 몸은 어느새 가벼워져 가고 있었다.

"어쨌건 마리아가 글씨 공부를 하게 된 것은 기쁜 일이야. 아주머니가 오늘부터 잡아 줄께. 그 글씨 좀 보여 다우. 우선 네 솜씨가 얼마쯤인가는 알아야지."

그제서야 마리아는 구겼던 종이를 펴서 부끄러운 듯이 경상 위에 놓았다. 잘라 버린 자투리를 몇 개나 풀로 이어 붙인 종이였다. 그 종이를 일별한 순간 데레사는 등골이 오싹해지는 충격을 어찌할 수 없었다.

천하 만물이 지극히 번거하고 지극히 많으니 어찌 천주의 지으심을 증험하리오. 만물이 능히 스사로 이뤄지지 못하고 반드시 모도 기는려 일우나니 루대와 방옥이 스사로 이루지 못하여 장인을 기는려 이루나니 하물며 천지의 큰 것이 어찌 우연하리오. 하날은 높아 우흘(위를) 덮고 따흔(땅) 넓어 아래를 싣고 일월이 돌아 행하야 주야로 나누고 성신이 버러 있고 사

시때로 어김없이 산에 초목이 나고 물에 어룡을 기르고 기운
은 금수 기르고 홀로 그 가운데 사람이 총명이 만품에 뛰어나
만물의 으뜸이 되니 천주의 무한하신 능력이 아니면 어찌 절
로 이뤘시리오.

국역 『천주실의』의 첫 장이었다. 오자 한 자 없이 쓴 총명도
놀랍거니와 그 글씨의 아름다움에는 찬탄하지 않을 수 없었던
것이다.

처음 보는 글씨체였다. 흔히 궁체宮體라 일컬어 궁의 환관이
나 내인內人들이 쓰는 언문체(한글체)에는 남필南筆과 여필女筆
이 있어 남필은 환관들이 썼고 여필은 나인들이 썼다. 글씨를
잘 쓰는 나인들은 대비나 중전, 후궁, 빈궁, 옹주 등의 대필을
맡을 때가 많고 궁중 대소사를 기록하기도 했다. 자연 궁체라면
여필을 말하게 되고 여필은 주로 흘려 이어 쓰는 초서체였다.

그런데 조각조각 붙여 모은 종이에 무지러진 붓으로 쓴 그
글씨는 그런 초서체가 아니다. 그렇다고 해서楷書체도 아닌 반
흘림체다. 하여 정자正字같이 딱딱하지도 않고 흘림체가 자칫
가지는 난함도 없다. 이를테면 정자의 단정함을 잃지 않고 흘
림의 부드러움도 지닌 단아하고 청초한 글씨체다. 'ㄹ'자와
'ㅁ'자를 흘리지 않고 쓴 것이 너무나 청아해 보였다.

이 글씨체는 후일 덕온공주德溫公主체라 일컬어 명필가인 덕

온공주가 쓴 체였지만 순조純祖의 따님인 이 공주는 이때 겨우 강보襁褓를 벗어나고 있었다. 궁에서도 아무도 본 일이 없는 글씨체였던 것이다.

"넌, 넌 글씨를 누구에게서 배웠지?"

한참 만에야 놀라움에서 깨어나 데레사가 물었다. 꾸지람을 받은 것처럼 마리아는 눈에 겁을 담고 더듬거렸다.

"어, 어머니께서 가르쳐 주셨어요."

"너희 어머닌 참 요조숙녀셨나부다."

데레사의 말은 한숨 같았다.

후일 데레사는 친구 상궁이 간직하고 있던 덕온공주의 필적을 보고 마리아의 글씨체와 너무나 닮은 데 놀랐다. 관로官路에서 멀리 밀려나 있던 남인의 아낙과 구중궁궐 안의 존귀한 공주가 바람결에라도 서로를 들을 리 없었으련만 그들은 같은 체의 글씨를 쓰고 있었던 것이다.

그날부터 마리아는 자정이 되면 몸을 정하게 씻고 소반을 방에 들여놓았다. 교리서와 기도서, 성인 성녀들의 행적을 데레사와 함께 베꼈다. 그녀의 글씨는 단아하고 청초하고 반흘림이니만큼 읽기 좋았다. 다섯 살 되던 해부터 익힌 글씨 솜씨는 가히 능필이라 할 수 있었다. 그녀는 저도 모르는 사이에 이 집단에서 없어서는 안 되는 존재가 되었다.

신유년(1801)의 대박해로 성서를 비롯하여 교리서, 기도서,

예규, 성인전 등은 대부분 관에 몰수되었거나 교우 스스로 태워 버려져 지방에서 산발되는 박해가 없지는 않았으나 겨우 숨을 돌린 교우들에는 무엇보다도 성교서책이 필요했다.

중국에서부터 들여온 책 중에는 크고 두꺼운 것이 많아 감추기가 어려웠다. 그들은 상본(像本=聖畵)도 성작聖爵도 경문책經文冊도 성경도 모두 잃고 겨우 몇 사람의 여교우가 깊이 간직하고 있던 작은 책 얼마를 보고 필사하여 교우들에게 비밀리에 돌리고 있었다.

초기 교회의 지도자였던 학문 높은 신자들은 대박해로 거의 모두가 처형되거나 유배되어 남아 있지 않았으나 가난한 서민들은 목자도 없이 어찌할 바를 모르면서 그래도 믿음을 버리지는 않았다. 그들을 위하여 국역되었던 성교서책은 어엿하게 판본版本으로 간행할 처지는 물론 아니었다. 하여 글씨깨나 쓰는 신자들은 대개가 성교서책을 필사하고 있었다. 낙산 밑에 사는 여인들 집에서도 그 작업은 진행되고 있었던 것이다.

마리아는 이 성스러운 작업이 즐거웠다. 아주 어려서부터 글씨 쓰기를 좋아했던 것이 모두 섭리였던 것 같았다. 붓을 놀리고 있노라면 아프고 쓰라린 운명도 아우들을 찾지 못하는 초조와 슬픔도 얼마큼 잊을 수 있었다. 그녀는 성교서적을 베끼면서 교리와 복음을 배우고 있었다.

처음에는 무슨 말인지 전연 알 수 없었던 『천주실의』도 몇 번이고 베끼는 동안 어슴푸레나마 내용을 이해하게 되었다. 국문으로 필사를 하고 있지만 『천주실의』는 이태리인 예수회 회원 마테오 리치 신부가 쓴 순한문으로 된 교리서였다. 어린 여아로서 어찌 원문을 읽을 수 있으며 그 철학적 사상적 면을 이해할 수 있으랴. 마리아가 아는 천주실의는 일반 대중은 가까이 하기가 너무나 어려운 책을 그들도 읽을 수 있도록 국문으로 번역한 것이었다.

약 200년 전에 중국에서 간행된 그 책이 부경赴京 사신使臣의 손을 거쳐 우리 나라에 도입되어 다른 서교서와 더불어 주로 남인 지성인들에 의하여 학문적으로 연구되어 위대한 실학자 이익李瀷이 『천주실의발天主實義跋』을 지어 그 내용을 논평한 후, 신후담愼後聃, 안정복安鼎福, 이헌경李獻慶 등의 석학들이 천주실의와 그 밖의 서교서를 섭렵 탐독하고 각기 서학변西學辨, 천학문답天學問答, 천학고天學考 등을 엮어 유학자의 입장에서 천주실의의 내용을 예리하게 논평했던 사실은 물론, 이와 같은 천주실의의 도입, 유포, 학문적 연구에 의한 비판, 논란이 마침내 아무의 전교傳敎도 없이 학문적 연구 결과에 의한 천주교 신앙의 자율적 수용이라는 기적적인 한국 천주교의 탄생을 보게 된 연유를 그녀는 알 리 없었다.

어쨌건 이 국역 천주실의는 교회 초창기부터 수없이 필사되어 비밀리에 교우들에게는 물론 하층 대중 사이에 유포되어 수

다한 생명을 영생의 길로 이끌어 들이는 사명을 하였다고 할
수 있고, 어린 마리아도 이 책을 필사하면서 교리의 터득과 신
앙의 심도를 더해 갔던 것이다.

그녀는 또 신유 교난 때의 순교자 정약종이 편술한 『주교요
지主教要旨』도 필사했다. 『주교요지』 상·하 2권은 정약종이 몽
매한 일반 대중에게 천주교의 참뜻을 이해시키기 위하여 국문
으로 펴낸 호교론과 구속론을 골자로 한 교리서로 정약종이 여
러 가지 서교서를 연구하고 소화한 내용을 체계화한 것인데 그
내용의 대부분이 『천주실의』의 것을 차용한 이 국문 교리서를
마리아는 좀더 쉽게 이해할 수 있었다. 무엇보다도 저자인 순
교자 정약종이 하상의 아버지라는 점에 몸이 떨리는 것 같은
감동을 느꼈던 것이다.

2

"그럼 다녀올께요. 점심밥은 큰 솥 안에 넣어 두었으니깐 삼종
(三鐘=천주교 신자가 아침·정오·저녁에 바치는 기도) 바친 후 잡
숫게 해 드려요. 루시아와 아가다는 내일까지 김참판 댁 조복
을 갖다 드려야 되니깐 오늘만 마리아가 좀 수고를 해 주어야
겠어. 난 구리개 장전 마나님께 박쥐분 구해다 준다구 약조해

서 갔다 와야겠어."

발바라 아주머니는 방물 바구니를 보에 싸 옆구리에 끼고 부
산히 밖으로 나갔다. 마루따 아주머니는 그보다 좀더 일찍 같
은 모양으로 집을 나가 갑자기 집 안이 텅 빈 것 같지만 안방에
서는 데레사가 묵주 신공을 드리고 있고 건넌방에서는 루시아
와 아가다가 김참판 댁에서 맡긴 조복을 꾸미고 있었다. 루시
아와 아가다는 아직 젊지만 바느질 솜씨가 이만저만이 아니어
서 항상 일이 밀렸다. 거기다가 동네 처녀들이 바느질을 배우
러도 왔다. 여자들만의 살림이지만 손이 딸릴 때가 많았다. 하
여 어린 마리아가 부엌일을 맡아야 할 때도 종종 있었다.

부엌일이라 하지만 별일은 없었다. 까실한 조 섞은 밥에 짠
지 몇 조각과 된장이면 그만이었다. 뒤꼍의 채마밭에 상추, 쑥
갓, 호박, 고추 따위를 심어 가꾸어 먹기도 하지만 언제나 악식
惡食을 했다. 데레사님은 깔깔한 조밥에 간혹 재까지 뿌렸다.
소재小齋와 대재大齋도 엄격하게 지켰다. 여인들의 고신극기苦
身克己는 철저했다.

식구는 모두 일곱이었다. 발바라, 마루따 두 사람 외에는 모
두 동정녀들이었다. 데레사님도 삼십을 넘었지만 시집을 간 일
이 없었다. 그녀는 궁녀였던 것이다.

험한 음식만 먹고 무딘 무명옷만 입고 있지만 삼십이 넘어도
그녀는 고운 티가 가시지 않았다. 곱게 단장하고 화려한 옷을

입었을 궁녀 때의 모습은 얼마나 아름다웠을까. 아직도 백랍 같은 아름다운 손만 보아도 짐작이 갔다.

겉보기에도 스물을 넘은 지 얼마 되어 보이지 않았지만 서른 두 살 나이에 그녀는 아무 물정도 모르고 그 아름다운 손은 글씨를 쓰는 일 이외에는 아무 일도 할 줄을 몰랐다.

일곱 살 때 아기나인〔良嬪〕으로 뽑혀 대궐에 들어갔고, 자라 서는 필재를 인정받아 원자(元子=純祖)의 생모 수빈〔綏嬪朴氏〕 을 받들며 필무 일체를 맡았었다. 수빈은 원만하고 경우 밝고 행신 범절이 도저한 데다가 온 나라가 갈망하던 원자를 생산하 여 정비나 다름없는 대접을 받고 있었다. 상감〔正祖〕의 사랑도 각별하여 수빈의 거처에는 언제나 훈훈한 화기가 감돌았다.

춘수추사春愁秋思로도 늙음을 잊는다는데 봄은 꽃피는 기쁨 으로 가을은 찌릿하고 청아한 감상으로 맞고 보내는 대궐 안 여인의 세월에 있어서랴. 데레사(명심)는 어느덧 어른 나인이 되어 있었다. 대궐의 관례에 따라 입궐한 지 15년에 신랑 없는 혼례 같은 관례冠禮를 치르고 머리를 얹었던 것이다.

아기나인들은 자라면서 글을 배우는데 필재가 있으면 대가 지밀에 배치되었으나 이때 생산을 못하는 중궁전보다 원자의 생모인 수빈 거처에서 요긴한 사람이 더 필요했던 모양이었다.

스물한 살—꽃다운 나이에 소임이 소임인 만큼 명심에게는 다른 나인에게서는 쉽게 찾을 수 없는 기품이 있었다. 곱게 민

반듯한 이맛전에 밀기름으로 눕혀 붙인 살쩍이 유달리 고왔다.
그러나 관례날부터 그녀의 가슴에는 형용할 수 없는 공허감이
거북한 티처럼 붙어 다녔다. 시집가는 신부처럼 연지 곤지로
성적成赤하고 요란스러운 어여머리(가발)에 떠구지(나무로 만든
머리에 얹는 장식)를 얹고 원삼 당의 걸치고 상감께 배례하고 각
전에 뵈온 후 잔치까지 벌였을 때의 그 외로움—허허벌판에
홀로 던져진 것 같기도 하고 내포를 모두 빼어 버린 것도 같던
그 허전함을 그녀는 잊을 수가 없었다. 시집에서 새 며느리에
게 내리는 큰상처럼 고봉으로 꽃같이 고여 올린 상도 마치 제
사상같이 보이기만 했다.

어쨌건 이제 그녀는 머리에 새앙을 매고 새앙 위에 도투락처
럼 자주 댕기를 네 가닥으로 매던 머리를 올려 쪽찌고, 그 후부
터는 법에 따라 내관內官과 마찬가지로 궁궐 안에서는 아무에
게도 절을 하지 않게 되었다. 큰일이 있는 날에는 어여머리에
떠구지를 얹고 조짐머리도 했다. 조짐머리란 얼핏 보아 낭자
같지만 머리를 열 가닥으로 틀어 만드는 것이다. 번쇄하고 무
의미한 그런 절차 형식이 그녀는 역겨워만 지는 것이었다.

그런대로 세월이 흘러 해가 바뀌었다. 이제 그녀도 다른 궁
인(宮人=內人)을 만나면 궁중 관습대로 상대가 상궁일 경우에
는 우선

"한상궁께 기별하오"

해 놓고

"그간 별일 없으셨습니까"

하고 하고자 하는 말을 했으며, 상대가 상궁이 아닌 경우에는

"노씨 기별하오"

로 운두를 떼는 데 익고 있었다.

부자연하고 장난 같기도 한 우스꽝스러운 궁중 풍습에 아무 저항도 느끼지 않게 된 것이다.

유달리 추웠던 겨울이 가고 봄이 왔으나 기상은 여전히 변덕스러웠다. 전날까지만 해도 화창한 봄날씨에 백화가 만발했는데 갑자기 기온이 내리고 진눈깨비가 내렸다. 꽃샘이라고 하기에는 너무나 암상스러운 날씨에 일찌감치 불단속 문신칙하고 쉬라는 윗전 말에 명심은 여느 날보다 일찍 처소로 돌아갔다.

아직 따로 부리는 각방서리[下女]는 없었으나 수복이(守僕伊 =대궐의 가장 낮은 하녀로 남치마를 입고 대궐 방 아궁이를 다니며 불을 땐다)가 소담하게 불을 지핀 모양으로 방은 따뜻했다.

옷을 벗기 시작하는데 밖에서 인기척이 났다. 옷을 개키고 있던 방각시 아이가 문은 열지 않고 앳된 소리로

"게 누구 오셨수"

하자 밖에서는 문까지 흔들며

"항아님, 항아님"

하고 소리를 죽여 불렀다. 소주방燒廚房의 최무수리의 음성이

다. 명심의 눈짓으로 방각시가 문을 열어 주며,

"앗취."

크게 재채기를 했다. 밖은 어느새 개어 달빛이 청명했으나 바람이 거셌다.

"무슨 일인가?"

명심이 물었다. 코끝이 버얼겋게 언 최무수리는 몸을 웅크린 채

"마마님이 심상치 않으셔와요. 벌써 교군(가마)두 교구꾼두와 있사와요"

하는 것이었다.

"뭐? 노인네가?"

명심은 끄르고 있던 치마끈을 놓았다. 치마가 흘러내려 방바닥에 떨어지는 것도 모르고 황급히 벗었던 버선을 발에 꿰었다.

"얘 서둘러라. 어서 가 봐야겠다."

그대로 나가려는 것을 방각시가

"항아님 치마—"

하고 치마를 내밀었다.

"그래, 그래."

명심은 허겁지겁 치마를 받아 두르고

"어서 조족등照足燈을—"

하고 서둘러 대었다.

최무수리가

"달이 낮같이 밝사와요"

하면서 앞을 섰다. 최무수리의 말대로 밖은 낮같이 밝았으나 나뭇가지가 꺾여 달아날 만큼 바람이 거세게 불고 있었다. 명심은 바람의 속도보다 더 빨리 달렸다.

'노인네'는 아직 누워 있었다. 세답방(洗踏房=빨랫거리를 다루는 방) 옆의 협실이다. 헐떡거리는 숨소리는 방 밖에까지 새어 나오고 있었으나 그녀는 이미 시체였다. 왠지 너무 숱이 많아 끔찍스러워 보이는 하얗게 센 머리는 해골 위에 떨어진 때 묻은 무명실 타래같이 불결했다. 갈색으로 찌든 피부는 해골에 잘못 붙은 누더기 같아 역시 바로 볼 수가 없었다.

뛰어는 갔지만 명심은 숨을 모으고 들어간 자리에 못박혀져 있었다.

"왜들 머뭇거리구 있는 게야. 빨리 서두르지 않구. 지체하다간 궐내에서 상향(尚饗=축문祝文의 마지막 문구. 여기서는 죽는다는 뜻)할 게 아냐. 그러면 경은 누가 칠 거야. 자아 자, 우선 가마 속에 처넣어라."

무지막지한 손이 헐떡이고 있는 단말마의 뼈만 남은 팔을 잡아당기다가,

"어, 이건 또 뭐야? 비단 조각을 감구 있잖아? 허, 기가 맥혀서. 해골두 승은이라는 걸 입나."

혀를 끌끌 찬다.

명심은 더 참을 수가 없었다. 그 해골 위에 몸을 던지고 붉은 비단 조각을 감은 팔목에 뺨을 부비며 울음을 터뜨렸다.

"마마님, 마마님, 마마님."

한마디밖에 말을 못하는 사람처럼 그녀는 마마님을 부르며 통곡을 했다.

"체신을 차리시오. 여긴 궐 안이오. 법도가 있지 않소. 지체했다간 큰 죄를 짓게 되는 거요. 훼방하면 항아님두 화를 입을 거요."

그들은 명심을 잡아 일으켜 방구석에 밀어 세우고 노파의 몸을 끌고 나가 가마 안에 쑤셔 넣었다. 낡고 불결한 아무 장식 없는 가마 문이 내려지고 교군꾼이 가마를 들어 올렸다.

"뼉다귀만 남은 게 왜 이렇게 무거워."

뒤에 선 사내가 투덜거렸다.

"벌써 상천한 것 아냐?"

앞의 사내가 말하고

"송장은 되우 무겁거든."

툇툇 침을 뱉는다.

"어쨌건 밤 새울 순 없어. 가잔 말야. 대궐문만 나서면 상천을 하건 꺼꾸러지건 걱정할 건 없잖아. 우라질놈의 날씨는 왜 또 이렇게 춥담."

바람이 또 쏴 불어왔다. 가마와 사내들은 그 바람에 날리기나 한 것처럼 협문 쪽으로 사라졌다. 명심은 그 자리에 주저앉아 무릎에 얼굴을 묻고 흐느꼈다. 최무수리가 조용히 어깨 위에 손을 얹었다. 추운 밤인데 따뜻한 손이었다.

"용서해 주옵시오. 너무 춥구 시장두 했습겠죠. 탁백이 한 대접씩이라두 대접 못한 것이 미안하와요. 마마님 사정은 가슴 아프옵지만 궐내 법도가 지엄하시니 어찌 하오리까. 고정하옵시오."

그의 음성은 부드럽고 푸근했다.

그래도 명심은 고개를 가로저으며 흐느끼기만 했다.

"허지만 쓰레기 치우듯 너무하지 않아. 우리 모두 같은 신센데 누구 하나 배웅두 안 해 두리구."

어느덧 그는 원망과 푸념을 하고 있었다.

"천만의 말씀이와요. 저녁나절엔 제조 상궁마마님도 오셨사와요. 항아님들두 몇 분 오셨습지요. 모두 소임이 바쁘신 데다가 날씨가 너무 고약했습죠. 떠나시는 걸 뵙지는 못하셔두 눈물을 흘리시며 돌아들 가셨사와요."

"그래두 이게 사람의 대접이야? 궁인은 왜 대궐 쓰레기 위에서도 죽어선 안 된다는 거야. 앞뒤두 모르는 철없는 어린것을 붙들어 와서 조롱의 새처럼 가둬 두고 부리다가 병들고 죽게 되면 내쫓다니 도척두 야차두 못헐 짓이야."

"어차피 이 세상은 기려羈旅입지요. 잠깐 머물고 가는 주막이와요. 마마님은 영원한 본향本鄕으로 돌아가신 것입죠."

놀라움으로 명심은 슬픔을 잊었다. 이 사람은 누굴까? 누구이기에 이런 말을 할까? 그녀는 달빛 속에 서 있는 최무수리를 올려다 보았다.

넙데데한 얼굴에 뭉턱코, 입술은 두껍고, 작은 눈의 그녀는 무수리의 복장을 하고 있었다. 무수리는 대궐 안의 하인 중에서도 가장 낮은 사람으로 각 처소마다에 있고 물긷기, 불때기 등 험한 일을 맡아 한다. 달빛 아래라 색깔은 확실치 않지만 머슴 옷처럼 저고리를 길게 입고 널찍한 허리띠를 매고 있다. 명심은 무수리들의 복색이 연두색과 청색을 섞은 푸르등등한 색깔이며 머슴 같은 저고리 밑에 치마를 입고 허리띠 앞에 패牌를 달고 다니는 것도, 그 패가 대궐에서 각궁이나 별궁에 심부름 다닐 때 대궐문을 드나들 수 있는 신분증이라는 것도 물론 알고 있다. 그러나 그녀는 그런 복장을 처음 보는 것만 같은 느낌을 어찌할 수 없었다.

"아주머니는 누구시죠? 정말 소주방에서 물 긷구 불 때는 무수리예요?"

"그렇구말굽쇼. 대궐 밖에 심부름두 가굽쇼."

"아냐, 아주머니는 뭔가를 숨기구 있는 거예요. 지금 생각하니 마마님두 그 고생을 하시면서 그리 괴로워두 서러워두 하시잖았어. 최무수리가 잘 거둬 준다구 고마워 하시면서 언제나 태평하셨다구. 어떻게 그분의 마음을 그렇게 편안하게 해 드린 거죠?"

"워낙에 착한 분이셨습죠."

"그분 일이야 내가 젤 잘 알구 있지요. 나는 그분의 방각시였으니깐. 일곱 살 철부지를 그분은 친딸처럼 키우고 가르쳐 주셨어요. 궁 안의 예절 범절, 행신 거조에서 글까지 가르쳐 주셨으니깐."

"저두 알고 있습죠. 항아님이 끝까지 잘해 드린 것두."

"전에는 신세타령두 더러 하셨다구요."

"그야 사람이면 하시게 되옵죠."

"앗취."

옆에서 졸고 있던 방각시 아이가 크게 재채기를 했다. 명심은 그제서야 정신이 돌아오는 것을 느꼈다.

"가엾어라. 어린것이 어떤 인생이 기다리구 있는지도 모르구."

꽁꽁 얼은 작은 품을 품어 안았다.

"바람이 너무 차와요. 빨리 처소로 돌아가옵시오. 애기는 지가 업어다 드리옵죠."

잠이 들은 방각시를 최무수리는 등에 업고,

"고뿔 드시와요. 가셔서 몸을 녹이셔야 하와요."

명심은 힘없이 일어났다. 갑자기 한기가 뼛속까지 느껴져 그녀는 몸을 떨었다. 거세게 부는 바람이 구름을 모두 쓸어 버려 청회색으로 맑은 하늘에 보름 가까운 달이 처연하도록 밝았다.

그들은 말없이 걸었다. 궐 안에 산재해 있는 전각들은 모두 불을 끄고 달빛 아래 기왓골만이 물결치고 있는 것같이 보였다.

어느 전각을 지나려 했을 때였다. 모진 바람이 또 거세게 몰아치는데 전각 앞에 서 있는 배나무의 꽃이 바람을 맞고 눈보라처럼 휘날리며 쏟아져 떨어지는 것이 보였다.

"이화우梨花雨란 배꽃 필 때 오는 빈 줄 알았었는데 꽃잎 그것이 비였었군요."

"그렇군입시오."

"아름답구 허무하네요. 마치 오늘 밤 쫓겨나신 노인네의 인생같이."

"아름다운 분이셨습겠죠."

그들은 배나무 옆에 와 있었다. 만발했던 배꽃은 갑자기 들이닥친 추위와 비로 꽃잎이 모두 떨어져 나무 밑은 눈이 온 것 같았다. 그러나 진눈깨비로 더러워진 땅에 떨어진 고운 꽃잎은 이내 젖은 흙에 흩어져 이제 지저분한 쓰레기로밖에 보이지 않았다.

처량한 마음이 더해 가서 명심은 돌뿌리를 피하지 못하고 비틀거렸다.

"조심하십쇼."

최무수리가 한 손으로 그녀를 부축했다. 그 손에 매달려 몸을 의지하며 명심은 죄스러움 같은 것을 느꼈다. 솥뚜껑만큼이나 크고 두꺼운 그 손은 험한 일로 거칠 대로 거칠어 강판 같았던 것이다.

그날 밤 명심은 잠을 이루지 못했다. 춘한春寒이라고 하기에는 너무나 춥고 험한 날씨에 헐은 가마 속에서 몸도 펴지 못하고 죽어 갔었을지도 모르는 부모 같은 옛 스승을 생각하면서 비참한 마음에 눈물조차 나오지 않는 것이었다. 겨우 스물두 살의 청춘의 몸이었으나 지나온 세월이 아득하기만 했다.

일곱 살 때 봄이었다. 뒤뜰에서 이웃집 아이하고 소꿉장난을 하고 있는데 허드렛일을 해 주는 태서방이 부르러 왔다.

"아가씨, 마님이 부르셔요. 손님이 오셨어요."

손님은 중년의 부인이 두 사람이었는데 명심은 그렇게 반지르르한 머리와 말쑥한 차림새를 본 일이 없었다. 어머니가 시키는 대로 절을 하자 나이가 좀 위인 듯한 여인이 아래위를 훑어보고,

"일곱 살이라구 하셨지요?"

"네."

어머니는 웬지 기가 죽어

"아직 철부지라 앞뒤두 못 가린답니다"

하는 것이었다.

그 여인은

"웬걸요. 절두 예쁘게 하고 영특해 보입니다"

하고 만족스러운 듯이 처음으로 입가에 미소를 담았다. 그러자 같이 온 여인이,

"정말이에요. 여태껏 본 중에 제일 출중합니다."

칭찬을 받고도 어머니의 얼굴은 어두웠다.

이틀 후 그 손아래 여인이 대궐 비자婢子라는 여자를 거느리고 다시 찾아왔다. 명심은 비자의 차림새가 하두 신기해서 눈이 휘둥그레졌다. 남자같이 건장한 그 여자는 머리를 둥글게 얹고 남자같이 긴 저고리 위에 널따란 띠를 띠고 있었던 것이다.

전날 왔던 여인은 명주 한 필을 의차衣次라 하며 내놓고,

"일진을 보니 그믐날이 길일입니다. 그날 미시에 교군이 나올 겝니다."

어머니는 얼굴을 숙인 채 손님을 배웅하고 방에 들어와 명심을 껴안고 눈물을 흘렸다.

그 여인을 색장나인色掌內人이라 하고 좀더 나이가 위인 부인은 어느 처소處所의 책임을 맡아보는 상궁이라는 것은 나중 안 일이었다.

집에서는 약제전藥劑廛을 경영하고 있어 살림은 넉넉했다. 계급적으로는 대접을 받지 못하지만 상업이 가업인 만큼 가난한 양반 뺨치는 체모도 갖추는 중인中人 집안이다. 궁인은 별

감이라든가 궁인의 연줄로도 대궐에 들어가지만 대체로 그러한 중인 집에서 뽑았다. 나이는 칠팔 세에 뽑았는데 한번 들어가면 다시는 사가私家에는 나오지 못한다. 이런 여아들은 부모 대신 키워 주고 가르쳐 줄 노성한 상궁 나인을 스승으로 정하고 시중도 들고 배우기도 하면서 함께 거처하는 것이다. 이런 아이를 방각시라 하고 방각시는 스승을 상궁이라도 '마마님'이라고 부르지 않고 '항아님'이라고 불렀다.

명심은 택일한 날에 법도대로 노랑저고리 남치마를 흰 명주바지 흰 단속곳 위에 받쳐 입고 대궐에서 보낸 교군을 탔다. 입궐하여 모신 스승 항아님이 그 애처로운 노인네 박상궁이었던 것이다.

박상궁은 그때 사십을 넘어 있었다. 남치마 은색 저고리에 자주 고름 남끝동이 고왔다. 고운 무색 옷을 입고 있었으나 소복을 입은 듯 청초했다. 어쩌면 그녀도 소복을 입고 싶었을지도 모른다. 그러나 사외 많은 궐 안에서는 흰색은 국상國喪을 뜻하는 것이라 하여 입지 못하게 하였던 것이다.

상궁이 되려면 관례를 치른 뒤 15년을 더 기다려야 한다. 관례는 입궐 15년 만에 치르게 되니 상궁이 될 즈음에는 삼십오 세가 넘어 있는 것이 보통이다. 젊을 때 승은承恩이라도 입어 왕자나 옹주를 생산하면 숙의淑儀나 귀인貴人 따위의 봉작도 받고 당호堂號도 얻어 잘되면 왕자가 보위를 이어 상감의 생모로 영화를 누리지만 그렇지 않으면 일생을 처녀로 늙고, 죽게 되면 대궐 밖으로 내침을 받아야 하는 것이 궁인의 운명이었다. 궁인이 궐내에서 죽는 것은 법으로 엄격히 금지되어 있었기 때문이다.

박상궁도 젊었을 때 꼭 한 번 승은을 입은 일이 있었단다. 호색의 영조英祖가 지밀에 있는 청초한 젊은 나인을 그냥 둘 리 없어 하룻밤 시침侍寢을 시켰는데 당시의 총희寵姬였던 표독한 문숙의文淑儀의 맹렬한 투기와 모함으로 죽음만은 간신히 면하고 수방繡房으로 쫓겨 가 병들 때까지 수본 그리고 수놓는 궁인들을 지도 감독했다. 그녀는 화재와 필재가 뛰어나 그녀가 그린 수본으로 수를 놓으면 용봉龍鳳이 모두 살아 있는 것 같다는 말을 들었다. 지밀에서는 물러났지만 수방이나 침방針房은 지밀 다음으로 알아주는 조촐한 자리였으므로 지밀에 있는 궁녀와 마찬가지로 침방 수방 궁인들은 사대부집 부녀들처럼 치마를 외로 여며 입었다. 명심은 그런 스승 아래서 행신 수덕을 쌓고 그림과 글씨를 배웠다.

'노인네'라 했지만 박상궁은 예순네 살밖에 되지 않았었다. 지난 가을까지만 해도 깨끗하게 늙은 모습이 아름답기조차 했었는데 동짓날 저녁에 팥죽을 한술 떠 입에 넣는 순간 갑자기 먹은 것을 다 토해 버리고 그 후부터는 아무것도 음식을 받아들이지 못하게 되었다. 병명은 내의內醫의 진맥으로는 내종內

腫병이라 했는데, 먹지 않아도 구토증은 멎지 않아 한 달 사이에 피골이 상접하게 되었다.

궁인의 병이 위중하면 본가로 내어 보낸다. 그러나 50년 전에 떠나 한 번도 상접이 없던 본집 사정을 알 길은 없었다. 거처하던 수방에는 오래 누워 있을 처지가 못 되었다. 제조상궁도 골치를 앓다가 세답방 옆에 있는 협실 하나를 치워 내다 버릴 때까지 뉘어 두었던 것이다.

처음에는 수방나인들이 번차례로 구완을 하였으나 긴 병에 효자 없다고 점점 발길이 뜸해지고 명심도 자리를 뜨지 않고 간병할 수는 없는 몸이었다. 조바심을 하면서도 자주 못 가 보는 노인네는 쇠약이 심해 갔지만 왠지 마음이 편안해 보이고 격심해 보이는 고통도 잘 참아 견뎠다. 이부자리 수건 같은 것도 깨끗하게 거둬져 있어 의아해 했더니 소주방의 최무수리가 구완을 해 준다고 노인네는 기뻐하고 있었던 것이다.

심난한 마음은 달이 바뀌어도 가시지 않았다. 뼈만 남은 앙상한 팔에 끝까지 감겨 있던 승은을 입은 표시인 붉은 비단 천과 때 묻은 무명 실타래 같은 흰머리가 눈앞에 얼찐거려 명심을 괴롭혔다. 그것은 어린 방각시의 아직 솜털이 보실보실한 얼굴에 와 겹치기도 하여 더욱 등골이 오싹해지는 것이었다.

울울히 지나던 어느 날 밤 최무수리가 찾아왔다. 여전히 머리를 둥그렇게 얹고 푸르죽죽한 남자 옷같이 긴 저고리 위에 넓은 검은 띠를 띤 무수리 차림이다. 변덕스러운 날씨가 화창했다 추웠다 하다가 며칠 사이에 부쩍 더워졌는데 그는 그 두꺼운 옷을 입고도 더위를 느끼지 않는 얼굴이었다.

"항아님 문안 예쭙니다. 그런데 신색이 많이 상하셨사와요. 병환이라두?"

명심이 반가워하며

"아주머니, 오랜만이군요. 그 동안 별일 없었수? 나야 그때부터 심난해서 먹은 게 내리지 않는다우."

"마마님 때문입쇼?"

"그 지경으로 그 추운 밤에 나가셨으니 그날 밤을 부지 못하셨을게구, 그 무지막지한 자들이 길가에 시신을 버리지나 않았는지 마음이 아파서—."

명심의 눈은 어느덧 젖어 있었다. 최무수리는 고개를 저으며,

"제게는 오래비들이 많이 있습죠. 그 애들에게 부탁해 두었더니 우선 저희 집에 모셨었사와요. 마마님은 돌아가시지 않구 얼마를 계시다 그저께 선종허셨습지요."

"선종?"

처음 듣는 말이라 명심에게는 이해가 가지 않았다.

"네, 돌아가셨사와요."

"한 달이나 계시다가?"

"회춘허시진 못하셨사와요."

최무수리는 송구해 했다.

"그 지경으루 한 달을 끄시다니, 나가실 때 벌써 시신과 진배 없으셨는데."

"아주 주무시듯 곱게 가셨사와요."

명심은 그의 그 험한 손을 덥석 잡았다.

"고마워요. 고마워요. 의지 없는 어른을 그렇게 돌봐 드려서."

"뭘입쇼. 워낙에 착하신 분이라 괴로운 것두 아프신 것두 잘 참으셨사와요. 저흰 별루 해 드린 것도 없었습죠."

명심은 다시 한 번 최무수리를 쳐다보았다. 넙데데한 얼굴에 뭉툭코, 두꺼운 입술, 작은 눈의 그 얼굴은 못생겼으면서 선량하고 정다웠다. 그녀는 약간 머뭇거리다가 품속에서 손바닥 크기만 한 책 한 권을 꺼냈다.

"이 책을 항아님께 전해 달라 합셨사와요."

책은 작았으나 두껍고, 달필이기는 하나 줄이 바르지 않은 글씨로 쓴 수사본으로 유지로 만든 겉장에는 '뎐주실의'라고 쓰여 있었다.

"이게 뭔데?"

"읽어 보시면 아시옵죠."

"마마님두 이 책을 읽으셨나?"

"그럼입쇼. 눈이 보이지 않게 되시구부텀 저도 읽어 드리구

제 오래비 집에 계실 땐 조카딸년이 읽어 드렸습죠. 열세 살 난 년인데 언문을 깨쳤사와요."

"그럼 아주머니도 글을 읽을 줄 아는구먼."

"저야 여치 더듬이질하는 격입죠. 더듬더듬 듣기 짜증나셨을 텐데 좋아만 허셨사와요."

최무수리는 또 잠시 머뭇거리다가,

"몇 해 전에 퇴궐하신 문씨 항아님두 한 번 찾아 오셨사와요."

"문씨? 괴질루 사가로 나가신 문씨 말이오?"

"네, 지밀에 계시던 분입죠."

뛰어나게 아름답던 지밀나인 문文씨 영인榮仁은 입에 거품을 물고 사지가 뒤틀리는 괴질로 페인이 된 후 환속還俗하여 대궐과는 연이 끊어져 있었다.

"그분이 그 몸으로 어떻게?"

"아주 무탈하게 지나셔와요. 그전처럼 잔약허시지도 않으십지요."

"아주머니는 줄곧 그분과 상접을 하셨수?"

"그럼입쇼. 한마음으로 사는뎁쇼."

"한마음?"

최무수리는 대답하지 않았다.

명심은 그날 밤부터 그 책을 읽기 시작했다. 상상도 못했던 세계가 열렸다. 그녀는 빨려 들어가듯이 그 책을 놓지 못하고 밤을 지새웠다. 의아해 하며 채근을 하는 방각시의 성화로 소세를 하면서도 처음 대한 그 세계에서 빠져나올 수가 없었다. 잠 부족으로 얼굴은 부석하고 창백했으나 마음은 맑고 밝았다. 고뇌에 차 몸부림치며 방황하는 영혼에게 그 책은 확실한 지침을 주고 천지만물의 참주인과 인간의 도리를 가르치고 있었던 것이다. 언제나처럼 상냥하게 대해 주는 수번의 가르마 위에 자랑스럽게 얹혀 있는 금도금의 개구리 첩지를 그녀는 처음으로 역겹다고 생각했다.

일찍이 체험해 본 일 없는 심정이었다. 그녀는 하룻밤 사이에 다른 사람이 되어 있었다. 외부의 허식과 내면의 진실, 오만과 경건, 인간의 가난함과 부유가 뜻하는 것에 눈길이 돌려지기 시작한 것이다. 그는 진실로 대궐 생활에 염증을 느끼게 되었다.

그러나 책 안에는 너무도 이해할 수 없는 점이 많았다. 성모의 무염無染 시잉始孕, 성자의 강생구속과 부활 등등 너무나 알 수 없는 점이 많아 그녀는 자주 최무수리를 찾으러 방각시를 보냈다. 무수리는 궁녀가 아니고 궁 밖에는 남편도 자식도 있어 밖에서 살면서 궁에 드나들며 막일을 하는 경우가 많아 궁 안에서의 거처가 시원치 않았다. 그런 그녀를 명심은 열심히 찾았다. 여태껏 천인으로만 생각하고 있었던 무수리만이 자기의 고뇌, 갈망, 안타까움을 해결해 줄 것만 같았다.

최무수리는 언제나 송구해 했다.

"전 아무것도 모르와 항아님 물으심에 마음에 드시는 말씀을 해 올리지 못하여 죄송하와요."

말을 끊었다가 낮은 소리로

"아무래도 궁에선 성교 도리를 지킬 수는 없습죠"

하는 것이었다.

점점 더 역겨워져 가는 궁중 생활과 기대 같기도 하고 불안 같기도 하고 기쁨과 괴로움 같기도 한 착잡 속에 날이 가고 또 달이 바뀌었다.

유달리 무더운 날씨가 계속되었다. 그래도 비는 적절히 왔는데 폭서 때문인지 장단 파주 일대에서는 무럭무럭 자라던 벼가 하루아침에 하얗게 말라 버려 심상치 않은 소문이 파다하게 퍼졌다.

"이건 거상벼〔居喪稻〕라는 거야. 국상이 난다는 조짐이야."

그 소문은 궐 안에까지 들어왔다. 그렇지 않아도 궐 안에는 무거운 구름이 끼어 더위보다도 더 숨 막히는 불안과 근심이 감돌고 있었던 것이다. 아직 보령 마흔아홉의 상감의 환후가 짙어 가고 있었기 때문이다.

그는 얼마 전부터 부스럼으로 고통을 받고 있었다. 괴롭기는 하되 생명에는 별 큰 영향을 주지 않는 부스럼이기에 처음에는 그리 걱정들도 하지 않았는데, 그는 그로 인하여 창창한 나이에 승하하고 말았던 것이다.

　어린 임금이 들어서고 이십여 년을 구중궁궐 깊은 한 전각 속에 죽어 있던 원한의 화신인 여인이 다시 살아나 임금이 앉아 있는 용상 뒤에 발을 드리우고 앉게 되었다. 이른바 수렴청정垂簾聽政을 하게 된 것이다. 이윽고 나라가 선 후 처음으로 그토록 많은 피를 흘렸던 대박해가 시작되었다.

　외부와는 두절된 세계였지만 궁 안에도 대박해와 순교자들의 이해할 수 없는 태도와 죽음이 궁녀들 간에 수군거림의 화제가 되었다.

　"천작쟁이들은 무슨 요술을 쓴대. 그래서 골수가 빠져나오도록 주뢰를 틀어도 아프지 않다나. 화젓가락으로 단근질을 해두 눈썹 하나 까딱 않는다지 뭐야."

　"저런 모진 것들이."

　"천준가 뭔가가 아프지 않게 하는 게지."

　"그래두 끔찍하다 얘."

　"그뿐인 줄 아니. 목을 쳐 죽이는데 잔칫상 받으러 간다구 기뻐한대."

　"등신들이구나. 뭐가 씌워두 단단히 씌웠지 뭐야."

　하나가 소리를 죽여,

　"근데 말야, 그 문씨 항아님두 천작쟁이였대요."

"뭐? 지밀에 계시던 그 예쁜 항아님이?"

"그렇대?"

"몸두 잘 못 쓰면서?"

"그게 다 요술루 그렇게 됐다는 거야. 그 항아님은 왜 그렇게 예쁘셨지 않아? 그래서 모두 살리구 싶어허셨는데 한사코 죽여 달라 해서 그만 목을 쳤대."

"에그머니나, 끔찍해라."

"근데 말야. 목을 친 자리에서 피가 나오지 않구 뽀얀 젖이 나왔대요."

"거짓말."

"정말이래."

"그것두 요술인가 부지?"

"옛날에두 서양서 말야. 어떤 천작쟁이 여자의 목을 쳤을 때 뽀얀 젖이 나왔었대."

"천작쟁이들은 왜 모두 죽이지?"

"아비두 임금두 모르는 금수 같은 인간들이니깐 그런대."

"그럼 마땅히 죽여야지."

별별 소리로 낮은 소리로나마 떠드는 것이었다.

명심이가 문영인의 순교를 안 것은 얼마 후의 일이었다. 소식을 전한 것은 최무수리였다. 그녀는 잠깐 동안에 몰라보게 수척해 있었다. 살이 빠져서 그런지 얼굴빛이 더 검어지고 입

술이 더 두꺼워 보였다. 그녀는 방에 들어오자 무릎을 꿇고

"항아님, 아마 오늘이 하직일까 하와요"

하며 고개를 숙였다.

"그게 무슨 말이요?"

놀라는 명심에게 그녀는 박해의 참상을 자세히 말하고

"저 같은 죄 많고 천한 년은 자격도 없겠사오나 저도 순교의
영광을 갖고 싶사와요"

하고 눈물을 닦았다.

영인의 순교는 명심에게 큰 충격을 주었다. 그가 함께 살고
있었다는 골롬바라는 부인의 슬기와 용기와 의리에도 감동하
지 않을 수 없었다. 그녀는 지난 몇 달 동안 망설이고 있었던
말을 처음으로 입에 올렸다.

"아주머니, 나두 천주를 믿고 있어요. 신자라면 아무라도 세
洗를 줄 수 있다지요? 내게 성세를 주세요."

최무수리는

"미천한 몸이지만 이런 판국이니 저도 외람하오나 세를 드릴
수 있습지요. 하오나 준비하구 계시다가 언젠가 탁덕님으로부
터 받으시게 하시와요."

명심은 그 치맛자락을 붙들어 앉혔다.

"그럼 내 대모代母가 되어 주어요."

"너무 황송해서."

"나두 어떻게든 궁을 나가 동정 생활을 하겠어요."

"성교 도리는 궁 안에서는 지키기 어렵죠."

최무수리는 언젠가도 한 말을 다시 했다. 그리고 비로소 얼마큼 밝아진 얼굴에 미소를 담았다. 명심이 '동정'이라는 말을 하는 것이 새삼 신기했던 것이다.

종래의 가치관으로는 동정은 기피해야 하고 말살해야 하는 역겨운 존재였다. 여북해야 장가를 못 가고 죽은 사람은 몽달귀신이 된다고 믿고, 시집을 못 가고 죽는 여자는 손각시가 되어 떠돌며 해를 끼친다고 두려워하랴. 그렇게 듣고 보고 자란 명심이 이제 동정에 최고 가치를 두는 것이 대견스럽고 기뻤다. 영세 전이었지만 그녀는 이미 훌륭한 신자가 되어 있다고 최무수리는 확신한 것이다.

어쨌건 많은 교우들이 장렬하게 순교한 반면 적지 않은 배교자들이 속출하고 있던 이때 명심은 입교하고 데레사라는 본명을 가졌다.

그녀는 신자로서 교회 예절 같은 것을 최무수리로부터 배우려 하였으나 최무수리는 그 후 다시는 모습을 보이지 않았다.

(1권 끝)